Tamaschito
Roman einer Gefangenschaft

WIELAND FÖRSTER

TAMASCHITO

ROMAN EINER GEFANGENSCHAFT

Sandstein Verlag

Denn das ist sonst nichts
Hündischeres außer dem
bösen Magen, der da treibt,
dass man seiner notgedrungen
gedenke, und wenn man noch
so sehr erschöpft ist und Jammer
in dem Herzen hat. So habe auch
ich Jammer in dem Herzen,
doch der treibt immerzu zu
essen und zu trinken, und alles
lässt er mich vergessen, was ich
gelitten, und heischt nur immer,
dass er sich fülle.

Homer, Odyssee, Siebenter Gesang

Es ist ein Elend, sagte sich Thom, dass der letzte warme Herbsttag von solch sinnlosem Polizeitratsch zerrissen wird. Die tun, als wäre freie Zeit rein gar nichts.

Vor einer Woche hatte ihm das stählerne Drehbankfutter den halben Daumen durchbohrt, und immer noch war ihm schwach in den Knien. Ans Umsteigen in die Straßenbahnlinie 17 dachte Thom heute Morgen, als er zum Großen Garten fuhr, nicht. Er ging stattdessen zu Fuß weiter quer durch den Park, in dem dichter Nebel das aufgeregte Vogelgezwitscher dämpfte wie zur Beerdigung eines Freundes. Der verletzte Daumen schmerzte, das Blut hackte durch das gerettete Fingerglied, und obwohl das kein schönes Gefühl war, zog wohliges Empfinden in sein Herz. Die innere Anspannung wich. Wärme durchströmte seinen Leib, als er sich daran erinnerte, wie der Vater, kurz bevor er starb, ihn, den Vierjährigen, auf dem Arm nach Hause trug, nachdem ihm der Arzt die Mandeln gekappt hatte und sein Blut in eine nierenförmige Schale unter seinem Kinn geschossen war.

Als er Dr. Lampadas Arztvilla betrat, schien es ihm in der eichengetäfelten Gediegenheit des Hauses, dessen Flure gänzlich mit roten Läufern und Teppichen bedeckt waren, als wäre die sakrale Stille des Großen Gartens mit ins Foyer gelangt. Eine junge, stupsnasige Schwester mit dem frischen Lächeln der Tundrabewohner, hochwangig und mit kräftig durchbluteter Haut, führte ihn an der gesunden Hand zum Verbandsraum, vorbei an der Glastür mit der Aufschrift »Chirurgie«. Sie nahm ihm den blutverkrusteten Daumenverband vorsichtig ab, indem sie jede zusammengeklebte Schicht mit einem Sprühstoß aufweichte. Dr. Lampada trat hinzu, nestelte kleine, haftengebliebene Mullstreifen mit spitzer Pinzette von der Wunde.

Nach eingehender Betrachtung ließ er Thom die üblichen Bewegungsübungen durchführen und sagte: Jetzt schön stillhalten, denn es sieht ganz danach aus, als wäre das Daumenglied noch zu retten! Glückwunsch, junger Mann. Glieder aufgeben ist fast eine Sünde! Zur Schwester gewandt gab er Anweisungen für die Behandlung: Ja, Schwester, ich weiß, aber diesmal ausnahmsweise das grüne, antiseptische Puder, und wieder zu Thom: Der

Verband sollte ein paar Tage liegen, das wäre das Beste. Die Versichertennummer ist am Empfang schon notiert? Nein, Schwester, das ist kein Misstrauen, aber hier handelt es sich um einen Betriebsunfall, da sind Folgen gar nicht selten.

Beim Verlassen des Verbandsraumes drehte er sich nochmals um und stellte nachdenklich fest: Nicht alle haben solches Glück – und es sei ja auch sein Wunsch, dass immer alles dran bliebe!

Die Prognose beruhigte Thom. Es war nicht lange vor Mittag, als sich die Praxis belebte und Thom sie verließ. Unter dem Regenvordach blieb er stehen und atmete tief die frische Luft des Parkwaldes ein. Den Arm in der Schlinge getragen, sollte der Daumen nun, wenn auch ohne Nagel, rasch ausheilen.

Der Nebel war heller und durchlässiger geworden. Zwischen den Linden-, Eichen- und Buchenstämmen dampfte das verwilderte Gras. Außerhalb der großen Achsen waren die Flächen noch immer von den Bomben aufgerissen, zwar sanfter bewegt und verschliffen vom wilden Bewuchs des vergangenen Jahres, als der Rasen noch königlich dahindämmerte, bis die Landser für ihre Einmannschutzlöcher tief aus dunkler Erde Haufen aufwarfen wie Maulwürfe. Dann kamen, erinnerte sich Thom, die Heeres-LKW mit Ladungen neuester Eierhandgranaten, die sie am Wege einfach abkippten: meterhohe Hügel aus silbrig glänzenden Büchsen, um deren Bauchmitte sich Federstahlspiralen ringelten, einzig, um im Wurf den Zündstift aus der Sprengkapsel zu reißen. Von uns Jungs kannte das Modell keiner. Diese tückische Art der Zündung sollte eine »Balkankonstruktion« des mit Hitler verbundenen Heeres sein, denn alle deutschen Handwurfsprengsätze funktionierten mit Verzögerung, die mutigen Kerlen Zeit ließ, sie dem Gegner zurückzuwerfen. Niemand kannte die Wirkungsart dieser Sahnedosen und die Verheerung, die sie anrichteten. Dass keiner von uns in seiner Neugier beim spielerischen Erkunden der Granaten seine Arme verlor oder mit aufgerissenem Bauch elend verendete, war ein Wunder. Thom hatte es gesehen.

Am anderen Ende des Parks hatten dreizehnjährige Hitlerjungen mit diesen Kondensmilchbüchsen hantiert. Ein Kleiner, grau im Gesicht und mit aufstehendem Haar, hatte an dem Ding einen Ring entdeckt und gedreht. Knirschend brach das dünne Metall, sodass der Junge in seiner Angst die Büchse weit weg zwischen die Eichenstämme warf, und wir sahen, wie das Stahlband mit der pfeilspitzengleichen Sperrung absprang und das schreckliche Ding mit ungeheurer Wucht explodierte. – Es sollen vor allem viele Schulkinder zerfetzt in der Nähe der Haufen gelegen haben.

Jetzt, als Thom mit dem leise pochenden Daumen geschützt unter dem Vordach stand, sah er alles wieder vor sich. Es ist, dachte er, nach gut zwei Jahren viel Gras darüber gewachsen. Die Natur nimmt sich unmerklich unsere Gräber. Langsam, mit Hoffnungen gesättigt, trödelte er dann quer durch den Großen Garten, bis er bemerkte, dass er fast geräuschlos zur Straßenbahn ging, denn Wälder und Kirchenräume vermittelten ihm eine ruhige, wunschlose Gefasstheit.

Als erste Reaktion auf den Unfall musste Thom zur Betriebsärztin, die ihn robust anging. Obwohl sich sein Körper schwach und fiebrig anfühlte, wirkte die Mittdreißigerin anziehend auf ihn, jugendlich frisch trotz brauner Sonnenbrandhaut. Vor ihr wollte er nicht umsacken, richtete sich auf und sagte: Also los, herunter mit dem kaputten Zeug. Sie griff zur Zange, drückte den Daumen auf den Handwaschbeckenrand und riss die Nagelreste aus dem Bett, wobei viel Blut über das Porzellan rann. Der Schmerz verschlug ihm den Atem. Als sie den Daumen zu verbinden begann, schien sie erleichtert. Sie lächelte aufmunternd, als sie sagte, na prima, in der Klinik werden sie es nähen. Stürz nicht an der Treppe und komm mal vorbei, wenn du drüberweg bist. Das werde ich tun, sagte sich Thom während des Weges durch den Park. Als er erschöpft an der Haltestelle ankam, tröstete ihn die Gewissheit, dass ihm sein Daumen erhalten blieb.

Von der Endhaltestelle der Straßenbahnlinie 22 bis zur Wohnung lagen rund tausend Meter, die Thom in der bedrückend feuchten Luft gehen musste. Kraftlos quälte er sich nach Haus. Die Ankunft schien ihm wie das Ende eines schweren Kampfes.

Hinlegen, dachte Thom, ausruhen und später gemahlenen Hafer essen.

Als er die Wohnung betrat, erwartete ihn nicht die Stille der vergangenen Tage. Hinter allen Türen, zu beiden Seiten des Flurs, hörte er Sprechen, Frauen und kichernde Mädchen, Stimmen, die aufgeregt wie imStreit klangen. Sie erinnerten ihn an die seltenen Familienfeste. Die leichtgängige Küchentür, deren oberes Viertel durch eine geriffelte Glasscheibe Licht in den Flur streute, erleichterte die Orientierung: links lag das Bad und dahinter die große Wohnküche. Nach der Gewohnheit war das der zentrale Ort für die Familie, in der alle Schwernis, seltener war es Freude, gelebt und bedacht wurde. Das flurabriegelnde Kinderzimmer öffnete, wie Küche und Bad, seine Fenster zur Hofseite, zum Nachbargrundstück ins ganzjährig üppige Grün, hinter dem sich fremdes Leben bewegte, das Thom trotz seiner Spähversuche verborgen blieb.

Thoms Familie lebte ruhig und abgeschieden in dem Siedlungshaus, in dem alles geregelt war, getragen durch die hinter dem Wohnblock sich weit ausdehnenden Wiesenflächen der im Ort ansässigen Gärtnereien. Die Kleinen ernährten ihre Familien so gut es eben ging. Den Großen allerdings konnte ein einziges Hagelgewitter die riesigen Gewächshäuser zerstören und die Erweiterungsbauten ihrer Villen die Elbe hinabspülen.

Beim Gärtner Plotz kauften die Bewohner der Siedlung ihre Radieschen und Möhren, frisch aus der Erde gezupften grünen Salat und wöchentlich mindestens einen Weißkohlkopf, der beim Zerschneiden so aufregend knirschte und die wunderbaren Ornamente seines Wachstums preisgab. Thom sah schon immer voraus, welches Beet umgegraben werden musste, was Plotz, der nur Frauen und Kinder um sich hatte, ihm liebend gern überließ. Oft stand er bei seiner Arbeit dabei und erzählte ihm Alltägliches, ohne Ausgang und Ziel, vom Gärtnern und den Pflanzen, die er mehr wie ein Liebhaber als wie ein Geschäftsmann sah. Seine vieleckigen Beete endeten an den Zäunen der bebauten Grundstücke. Sie waren mit mächtigen Bäumen bestanden, zierlichen Exoten, Rankgewächsen und Büschen, die für Thom und seine

Freunde Raum für wilde Spiele hergaben. Plotz bemerkte sie selten genug, vor allem, wenn sie über eine der Grenzmauern hineingelangt waren. Und so konnte es geschehen, dass sie die dicke, dreizehnjährige Gerda zum Versteckspiel einschleusten, die unter einem Busch ein Nest bauen wollte, was in Plotz, der durch das Brechen der Äste aufmerksam wurde, als er am offenen Eingang seines großen Treibhauses stand und Blumen oder Petersilie band, den zur Abwehr bereiten Impuls auslöste, seinen Tesching aufzunehmen und dem guten Mädchen in die junge Brust schoss.

Thom stand noch immer im Flur, vor Erschöpfung an die Wand zwischen Küche und Bad gelehnt, weggedämmert in den Kindertraum von Plotz' verwunschener Gärtnerei: Als ihm die Knie wegrutschten, erwachte er. Ja, er wollte dem Besuch – wer mochte das eigentlich sein? – den Zuschnitt der Wohnung erklären, das gehörte sich doch, zumal er der Mann im Hause war.

Auf der rechten Seite des Flurs lagen zwei Türen. Die hintere war leicht bestoßen im Lack und führte ins elterliche Schlafzimmer, in dem nach Vaters Tod ein großes Kinderbett stand, in dessen Kopfteil Thom während einer Angina zum Ärger seiner Mutter mit der spitzen Ahle aus dem Nähkasten dramatische Wildwestszenen gestochen hatte. Die andere Türe, noch immer unversehrt im Lack glänzend, verschloss die geheiligte »gute Stube«. Groß. Auf der Fensterbank blühten hinter eierschalenfarbigen Stores Alpenveilchen. Links an der Ofenwand stand ein Gläser- und Geschirrschrank, von dessen oberem Absatz ein seifig schimmerndes Schillerporträt – als Hausheiliger – auf uns herabsah. Diese Wahl war sicher nicht ganz zufällig auf ihn gefallen: Ein Gast soll, um den Ankauf zu fördern, seinem Vater die Besonderheit der schmalen Adlernase des Dichters ins Spiel gebracht haben, die beide zierte: Schauen Sie sich und auch Ihren Sohn an! Und tatsächlich, ganz falsch war der Hinweis nicht. Später entdeckte Thom erleichtert, keine Replik von Sokrates zu sein.

Aus der Küche drang beißender Zigarettenrauch und er hörte das hohle, röchelnde Husten eines Mannes. Dann kam eine zweite Art von Röcheln hinzu, ein langröhriges Ziehen, weich und irgendwie fett, das in Atemlosigkeit endete. Das ist, fuhr es ihm durch den Kopf, zweifellos kein Spaß, aber welche so arg rauchenden Leute kamen zu uns? Er stieß sich mit einer bogenähnlichen Anspannung der Wirbelsäule von der Wand ab und ging in die Küche, die voller Rauch war und heruntergekommen aussah. Untertassen voller Kippen standen auf dem Tisch. Seine Mutter lehnte unvorstellbar bleich am Herd, endlich, sagte sie, sah ihn entgeistert an und ließ eilig Wasser in eine Kasserolle, setzte sie auf den Herd und stellte den Graupenbehälter dazu, du musst doch Hunger haben! ich kann dir schnell etwas Haferbrei kochen. Du musstest wohl lange warten, wird dich der Unfall den Daumen kosten? Junge! Sie presste Thom an sich. Es ist alles gut, Mutter. Er umarmte sie zart, denn er konnte mit ihrem Völlig-außer-sich-Sein nicht umgehen und suchte linkisch, sie zu beruhigen.

Du hast ja Besuch, sagte er und wies auf einen hageren Mann, der auf der Küchenfensterbank saß. Das ist der Bruder deines Vaters, der Walter! Erkennst du ihn nicht? Der Mann drückte seine qualmende Kippe in einer Schüssel aus und trat auf ihn zu. Er war kaum größer als Thom, sehnig, mit braungebranntem, eingefallenem Gesicht. In dem Augenblick, als er ihm gegenüberstand, glaubte Thom plötzlich, Vater vor sich zu haben, sagte dann, nach seinem Namen suchend, Onkel – Moment, du bist der Onkel Walter aus oder bei Magdeburg? Ja, ja, du bist doch, sagte er, um sich aus seiner Verlegenheit zu retten, meines Vaters Zwilling? Verdammt, wie ähnlich ihr euch seht, und er reichte ihm die Hand. Aber Walter wedelte errötend mit seinem rechten Oberarmstumpf, sodass er Gefahr lief, dass ihm das steife Jackett von der Schulter in den Rücken rutschte. Sie nahmen sich einfach in die Arme, klopften sich die Rücken. Mein Junge, sagte er sichtlich bewegt, der Willy war so stolz auf dich nach den drei Mädchen, nun verachte mich nicht, denn du wirst bestimmt ein besserer Herr. Mein Arm fault unter einer Stütze im Schacht. Da, das ist die Lina, eine gute Frau, die Mädchen sind bestimmt nebenan.

Nach all den Jahren wollte ich endlich allen meine Heimatstadt zeigen. Sind schon ganz aufgeregt! Weißt du, um 1939 ging ich auf Wanderschaft, der Willy hatte ja seine Familie und die neue Wohnung. Und dann bekam er das schlimme Weltkriegsleiden, das ihm keiner ansah, bis er starb. Mir gelang hier einfach nichts. Ich ging, das weißt du nicht, an der Elbe lang bis Magdeburg, blieb mal hier und mal dort, traf dann die Lina: Sieht sie nicht wohl aus? Nun begrüß sie mal ordentlich, nachdem du weißt, wer da auf dem Küchensofa prangt. Als die in Magdeburg ein Kind kriegte, haben wir uns in die Börde gemacht, hab Arbeit im Stollen genommen, für elftausend Hitlermark ein schönes Arbeitersiedlungshaus mit meinen Händen gebaut, bissel Garten, ein Schwein fürs Jahr gezogen. Da hättest du mal sehen müssen, wie die Lina angepackt hat nach meinem Unfall. Holz und Kartoffeln, sie hat auch ein Lieblingsbeet, alles feine Bohnen.

Thom setzte sich neben Lina, immer die Mutter im Blick. Lina roch nach Schweiß und Rauch, die Nähte ihres Seidenkleides schnitten in ihre üppige Figur. Nachdem sie Thom gedrückt hatte wie den verlorenen Sohn, fielen ihm ihre Haare auf, die trotz der Dauerwelle dünn waren, das Gesicht jedoch bewahrte jenen lieblichen Schimmer der Mädchenzeit, mit dem füllige junge Frauen bezaubern können. Ein Abglanz davon lagerte in ihren Lachfältchen. Lina strahlte Tatendrang und Verlässlichkeit aus. Ihre Kraft und Herzlichkeit füllten die Küche vollkommen aus. Sie gehörte zu jenen betriebsamen Frauen, die jede sich ergebende Gesprächspause wie ein großes Loch, in das sie zu stürzen drohen, empfanden. Als fortführenden Gesprächsstoff nahm sie alles, was ihr einfiel.

Thom beobachtete besorgt die sichtbare Lähmung seiner Mutter, und da er schon feinste Schwankungen ihrer Gemütszustände erkannte und empfand wie die eigenen, wusste er seit dem Betreten der Küche, dass sie unter einem Notzustand litt, einer Thom unbekannten Bedrohung.

Der Klacks Haferbrei war längst aufgekocht, alle Spelzen von der Mutter entfernt, die Bedrückung aber lag weiter im Raum, sodass Thom, da sie auf seine leisen Fragen nach ihrem Zustand schwieg, sagte: Sieh, meine Hand ist gerettet und der Große Garten ruht in erhabener Stille. Lass uns doch morgen dahin gehen, dieser Friede wird dir gut tun. Dann bat er sie eindringlich: Rede mit mir, Mutter, rede. Sie antwortete: Ja, gleich, Junge, gleich, du musst erst essen. Das werde ich nicht tun, zuerst sprichst du mit mir. Wenn es sein muss, schick Walter und Lina vor die Tür!

Walter sprang auf und ging zur Mutter, umfasste ihre Schultern, lass nur, Käthe, dafür bin ich da, ich red mit ihm.

Hör zu, Thom, sagte er dann, grad, als wir hier reinplatzten, klingelte es und vier uniformierte Russen mit ner Dolmetscherin standen vor der Tür! Zwei hatten ihre MPs im Anschlag. Was das für ein Schreck war, glaubst du nicht, und da sank die Käthe um und ich sagte in meiner Angst, nix Mann, nix Vater: Onkel! Die Dolmetscherin aber verlangte schroff: Thomas Kerber muss her, kurz sprechen. Und ich: Thomas Arzt, Hand kaputt, und hielt meinen Stumpf hin. Sie schickte zwei der Russen mit einem Kopfwinken in die Wohnung, suchen! Als sie dich nicht fanden, sagte sie, Polizei kommt, und weg waren sie. Da schlotterten uns allen die Knie. Aber ich dachte erleichtert: Deutsche Polizei! Da ist doch zu reden! Thom erwiderte: Vor Gericht und in Handschellen schon, diese Zecken!

Junge, am Abend bist du wieder da! Onkel Walter umarmte ihn: Du machst das schon.

Es war doch natürlich, dass in seinem Kopf alle schrecklichen Bilder der Taten dieser Armee, die sich herumgesprochen hatten, mit der Schnelligkeit eines Films abrollten, und ihn bleich und verzagt machten. Thom fing sich aber rasch, überlegte, ob er die Rote Armee gereizt haben könnte, aber seine Erinnerung gab nichts her, nichts, was ihn daran denken ließ, sofort zu fliehen und sich zu verstecken. Seine Chancen, notfalls zu entkommen, lagen bei hundert Prozent und das auch, wenn eine ganze Kompanie mit neuen MGs vor dem Haus gestanden hätte. Ein Sprung aus dem Hoffenster, zwanzig Schritte über den Bleichplan und er wäre hinter der undurchdringlichen Wand der Koniferen verschwunden, es würde die Nacht kommen, die Grenzen sind offen und mit dem Verband würden ihm viele Leute weiterhelfen. Der Daumen als Retter! Die wunderbare Wandlung vom Unglück zum Glück. Ach was, es kann gar nichts sein: zu Unrecht verdächtigt! Er kann sich ruhigen Herzens stellen. Und da gabs ja auch die Wiesen und

Gärten vor den Schlafzimmerfenstern an der anderen Hausseite. Ein lautloser Sprung vom niedrigen Hochparterre, der Zaun kniehoch, und nur eine Straßenbreite entfernt lief in die weiten Wiesen das alte Bett der Elbe. Was für ein Schutz! Aber es lohnte nicht, an Flucht zu denken.

Er tröstete seine Mutter, hab keine Angst, wie viele Bomben und einrückende Soldaten haben wir überlebt! Das Kommando, beschwor er sie, Mutter, ist ein Versehen, ich bin unschuldig, die können mir nichts. Ja? In seiner Mutter Wangen kehrte ein wenig Farbe zurück. Sieh, sagte Thom, wie ähnlich der Walter dem Vater ist, gegen unsere Nasen, gegen die ist kein Ankommen! Ist das gut?

Als er ins Schlafzimmer ging, verstummten seine Cousinen. Sie saßen auf den Bettkanten und standen auf, um ihn zu begrüßen. Greta, die ältere, war schlank und groß und hatte braunes Haar. Sie näherte sich ihm zögerlich, mit Scheu. Greta hatte, so hieß es vorhin in der Küche, die Lina mit in die Ehe gebracht. Ganz anders die jüngere: kleiner, wuschelköpfig blond und strahlend umfing sie ihn, sodass er ihren zarten Leib spürte. Margot, raunte er aus zugeschnürter Kehle, Margot, Cousinchen, und fuhr ihr durchs Haar. Sie war ihm augenblicks nahe wie eine fremde Schwester. Im Augenblick der Not dieses Glück, jemanden zu haben, der, wenn auch vom fernen Dorf, ein Fleisch mit ihm ist.

Thom legte sich in der übers Jahr kaum benutzten guten Stube auf den Diwan und dachte darüber nach, was ihm alles widerfahren könnte. Dann schloss er die Lider und schlief sofort ein. Margot hatte gesehen, dass Thom in die Stube ging. Sie musste ahnen, dass dieses Zimmer, unsinnigerweise, nur zu hohen Geburtstagen, Konfirmationen und Todesfällen, zu Weihnachten und Ostern benutzt wurde und damit, wie heute, für alle tabu, das heißt, von niemandem zu betretendes Terrain war. Noch bevor Thom gänzlich erwachte, kniete sie neben ihm und begann, Wange und Augen, den Mund zu küssen. Er genoss das und erwiderte heftig jede ihrer Zärtlichkeiten, ertastete ihren warmen und festen Körper, ergriff von den Schultern aus ihre Brüste, den Bauch, die

Schenkel. Alles an ihr erregte ihn. Thom fühlte sich leicht und fern der Wirklichkeit, während Margot seinen Namen flüsterte, atemlos, gesetzt im magischen Rhythmus einer Litanei. Sie, die schon als Kind durch die preisenden Worte ihres Vaters in kindlicher Liebe zu dem fernen, städtischen Cousin entbrannt war und im Dorf der Filzköpfe und Glatzen sein schulterlanges helles Haar bewundert hatte. Jetzt fasste sie gierig hinein, hielt das errungene Gold und im Kusse erstickte sie alle Hemmungen, die überhöhten Bilder, alles, was gegen die Erfüllung ihres Begehrens stand, und als sein Fleisch aufstand, krümmte sie sich ihm entgegen zur Leibmitte hin, küsste ihn rasend, bis sich der Blitz seines Lustschmerzes entlud. Seine Hand verkrampfte sich in ihrem Haar. Später stieß Margot einen kurzen Schrei aus. Sie saßen schwer atmend aneinandergepresst auf dem Sofa. Die Kissen waren liederliche Knäuel. Als Margot ihren Kopf senkte, strich Thom ihr über das Haar und als er eine Strähne ihrer Locken zärtlich zurückschob, ergriff ihre schutzlose Jugend sein Herz und er küsste sie hinter das Ohr, was Achtung bedeutete und sie in seine aufkeimende Liebe einschloss, ein unauslösliches Pfand, in welche Zukunft es ihn auch zwingen sollte.

Als Thom in die Küche zurückging, kündigte Lina an, dass sie, wenn er nachmittags zurückkäme, mit der Käthe, die mal raus müsse, in die Stadt fahren wolle. Herrgott, wie viele Jahre seien denn vergangen, in denen sie darauf gewartet hätten, der Walter und sie, und dann auch die Mädchen, die nun grad flügge würden.

Sind gut geratene Mädchen, sagte Walter, wobei er den Rauch der Zigarette ausstieß wie einen Fanfarenstoß. Ja, wie das alles so kommt, aber es wär schon der rechte Anlass, nicht Käthe? Mutter schien sich beruhigt zu haben und sagte zu Thom, zieh dir ein frisches Hemd an, das macht immer einen guten Eindruck! Müssten die Russen – es kann ja nichts Wichtiges sein – nicht schon längst wieder da sein? Zu seiner Mutter gewandt sagte Thom, dass die Lina schon Recht habe.

Am späten Nachmittag könnt ihr ja die Landschaft genießen, weißt du, Walter, ich meine, ein Stück die Elbe entlang und den gegenüberliegenden Hang im Blick, so was kann doch eure Heimat nicht aufweisen? Thom wisse, sagte er, ihm gehöre ja hier nichts, aber im tiefsten Sinne gehöre ihm alles: die Fliegende Fähre, die dich, schwupps, ans andre Ufer trägt zur Restauration der »Vier Pappeln«, die sie mächtig umstanden. Herrlich sind die, Walter, wenn sich im lauen Wind ihre Blätter, jedes für sich!, um die eigne Achse drehen. Dahin ging einmal im Jahr mein Vater Willy zum Bier. Vielleicht wollte er damit sagen, auch ich bin ein freier Mann!

Thom hatte sich zu seiner Mutter, Walter und Lina auf den anderen Platz am Ende der Küchenbank gesetzt, der Platz, von dem er, bis zur Fensterscheibe zurückgelehnt, einen Streifen des Hauszugangs und in einem weiteren Winkel die Straße übersehen konnte. Wenn sich die Ankömmlinge nicht hinterlistig anschlichen, könnte er sich immer noch auf einen von mehreren Fluchtplänen festlegen. Doch sagte er sich, dass das Unsinn sei, da er ja dablieb, wegen seines verdammt reinen Gewissens. Andererseits wäre der Triumph über staatlich geschützte Denunzianten berauschend. Die zu überlisten, wäre ein Abenteuer ganz nach Thoms freiheitlichem Geschmack.

Sag mal, Onkel Walter, wie lange ist das eigentlich her mit deinem Arm und wie kommst du damit zurecht? Oder soll ich dich nicht danach fragen? Doch natürlich, sagte Onkel Walter, frag nur, es müssen jetzt bald zehn Jahre sein, du merkst schon, der Mensch gewöhnt sich an den schlimmsten Schlamassel und vergisst darüber die Zeit. Also, Lina, in welchem Jahr war denn das, du klagtest doch immer, mir ist das Mannsbild zerstört und so. Wart mal, das war sechsunddreißig und das Haus im Rohbau fertig. Die Margot war gerade in der Röhre, wie man so sagt! Und du, Walter schaute zu Lina, wolltest immer schwofen gehen, vor allem beim Grubenfest, ohne Ende! Ich hab nur den ersten Tanz gemacht mit dir, bin gesessen und hab geraucht.

Und Lina: Du dachtest, du könntest mit ner offenen Hose rumlaufen im Ort. Damals beneidete ich manchmal den Willy mit der Käthe und den hübschen Kindern, gar, als ihr die große Wohnung bekamt, fast schon auf dem Land und doch noch in der Stadt.

Junge!, wenn die Phantomschmerzen kommen, hat die Familie schlimme Tage.

Darauf Thom: Kann ich mir vorstellen, Onkel, doch vergiss nicht, dass dein Jahrgang praktisch noch durch Russland oder die Wüste gejagt worden ist, da konntest du noch froh sein, nicht zur Front zum Totschießen geschickt zu werden.

Das stimmt, viele Wunden bluten nach innen, das sagst du, bist ja ein heller Kopf! Je mehr Kumpels in den Krieg mussten und fielen, desto steiler ging mein Aufstieg. Lieber einen Arm drangeben als das Leben. Als einer aus dem Prüflabor nicht zurückkam, bot man mir ein kleines, aber lebenslanges Gehalt für die Chemieproben an.

Ging denn das?, fragte Thom zweifelnd.

Das ging, ich musste täglich ein paar Proben vom Förderband holen und mit einer Lauge den Salzgehalt in der Kohle messen, manches Mal aber auch einfahren, schrecklich, ich dachte eben immer an den Arm. Je länger der Krieg dauerte, umso glücklicher war der Steiger in mir. Reklamationen wurden »kriegshalber« sowieso ausgesetzt. Und Lina sah ein, dass der Wanderbursche, den sie geheiratet hatte, doch die bessere Wahl gewesen war.

Margot betrat die Küche und warf sich mit dem Satz: Ihr habts richtig schön hier!, schwungvoll aufs Sofa; ich bleib bei euch, nicht, Tante Käthe? Nichts an ihr wies noch Spuren ihrer Leidenschaft auf und Thom staunte, wie so große Erregungen in Minuten verschwinden können, spurlos wie ein Regenschauer in Afrika. War alles gespielt? Nichts bis ins Herz gedrungen? Na, setzte sie hinzu, weil alle schwiegen, wann kommt denn nun die Rote Armee? Bist du ihnen zu jung, ist der Aufwand zu groß? Ich weiß, den Teufel reizt man nicht, wenn der Po nackend auf dem glühenden Rost sitzt.

Thom vermutete, dass seine Mutter auch an den kommunistischen Amtmann im Haus dachte, den Thom neulich bei nächtlichen Schiebereien gesehen hatte und dessentwegen er jetzt bald Zeuge in einem Prozess sein sollte. Vielleicht befürchtete Mutter, dass der versuchen würde, ihren Sohn mit Hilfe der Russen ans sibirische Polarmeer zu schicken, um in ihrer Wohnung ein machtgeschütztes Lager einrichten zu können! Die städtische Wohnraumlenkung konnte das nicht mehr hintricksen, ohne den Aufruhr der Anwohner zu provozieren.

Dass Sibirien Millionen deutscher Soldaten und sogar kaum sechzehnjährige Flakhelfer verschlang, wusste der Verbrecher im Haus und hatte seine Fäden, das war bekannt, zur Tscheka geknüpft.

Man kann es ja auch so einrichten, dass ein Gedungener seinem Bruder, dem Flussschwimmer, mit dem Ruder ein Loch in den Kopf schlägt. Das ist zwar nicht dresdnerisch, eher dörflich, denn die Umgebung formt Sitten. Die Stadt kann einem auf die Nerven gehen, man kann sie sogar hassen, aber das gebaute Elbflorenz ist kein Ort des Verbrechens.

Wenn seiner Cousinen Sehnsucht die Big Bands sind, dann sollen sie in den Gasthof Dobritz gehen, wo Abend für Abend »Hammer und Blech« spielt, dreizehn Mann, die richtig draufhauen, da schläft keiner, soweit das Ohr hört. Ihr könntet mit der Motorfähre auch zum Erbgericht knattern, sagte er, dort sind mehr Familien, es ist auch verträglicher für die Mädchen, selbst für Lina!

Gegen Morgen riecht der Fluss nach Tang und faulendem Laub, ein Geruch, den keiner vergisst, vor allem, wenn die Bootsschraube das zerstäubte Wasser hinter sich herzieht wie eine Flagge.

Thom hörte, wie die Haustüre in den Angeln quietschte und kurz danach zuschlug. Seit vier Uhr lag sein Blick immer wieder auf der leise tickenden Küchenuhr und er spürte, wie der ruckartige Zeigergang an seinen Nerven zog. Er würde, holte man ihn, gehen ohne Tränen. Auch nicht wahnsinnig wie einer seiner Nachbarn werden, der bei einem Bombenangriff auf den Hausboden stieg und hinunter rief: Macht nur weiter, das hier regle ich allein! Solch einer wird er nicht sein, und davonlaufen vor der korrupten Polizeitruppe würde er auch nicht.

Die Türklingel schrillte. Er ging aus der urplötzlich stummen Küche und lauschte in den Flur: Du nicht, sagte heiser die Mutter, geh zurück, es ist besser, wenn ich geh. Das ist doch meine Wohnung.

Als Thoms Mutter die Tür einen Spalt breit öffnete, lag der Hausflur im Schatten. Die Sonne zog ihre sinkende Bahn. Draußen stand ein alter Mann in der abgetragenen Uniform eines Behördenboten. Er schien angestrengt, suchte das gut lesbare Namensschild und fragte: Ist die Besitzerin denn hier?

Die Mieterin, ja, antwortete die Mutter, alles, was hinter dieser Tür ist, gehört mir. Suchen Sie jemanden? Na ja, ich denke mal, der Thomas ist Ihr Sohn und der soll mit mir mal kurz zur Wache kommen. Er senkte den Kopf mit dem alten Nazi-Tschako. Wenn er unschuldig ist, bring ich ihn schnell zurück. Mit diesem Satz hob er den Kopf und straffte den alten Körper. Das, dachte er, hast du jetzt gut gemacht, ehrlich und sauber.

Thom trat aus dem dunklen hinteren Flur, nahm seine dünne Windjacke vom Haken, warf einen Blick in die Küche und rief: Lina, Walter, ihr Mädchen, also dann bis heut Abend!

Von Margots Nähe konnte er sich nur mit Willensanstrengung losreißen. Seine Mutter umarmte er lange, er spürte ihre ganze Zerbrechlichkeit. Vertrau mir, ich bin ohne Schuld. Der Beweis ist doch, dass ich jetzt hier bin. Wäre es anders, dann säße ich längst in einem Zug oder nem Schiff, irgendwo draußen an einem sicheren Platz. Behalte den Kopf oben, du hast mich geschützt bis hierher, nun hilft mir nur noch mein Instinkt.

Als der mit seiner Beinprothese mühsam humpelnde Beamte und Thom an den Stadtvillen vorbeigingen, wurden da und dort Stores beiseitegeschoben und einige, die sich dreist auf die Fensterbrüstung lümmelten, schickten Thom ein höhnisches Grinsen nach, das waren die SA-Leute, Nazis und ihre Mitläufer, die geschickt allen Aufbaueinsätzen, etwa, wenn sie ein Stück Rohrgraben vor dem Haus fürs Trinkwasser ausschachten sollten, fernblieben. Wenn sie an Thoms Stelle abgeführt würden, wäre wohl keiner von denen zurückgekehrt. Thom fragte den Behördengreis in der Pförtnertracht: Was soll denn das jetzt werden auf dem Revier, wo doch die Russen drinhängen? – Schläfst du gut, alter Mann, wenn du Unschuldige verkaufst? Oder hab ich etwa in deinem Garten auf den Spinat gepisst, um sone richtige Ordnungsrache verdient zu haben? Mir hat meine Arbeit, auch die, wo ich wegen Schmierfett oder Bitumen Handschuhe brauchte, doch wenigstens Spaß gemacht. Ja, wenn ich jetzt mit sechzehn, zwei Jahre zurückdenke, dann habe ich trotz stundenlangen Schrubbens meine Fingernägel nicht mehr sauber gesehen. Zerbombte Wasserrohre, so zwei oder drei Meter unterm Straßenpflaster und dann die lecken Gasmuffen mit Blei gestemmt, damit ihr Flöten im Krieg und danach garantiert das einzigartige Coschützer Quellwasser aus der Hangleitung schlürfen könnt, und explodieren sollte auch nix! Warum keuchst du denn so?! Genau genommen red ich gerade davon, wie es mit der Kultur begann, nein, ich sags dir genau, da du ja nicht mit mir redest, mit der Zi-vi-li-sa-tion. Aber ich merk schon, eher biegt in Pirna die Elbe in Richtung Oder ab, als dass du den Mund auftust. Sind es die dritten Zähne, die dabei immer herausrutschen, oder verstehst du nur polnisch? Dann würde ich schweigen oder Chopin pfeifen: Expressivo.

Sie gingen die Laibacher Straße hinunter, die im Sommer mit alten prächtigen Linden ein Schattenschirm war, kreuzten die Leubener Straße, auf der es per Straßenbahn bis zum Niedersedlitzer Bahnhof Richtung Rathen und Bad Schandau ging. Der Wachmann schleppte sich und Thom durch die Siedlungsgevierte, die Gänge ohne Kreuzungen sind. Er hatte Angst, dass Thom ihn gegen das Holzbein treten könnte, er stürzen und der Kerl verschwinden würde. Schon ein Stoß gegen die Schulter, vor die Brust würde genügen, dass dieser Thomas unter schadenfrohem Gelächter mit einem Satz über die Büsche der Vorgärten verschwände, er wäre dem Alten nur noch ein Phantom und ein dienstliches Ärgernis ohne abschätzbares Strafmaß.

Die Steirische Straße lag vor ihnen wie ein Schienenstrang, der an den großen Wiesenschlag bis nach Tolkewitz reicht, am Ende der kleine Park mit den seltenen Büschen, den Heckenrosen mit vielen Blüten. Was für ein Zaubergarten war das für Liebespaare, heimliche auch, wie die aus Montagues und Capulets Häusern, Julia und Romeo, man könnte auch an Dante und Beatrix denken. Und rätselhafte Liebesgrüfte gab es da. Auch ganz und gar fromme Paare, die ihre Sternbilder zum Pfand ihrer Liebesschwüre erkoren, fanden sich hier.

Der Park wäre, und jetzt schnellten Thoms Träume in die ungute Gegenwart zurück, auch für ihn ein sicherer Ort, eine Gewissheit, die ihn den fußkranken Wächter fragen ließ: Glaubst du denn wirklich, du hättest wirklich Macht, mich auf die Wache zu führen? Noch bin ich in Freiheit! Warum fesselst du mich nicht? Da überleg ich mir, warum deine Häuptlinge nicht wissen, dass ich dich entwaffnen könnte. Das würde Aufsehen erregen und wäre nicht zu verstehen bei meinem guten Leumund. Hast du daran nicht gedacht? Doch, du hast! Heimlich, still und undurchschaubar wie der Nebel über den Wiesen, so sollte ich geholt werden. Nicht wie von den Russen. Der Plan ist von Banditen, ihr wollt saubere Hände herzeigen können, wenn was passiert.

Sie waren rechts in die Tauernstraße abgebogen, in der links, jedoch weit vorn, das Revier lag, und Thom sagte zum Wächter: Denk nie, dass du mich abgeführt hättest, sei lieber froh, dass ich dich nicht verdroschen hab, und nur deshalb nicht fortgelaufen bin, weil ich tief in mir an das Recht glaube. Das wird dir eines Tages helfen, wenn mal der schwarze Mann umgeht im Dorf.

Du hast deine Sorgen und ich meine, sagte der Wachmann vor der Reviertür. Thom: Deine, glaube ich, sind von anderen bestimmt, da schaut keiner dahinter, ich wünsch dir nichts Böses.

Und der alte Mann: Nur um eins bitte ich dich, wenn wir ins Revier treten, dann geh mir voran, ganz knapp, die sollen nicht denken, dass du mich hergebracht hast.

Schon gut, ich weiß, welchen Vorteil es hat, jung, gesund und schnell zu sein.

Im Revier standen im Parterre alle Türen offen, es herrschte ein Kommen und Gehen. Nur einer, mit einem geflochtenen Schulterstück, erwartete Thom, trat auf ihn zu und sagte: Es eilt ja alles nicht, aber gewisse Dinge müssen erledigt sein. Er sah an seinem Körper hinunter, rief nach dem Wachmann und fuhr ihn barsch an: Sag mal, wo hat der denn sein Bündel gelassen, ich sehe hier nichts. Der Wachmann verteidigte sich: Das war nicht meine Aufgabe, so was mach ich nur mit geladener Waffe. Der wäre nicht mitgekommen, wenn ich gesagt hätte: Nun pack in Ruhe dein

Bündel, Wechselwäsche, Strümpfe, Schuhe, Hose, und vergiss den Wintermantel nicht, der wäre doch weg gewesen – Wintermantel! Bis dahin sind es noch zwei Monate! Scharf erwiderte der mit den Raupen auf den Schulterstücken: Vorschrift ist eben Vorschrift. Daraufhin drehte sich der Wachmann um und verdrückte sich mit den Worten: Ich mach euren Mist nicht mehr mit, in das Kellergeschoss.

Jetzt schwand alles Blut aus Thoms Gliedern und seinem Kopf. Denn dass er Wintersachen mitbringen sollte, davon hatten die Russen nicht gesprochen, nur von ein paar Worten auf dem Revier, so Onkel Walter, doch danach sah das urplötzlich nicht mehr aus. Thom überwand den ersten Schrecken und fragte fest: Was wird denn hier gespielt, Herr Offizier? Sie luden mich zu einem Gespräch über unsere Wohnungsfrage oder dass ich nachts mit dem Fahrrad ohne Licht fahre, aber dass das bis Weihnachten dauern soll? Hier wird doch was gedreht!

Halts Maul, brüllte der Thom an, geh mir voran, da, links und dann die rechte Tür, die er rasch auf- und wieder zuschloss. Der Raum sah wie eine Behelfszelle aus: kahl, eine Holzpritsche und ein schmales, vergittertes Fenster an der Stirnwand.

Setz dich, du musst Ruhe finden und jetzt ein bisschen warten, sagte er, plötzlich milder. Dir passiert hier ja nichts, du brauchst eben nur, und das ist Vorschrift hier, ein paar Klamotten, es zieht sich alles hin, was der Wintermantel soll, weiß der Teufel, den verlangen die Vorschriften, auch im Hochsommer, Deutschlands Bürokratie! Mehr ist da nicht. Also hau dich hin. Je schneller deine Mutter packt, umso schneller kommst du hier weg. Und wenn du mal fliehst, sind die Sachen dein Billett.

Thom, der sich stets vor fremden Behausungen ekelte, war dennoch zufrieden mit seiner Zelle; er dachte, hier quatscht dich wenigstens keiner blöd an. Die Pritsche war aus frischem Holz und kaum benutzt, sodass er seiner Müdigkeit nachgab: Er spürte, wie sein Körper sich entkrampfte. Der Kopf sank ihm zur Seite und in Minuten entriss der Schlaf ihn aller Not. Die Entrückung währte nur kurz, bis er, halb erwacht, sich zur Wand hin auf die Seite warf und murmelte: Rück doch ein bisschen ran, Margot.

Als er ins Leere griff, die Besinnung wieder klarere Konturen gewann, setzte er sich auf und lauschte den Geräuschen der Wache.

Im Revier, in dem Thom mit Anfang fünfzehn jede dritte Nacht als Luftwaffenhelfer gewacht und geschlafen hatte, herrschte Unruhe. Er hörte deutlich, wenn auch in Bruchstücken, die ungehaltene Stimme der Revierraupe, hörte, wie der: Verdammt! Macht doch die Augen auf, schrie, das alte Ding kann doch nicht verschwinden, hörte Türen schlagen, aufgezogene Fächer quietschten und zuknallen, und als einer: Hier ist sie, rief, tanzte irgendein Häuptling seinen Tanz und schrie: Ihr Idioten, der Landrat will, dass es ein altes Schießeisen ist und gottverdammt kein fabrikneues, wie das Ding, das du da hast! In Ölpapier verpackt, stöhnte er auf, die wissen doch genau, wie ne gebrauchte Pistole aussieht. Und schärfer: Wenn ihr die Sache verbrummt, dann kauft der Amtmann euch ein Ticket zur Eismeerfront!

Thom hörte jemanden schreien: Wenn ihr keine alte 08 findet, sind wir dran. Hau ab mit deiner »Sauer«, das ist Bahnpolizei! Ich kann euch nicht helfen, dann nehmt die Neue und steckt sie in ne alte Kartentasche, die schaun so genau nicht nach, sie werdens schon fressen und Max, du bist der Wachmann, sei wachsam, lass dich nicht einschüchtern, halte die Flinte vor den Bauch. Wenn das nicht klappt, dann gute Nacht!

An der Eingangstür klingelte es Sturm. Thom hörte die Stimme seiner Mutter. Sie war dem Polizisten mit dem Sachenpaket gefolgt und drang hier nun darauf, Thom zu sehen: Ich will meinen Sohn sprechen, nein jetzt, hier und überhaupt. Das ist ja hier wie bei den Nazis, Leute abholen ohne jede Legitimation. Wo ist der Haftbefehl?, fuhr sie den Offizier an. Wenn sie den nicht haben, hol ich mir meinen Sohn!

Mal Ruhe, flötete der Raupenträger, der Bub ist schon unterwegs, gute Frau, er kommt bald zurück, wenn er es heut noch schafft. Helfen kann ich Ihnen nicht und bitte schicken Sie die Versammlung da draußen nach Haus. Das ist die Familie, dachte Thom, was für eine Frau!

Thom glaubte, die Stimmen Linas und Walters etwas von Schande sagen zu hören, und dass er als Kriegsopfer nicht zum Spaß hier sei! Gewiss nicht! Und dann verebbte alles. Wahrscheinlich ist, dass die ganze Familie dem Polizisten gefolgt war und nun traurig unverrichteter Dinge nach Hause ging. Thom dachte, lustig wird das nicht, wenn die nicht mal nen Haftbefehl oder was Ähnliches haben. Thom presste sein Ohr gegen die Tür, aber er hörte nur noch leises Schließen von Türen, das Schlürfen vieler Füße, was wie ein Zug fliehender Ratten klang. Er setzte sich ausgehöhlt und mit schmerzendem Gedärm auf die Pritsche. Sein Zeitsinn verschwamm. Mit verlöschender Schärfe seines Bewusstseins sah er sich statt auf dem Lattenrost mit angezogenen Knien auf der Spitze eines Trümmerberges sitzen, immer in der Gefahr, den Berg hinunterzurollen, was eine Tortur gewesen wäre, spitze Haken, Hacken, messerscharfe Bleche, leere Konservenbüchsen, Armierungsgeflechte und Glas, alles, was einen Trümmerberg ausmacht. Die eingebildeten Schmerzen rüttelten Thom wieder wach.

Statt auf einer Wiese unter dem Schatten eines duftenden Apfelbaums zu liegen, war er in einen Käfig geraten, was ihm die letzte innere Leichtigkeit nahm. Der Gedanke, dass sogenannte geheime »Innere Organe«, die Uniformierten wie die Zivilisten hinauf bis zu den Regierungen, die Menschen lenken und auf den Leiden der Unschuldigen und Wehrlosen gesetzmäßig aufbauen, dass Menschenvernichtung die höchste göttliche Erfüllung sei, dämmerte ihm und sollte später zur schrecklichen Gewissheit werden. Zeus sagte auf Troja blickend: Es gibt zu viele Menschen auf der Erde. Der Gedanke war Thom noch völlig fremd. Sicher aber schien ihm: Das Leben ist eine Folge von Notzuständen.

Das Holzbein brachte Thom vor den Revierchef. Der zeigte stumm und sichtbar desinteressiert auf einen Kopfkissenbezug mit seinen hineingestopften Sachen. Zu Thom: Du kannst ja das Zeug auspacken und mit der Liste vergleichen, aber das verbraucht nur kostbare Zeit, lohnen tut sich das nicht. So oder so.

Und was heißt das: so oder so?, fragte Thom, hätt ich mich im Keller an den Gitterstäben erhängt, dann wärs kein guter Tag für

Sie! Ich packe nichts aus, aber ich schwör Ihnen, wenn ich zurückkomme, setzen wir uns auf den Beton und Sie legen Stück für Stück ordentlich aufeinander. Sind Sie Menschenhändler oder eine Ordnungsbehörde? Ich seh mich vorerst in einem ukrainischen Massengrab. Das hat doch was Erhabenes, wie beschämend ist Ihre Kinder- und Greisenjagd!

Der Wachmann stand hinter Thom auf seinen Karabiner gestützt, der eher einer Muskete glich als einem modernen Gewehr.

Gibt es denn dafür überhaupt noch Munition?, fragte Thom.

Das ist ein »Franzose« aus dem ersten Weltkrieg!

Ja, das Mistding kenn ich vom Volkssturm. Beim Marschieren schlug der Kolben mir Schritt für Schritt gegen die Waden, bis sie blau waren und anschwollen. Und wenn das Schloss klemmte, und da klemmte stets was, schon weil es keine richtige Munition gab, dann brauchte man nen Groschen, um ihn hinten am Schloss in einem Schlitz zu versenken, im Kampf aber hat dir längst einer den Helm weggepustet. Nein, so was kann man einem Polizisten nicht anbieten! Das ist was für bastelnde Schützen: Sachsenverein – alte Gewehre, für Kinder ab sechs Jahre.

Der Alte brummte: Nimm deinen Sack, es geht los. So verließ Thom die Wache.

Als er auf der Straße stand, kam sein Wächter hinkend auf ihn zu und sagte: Wir müssen ein bisschen Bahn fahren und ein bisschen laufen. Verflucht, ich hab den Krieg und das Theater hier nicht gemacht, also sei ein netter Junge und bleib bei mir und geh langsam. Ich krieg sonst nie wieder einen Posten. Du verstehst.

Mein Holzbein ist nämlich zu lang. Es gibt heute bessere Holzbeine, aber ich bin noch nicht dran. Erst die jungen Kerle, das versteh ich ja auch, wir aber verbluten an den Tragehämatomen und Geschwüren durch die Gewehre, und schmerzen tuts immer auch.

Thom schüttelte den Kopf, der Alte tat ihm leid. Er versuchte, sich dem Halb-eins-bums-, Halb-eins-bums-Gangrhythmus seines Wächters anzupassen und als sie ein Stück in Richtung der zweiundzwanziger Straßenbahnhaltestelle liefen, ging es auch. Dazu warf sich der Alte den schweren Franzosenkarabiner auf den

Rücken, dass es eine Schande war. Er keuchte, denn das Laufen war ihm Qual.

An der Haltestelle angekommen, klagte er Thom weiter sein Leid: Weißt du, es gibt gute, es gibt sogar hervorragende Holzbeine, solche nach Maß, wie Anzüge. Meins, er klopfte mit dem gekrümmten Finger drauf, dass es dumpf schallte, als hämmerte ein Specht in trockene Fichtenstämme, meins stammt von einem Erschossenen, es wurde angepasst, so gut es ging, aber es ist immer noch zu lang, das ist der Mist!

Als auf dem Rückzug bei Cottbus der Stabsarzt mich so humpeln sah, meinte er: Fritzsche, so geht das aber nicht! Du weißt, ich liebe meinen Beruf und kann das nicht mit ansehen, wie du läufst, ich helf dir, sobald wir ein Lazarett finden, und kürze dir den Schenkelstumpf! Versprochen!

Den Stumpf wollte er kürzen, hörst du? Der Mann hatte ein Herz! – Wer weiß schon, wie das mit dem Frieden wird.

Weil sie lange an der Haltestelle standen und die vorübergehenden Passanten auf sie zeigten und fragten, ob sie hier eine Wochenschau drehten, erwies sich der Wachmann in seinen Antworten als Meister des Versteckens und Ausweichens. Thom hingegen sagte den Gaffern ins Gesicht: Nein, das wird später was Monumentales von einem Film werden, aber die wirklich interessanten Stellen sind das noch lange nicht!

Thom zweifelte immer mehr daran, dass die Sache, in die er hineingezogen wurde, wirklich nach Recht und Ordnung ablief. Nichts passte zu einer offiziellen Rechtssuche, ohne Anwalt und Gericht, alles stellte sich ihm verlogen und schief dar. Dass er doch besser die Flucht ergreifen sollte, lag außerhalb seines Verständnisses. Irrwege, dachte er, sind immer möglich, aber Vergehen und Rechtsbruch müssten doch deutlich belegbar sein und von Gerichten geahndet werden. Gewiss, nirgends geht immer alles korrekt zu, aber wegen einiger Irritationen Mutter, Familie und Heim aufgeben zu müssen, als vergangenheitsloser Hund gejagt zu werden, hingehen zu müssen, wo man niemanden kennt und, das ist gut möglich, ein Fremder bleiben wird. Nein, er liebte den Fluss und den Bergkamm, die Leute und ihre Arbeit.

Die Straßenbahn ratterte heran und Holzbein musste sich auf den letzten Perron quälen: Wenn ich ausrutsche, dann lieg ich zwar auf der Schnauze, aber kein Fahrrad kann mich mehr treffen. Das ist der Grund! Umsichtig muss man zu allererst sein, damit man kein Körperglied verliert, glaub mir.

Thom schmiss seinen Kleidersack vorn auf die Sitzbank. Der Wachmann setzte sich neben die Tür in die Fensterecke, und das Holzbein ragte wie ein Bootsausleger in den Gang, den Karabiner klemmte er zwischen Rücken und Türecke. Der Alte vermied jedes Aufsehen, denn er wusste ja nicht, wie die Fahrgäste auf seinen Schießprügel reagierten. Thom hätte urplötzlich um Hilfe schreien können: Helft mir, der schleppt mich zu den Russen! Aber Thom dachte gar nicht an so was, denn er war es gewöhnt, alles Mann gegen Mann auszufechten. Hegte Thom wirklichen Hass gegen den Wachmann, dann hätte er ihm beim Einsteigen in sein Knie laufen lassen und der alte Kerl wäre von der Stufe mit dem Rücken aufs Pflaster gestürzt, was seinen Tod hätte bedeuten können! Feinde Thoms profitierten von dieser Denkweise: Selbst die fürchterlichsten verachtete er so, dass es ihm wie eine Beschmutzung vorkäme, sich an ihnen zu vergreifen. Er war sich sicher, dass er auf Dauer eine große Sache vertrat und empfand seine Verachtung als seine Form der Verurteilung. Die Mächtigen sind doch alle vom Geschlecht des Bösen.

Er floh nicht, obwohl er den Deutschen und den Russen Grausames zutraute. Betrog man ihn, wich er dem Kampf nicht aus. Thom war ein Mensch, der sich nach jeder fremden Berührung gründlich die Hände wusch. Er empfand sich dann als geschützt vor jeder Befleckung. Dass dieser Wesenszug ihm bald schwer zu schaffen machen würde, ahnte er nicht.

Mit Gerassel fuhr die Bahn die Borsbergstraße entlang zum Fürstenplatz, und als der Wachmann am Pirnaischen Platz keine Anstalten zum Aussteigen machte, fragte Thom: Die nächste Haltestelle ist das Polizeipräsidium, sollten wir da nicht aussteigen? Das ist doch der richtige Laden für uns oder kennst du einen besseren? Ja, ja, schon gut, wich der Wachmann aus, du hast schon Recht, aber das Präsidium ist eher für Kriminelle, und das bist du ja nicht. Über die kleinen Fehltritte spricht man jetzt anderswo, auch das sind mächtige Gebäude.

Thom: Es ist gleich drei und ich muss jetzt nach Hause zu meinem Onkel und zu den Cousinen. Kann man da nicht etwas beschleunigen? Darauf der Wachmann: Es geht alles glatt, du wirst schon sehen, du bist, denke ich, um sechs Uhr zu Haus. So ein Tag ist eben lang, man muss so viel bedenken und berücksichtigen. Setz dich hin, du rennst durch den Wagen wie ein ungerittener Gaul. Bahnhof Mitte steigen wir um!

Muss denn das alles gerade heute sein, dachte Thom, wenn nach zehn Jahren unsere einzigen Verwandten angereist sind? So wie der Walter muss Vater gewesen sein, er war allerdings kein so großer Raucher, aber arglos wie sein Bruder bestimmt. Vielleicht, grübelte er, hatte Vater sich einen Schnurrbart stehen lassen, um sein weiches Herz dahinter zu verstecken! Bärte, das ist doch klar, sollen den harten Mann rausstellen, Schwächen, wie fliehende Kinne, hängende Wangen und unschöne Nasen kaschieren, so ist das doch! Ein Bart ist eine Maske, punktum. Es soll ja Völker geben, in denen er zur Religion gehört. Wenn ich an Margot denke, brennt mir der ganze Leib vor Verlangen. Bei Gott, ich habe den Namen ihrer Schwester vergessen. Sie ist schmaler, gewiss resignativ, jedoch zäher, zielgerichteter, sie hat ihre Jugend schon verloren, bevor sie begann. Niemand weist ihr durch echte Neigung, wo ihr Leben hingehen soll. Ja, für Margot stehen tausend Nester bereit, aber für Agnes? – ja richtig, Agnes heißt sie!

Thom nahm den Postplatz und die Wilsdruffer Straße wahr wie einen zu hell kopierten Film. Dann kam der Wachmann aus seiner Ecke, und als die Fahrgäste sein Gewehr sahen, wichen sie in den Wagen zurück, woraufhin er behauptete: Keine Angst, das ist nur eine Attrappe. Er befahl Thom, an der Ecke Elektrizitätswerk/-Bahnhof Mitte auszusteigen und auf ihn zu warten: Wir müssen auf die andere Straßenseite laufen und dann in Richtung Hauptbahnhof umsteigen. Also los! Und bleib vor dem Gewehr!

Der Fahrer bremste die Bahn an der Kreuzung mit Sand, die Wartenden wichen, vom Kreischen der Räder erschreckt, auf die Fußwege zurück, während die Fahrgäste sich zu einem wirren

Haufen zusammengepresst wiederfanden. Thom, der mit seinem Bündel in der offenen Wagentür stand, hielt sich fest und konnte durch die Verwirrung der Menschen einen freien Gang ausmachen. Es hätte keinen verlockenderen Augenblick zur Flucht geben können! Doch er erwartete auf dem gegenüberliegenden Fußweg gelassen den Wachmann. Als der noch um Luft rang, ging Thom, mehr zum Spaß als mit dem Hintergedanken zur Flucht, bis zur Straßenecke, nur wenige Schritte am tiefbraunen, fast violetten Klinkerbau des Elektrizitätswerks entlang. Er bewunderte den ironischen Einfall des Baumeisters, der die wuchtige Hausecke in einem Schnitt zu einem Toilettentunnel ausgehöhlt hatte, sodass der peinliche Ort gleichsam verschwand. Allein der pestilenzartige beizende Geruch lenkte die Bedürftigen an dieses oft so notwendige Ziel.

Mit wenigen Sätzen sprang Thom in das enge Pissoir hinter der Hausecke und war damit suchenden Blicken verborgen. Gestoßen und verflucht ging er vom Eingang hindurch zum Ausgang. Als die Zweiundzwanzig weiter zur Hamburger Straße fuhr und die Passanten sich zerstreuten, sah Thom den Wächter hilflos zwischen den Gleisen stehen, wie den Ritter von der traurigen Gestalt, er sah ihn sich drehen und wenden, der Karabiner hing fahrlässig im Anschlag. Verwirrt reckte er den mageren Hals aus dem zu großen, jedoch steifen Kragen und rief: Thomas! Thomas, nun komm doch her!, sprach Fußgänger mit der Bitte an, ihm suchen zu helfen. Thom, der trotz seines Blasendrucks sein Wasser nicht gleich ablassen konnte, weil der Gestank ihn schwindeln ließ, wartete, bis sein Wächter in seiner Not zu einer Telefonzelle lief. Erst dann trat er aus der Urinhölle und blieb so lange an der Bordsteinkante stehen, bis der hilflose Wachmann ihn entdeckte und panisch auf ihn zu humpelte: Du bist doch ein Verbrecher, bringst mich glatt vors Gericht! Weißt du nicht …? Nein, sagte Thom, ich weiß nur, dass du mich belügst, schlimmer, dass du mich am Nasenring ins Schlachthaus führst, für eine Handvoll Silberlinge! Denn, dass deine oberen Büttel ein hundsgemeines Ding mit mir drehen ist zwar ärgerlich für dich, für mich jedoch bedeutet es vielleicht eine elende Haft. Ist dir das klar, Holzbein? Ich hätte doch mit einer Gruppe Arbeiterinnen oder Leuten mit Kindern davongehen können und dir bliebe nur noch, dich deiner Uniform zu entledigen, um dich vor dem Volkszorn zu retten, denn sonst hätten dich die Leute vielleicht in der Tunnelrinne ertränkt. Sie sind gereizt, wütend, noch vom Kriege her. Na gut, ich will dir nichts Böses, bloß, weil ich deine Befehlshaber nicht mag. Du sollst mir später Zeuge sein! Also: Wo geht es jetzt lang? Zum Münchner Platz? Fein. Zum Gericht? Ja, es ist wohl auch noch ein Gericht.

Die Fahrt der Bahn ging unter den zwei Brücken des Hauptbahnhofs hindurch, danach war noch alles wüst, ein riesiges Trümmerfeld. Als sie dort durchfuhren, wurde es dunkel, aber Thom wusste, dass da oben die Schienen nach Prag und Wien lagen, zur Moldau und Donau, aber, ganz wichtig, auch zur Sächsischen Schweiz. Er würde, träumte er, wenn die Margot ein paar Tage da bliebe, was famos wäre, mit ihr durch die gruseligen Gründe streifen, die Höhlen ganz oben bewohnen und Margot allerorts umarmen. Warum nur folgte er diesem Trottel wie ein Esel? Diese Frage wurde er nicht los.

Am Münchner Platz war die Haltestelle gesperrt und sie mussten ein hübsches Stück zurücklaufen. Nach etwa hundert Schritten triefte dem Wächter Schweiß übers Gesicht und er keuchte und hechelte wie ein Bernhardiner in den Bergen. Die Luft war nach dem sonnigen Tag wieder feucht, fast neblig geworden, und da Thom voranging, blieb der Wachmann an der ersten Kreuzung, an der eine Bank stand, atemlos zurück.

Verzweifelt und kläglich rief er nach Thom: Geh doch nicht so schnell! Du kennst doch nicht mal die Adresse.

Vor ihnen lag ein gärtnerisch angelegter Platz, der von hohen Gebäuden umstanden und mit provisorischen Bretterverschalungen verriegelt war. Thom war plötzlich sicher, dass er hinter einem dieser hochbogigen Tore, die bis auf eines grob mit Ziegeln zugeklanscht waren, für unbestimmte Zeit verschwinden würde, aber vorstellen konnte er es sich nicht.

Die ersten Gebäude mit den angestückelten Mauerziegelwänden begannen rechts mit einem um die Kaiserzeit herum gebauten, das für staatliche Ordnung und Macht stand, mit mächtigen Eingangstoren, wuchtigen Vorsprüngen an Türen und Fenstern. Thom suchte mit den Augen den Dachfirst ab und sah, dass das Ganze in einer Kupferhaube bedeutungsschwer endete, die sich bei längerer Betrachtung als eine zum Schwur erhobene Hand erschloss. Als er sich auf die Bank setzte, um seiner inneren Erregung Herr zu werden, las er auf dem unteren Handgelenk den ehemals vergoldeten Spruch, den er mühsam als: Nichts ist so fein gesponnen, dass es nicht kommt ans Licht der Sonnen!, entzifferte. Thom fühlte sich erleichtert, traf er doch genau das, woran er fest glaubte.

Der Wächter holte – halb eins bums, halb eins bums – Thom ein und zeigte ihm den letzten Bretterverschlag: Das ist unser Eingang.

Er führte Thom hinter den herausgerissenen Brettern zu einer von innen verrammelten Tür. Der Wachmann suchte, das Gewehr umgeschultert, vergeblich nach einer Klingel oder Glocke. Dann verlor er die Geduld und stieß mit dem Kolben des Franzosenkarabiners gegen die Schalung. Erst vorsichtig, mit Abstand, dann lauter, zuletzt wütend, und als er sich gerade abwenden wollte, ging in Augenhöhe eine Klappe in der Größe eines handspannenbreiten Briefschlitzes auf. Dahinter sah man in zwei zu Schlitzen zusammengekniffene Augen. Der Wachmann schob Thom vor, zeigte auf ihn und sagte: Den hier soll ich bringen, dawai!

Die Augen des Russen verschwanden und von jenseits klang seine Stimme wie durch einen Trichter: Offizier schlafen, du warten!

Der Wachmann suchte sich eine von zwei Positionen aus gut einsehbare Bank. Thoms Daumen, den er sich im Straßenbahngewühl gestoßen hatte, schmerzte und hatte wieder zu bluten begonnen. In der Aufregung des Tages hatte er seine Verletzung fast völlig vergessen. Fragend wandte er sich an den Wachmann: Ob die da drinnen eine Binde haben oder einen Sanitäter vom Dienst? Auf eine Blutvergiftung kann ich jetzt gern verzichten. Sag, bin ich denn eigentlich versichert bei der Polizei? Wenn es schlimm kommt, verlier ich meine Hand oder auch noch den

Arm! So kurz vor seinem Ziel verlor der Wächter völlig seine Fassung und brüllte Thom an: Lass den Quatsch jetzt!

Unter uns sage ich dir: Mein Herz ist so zart wie das einer Taube, kannst dich erkundigen! Aber wenn es blutet, böse berührt wird, färbt sich mein Sinn ins Schwarze und alle weichen mir aus. Als der Krieg begann, war ich sächsischer Meister im freistehenden Pistolenschießen! So was verlernt man nicht! Einatmen, Ruhepause, Ausatmen und Schuss. Ich traf auf fünfzig Meter ein Ohrläppchen, das ist kein Spaß! Ernst wird das Loch erst zwei Zentimeter über der Nasenwurzel! Merk dirs. Du kennst das bestimmt aus der Wochenschau, wenns um das berüchtigte Hinterland ging, sagen wir Polen oder die Ukraine, die Scharfschützen können dir die Asche von der Zigarette schießen, ohne dass es die Lippen spüren.

Der Wachmann schwitzte schrecklich, sein Gesicht verfärbte sich rot, derweil er mit dem Holzbein nicht gut auf der Bank saß, zumal mit dem sperrigen Karabiner am Leib. Nach dem letzten Satz war er von Thom abgerückt und richtete jetzt den Karabinerlauf auf dessen Brustkorb. Ruhig fragte er: Hätten wir uns nicht eine Zigarette verdient? Wie siehts denn aus bei dir? Hast du vielleicht welche?

Thom, der nur ein Sporthemd trug, tastete sich ab, lauschte, ob was knisterte. Moment mal, sagte er, aber die sind bestimmt von Mutter mit dem Hemd gewaschen. Und als er die zerknautschte Packung Philip Morris herauszog, fand Thom tatsächlich noch zwei zerdrückte Stummel. Dass du solch unverdientes Glück hast, sagte er, indem er dem Wachmann eine zuschob, kümmere dich um Feuer! Sie saßen und warteten auf das Ungewisse. Thom fragte: Mal ehrlich, hättest du auf mich geschossen, als ich im Pissoir verschwunden war?

Ja, garantiert, sagte der Wachmann, denn das wäre ja Flucht gewesen!

Thom: Einfach so, wie auf ein Wildschwein? Wenn ich jetzt aufspringe und davonlaufe, dann auch?

Sicher! Das ist Pflicht, aber Pflicht kennt ihr ja nicht!

Thom: Hast du Kinder?

Ja.

Ganz unschuldige? HJ-Führer?

Na, das ist ja vorbei.

Das ist niemals vorbei, das ist niemals vorbei! Es gibt keine unschuldigen Menschen. Es ist fast egal, auf wen du schießt, jeder hat mal eine kleine Schweinerei begangen, und allein die zählt. Also falls du einen Sohn hast, dann kastrier ihn!

Wieso?

Dass sich so was wie du nicht fortpflanzt!

Der Wachmann, überzeugt: Es war doch nur meine Pflicht! Ich hätt schießen müssen!

Thom, entsetzt: Du redest nur so!

Nein, verteidigte sich der Wachmann, ich muss dich hier abliefern, wer weiß, was sonst mit mir passiert! Auf den großen Bau zeigend: Die Freunde da verstehen keinen Spaß! Verurteile mich nicht! Erzähl mir, wechselte Thom das Thema, wie du dein Bein verloren hast, Mine, Splitter, erfroren oder bist du in einer Bettspalte hängen geblieben? Sags mir, das ist doch lehrreich für mich.

Hast du noch mehr Vorschläge drauf?, fragte Holzbein gereizt.

Oder vielleicht war es ein Haifisch beim Baden im Mittelmeer?

Nein, die Sache ist mir zu ernst. Das war so: Wir suchten dicht hinter der Ostfront ein kleines Wäldchen nach was Schießbarem ab, nem Schwein, ner Ziege oder einem Kalb. Wir hatten ja schrecklichen Hunger und wurden wegen Erschöpfung hinter der Front liegen gelassen in nem Bauerndorf. Wir durchstreiften die Felder und als wir zum Waldrand kamen, blieb ich zur Sicherung, man wusste ja nie, diese Kornschläge bis zum Dorf lagen da wie im tiefsten Frieden. Vorsichtig ging ich ein paar Schritte und da schlägt mir plötzlich ein Blitz ins Bein, bis so ne Handbreit unterm Becken. Der Schenkel wurde erst heiß und dann kam der Knall und das Blut rann. Ein Stück weiter sprang ein junger Russe auf und verschwand im Wald, ich sah noch, dass er einen schäbigen Karabiner, der an einem Strick hing, über die Schulter warf. Ratzfatz waren die Kameraden da und banden mir das Bein ab, ein schlauer drehte mit einen Knebel die Schlagader ab und so kam ich davon. Als ich ins Lazarett kam, war der Brand schon im Bein. Der Chirurg, ein Major, sagte: Gefreiter, wir müssen das Bein abnehmen, dank du dem Russen, dass er dich nicht zum Eunuchen gemacht hat. Das hier ist der perfekte Heimatschuss. Ich mach dir einen Friedensstumpf, denn es gibt die zum Überleben und die kosmetischen, mehr für Offiziere, der kommt später. Also, halts Maul und freu dich!

Thoms Blick fiel auf die gereckte Schwurhand auf der Haube, die aussah, als hätte sie einen Handschuh an. Die bekommt wohl ungern schmutzige Finger!, dachte er, sie sollte es mit Fäustlingen versuchen, die sind sicherer.

Eine Kirchturmuhr schlug fünf. Minutenlang saßen der Wächter und Thom mit gesenkten Köpfen schweigend in der Stille. Im Holztor öffnete sich eine Klappe von der Größe einer Essensdurchreiche und schlug mit einem kurzen, trockenen Pochen auf einen Sicherungsbalken.

Der Wachmann sprang auf, taumelte, riss den Karabiner an sein Bein und befahl Thom: Aufstehen! Du musst aufstehen! Doch als Thom es versuchte, wankte er und wollte sich wieder setzen. Da stieß ihm der Wächter den Gewehrkolben seitlich ins Knie: Haltung annehmen! Zwei Schritt vor mir zum Tor! Haltung! Haltung! Der Offizier wartet.

So gingen sie im Gänsemarsch über die Straße vor das Tor und Holzbein stand stramm: Gefangener vom sechsten Revier!

Ein Russe mit narbigem Bauerngesicht zog sich unter Murren zurück, öffnete spaltbreit das Tor und ließ sie ein. Als sie im winzigen Vorhof standen, empfing sie ein vollkommen unbewaffneter Soldat in Fußlappen und Strohsandalen, mit heruntergerutschter Hose und einer viel zu großen, grob gestrickten Strickjacke. Das einzige militärische Kleidungsstück war eine schwarze, beinenge Panzerfahrerhose, deren Knie sich abgerieben beulten. Schweigsam trieb er sie durch einen hühnertürschmalen Spalt eine steile Treppe hinauf, die im zweiten Stock zu einem breiten, mit giftgrünen Kacheln belegten Gang führte. Er öffnete eine der massiven Eichentüren, die auffällig tief in den Laibungen hingen. Allein die mit den Augen erfassbare Mauerdicke zog Thom einen Kälteschauer über den Rücken. Aber es war doch erst Ende September, wo sich die massiven Regierungsbauten der Stadt nachts als sonnendurchglühte Wärmespeicher bewährten.

Sie betraten einen Raum, der von einem roh gezimmerten Holztisch beherrscht wurde. Ein Offizier niederen Ranges stieß angewidert gegen Thoms Kleidersack und ließ sich vom Strickjackensoldaten Stück für Stück vor seine prüfenden Augen legen. Im Zweifelsfalle bohrte er in einen ausgebeulten Strumpf, ein zerknülltes Hemd. Dann nahm er dem Wachmann das Gewehr ab und legte es hinter sich. Und während Thom seine nur sommertauglichen Kleidungsstücke auf dem Tisch zurechtrückte, verfinsterte sich das Gesicht des Offiziers, denn er fand nicht ein Stück, das er begehrte.

Thom dachte, dass die Kleidungsstücke bereit lagen wie für eine Reise in ein Schulferienheim: beschämend in ihrer Intimität.

Der Tatar, Thoms späterer Zellenschließer, kam hinzu, wühlte finsteren Gesichts in den Kleidungsstücken herum, die nun, zerknittert wie sie waren, nach Lumpensammlung aussahen. Mit seinem starren, spießähnlichen Finger trat er auf den Wächter zu: Du, damoi, Sachen kaputt.

Was heißt denn, Sachen kaputt?, protestierte Thom, alles in Ordnung!

Njet, wo Pelz? Nix Lederstiefel, Mantel? Der Wachmann wusste längst, dass kein Wintermantel dabei war, weil Thom keinen besaß, sagte aber: Jetzt Sommer, Pelz kommt noch. Das Tatarengesicht verzerrte sich vor Wut und der Wachmann wurde zur Tür gejagt: Dawei, damoi, damoi! Er stieß ihn vor sich her. Der Wachmann erinnerte sich jedoch, halb im Sturz, an die Quittung im Inneren seiner Jacke, zog sie hervor und trat dem Tataren triumphierend entgegen: Hier Dokument, ich liefere den Kerl hier ab, Offizier unterschreiben, Stempel!

Der Tatar sprang auf den Gang und schrie: Deschurnij, deschurnij, deschurnij! Nach wenigen Augenblicken kam ein mit ledernen Offiziersstiefeln und Reithosen bekleideter Zivilist dazu, nahm dem Wachmann, der Thom nicht mehr ansah, das Papier aus der Hand und unterschrieb: Nu, Ware gutt! Unterschreiben gutt, gab ihm den Zettel zurück, scheuchte ihn endgültig aus dem Raum und rief ihm: damoi bljad Faschist!, hinterher.

Die Tür wurde verschlossen und Thom saß allein in dem kahlen Zimmer. Nach einiger Zeit setzte er sich erschöpft auf die Kante des Tisches. Die hohen Bogenfenster ließen viel Licht in den Raum, erhellten sämtliche Ecken und Thom spürte, wie die Gesichtslosigkeit der Wände, Böden und Decken eine Endgültigkeit ausstrahlten, die ihn frösteln ließ. Er trug lange Sommerunterhosen, von seinem Vater geerbt, ein feines Leinenunterhemd, biesenverziert auf die Länge der Knopfleiste mit einer zweiseitigen, tiefen Kellerfalte im Rücken. Darüber ein Sporthemd. Das sollte ihn schützen bei Hitze und Frost. Ihm wurde bewusst, dass er ohne wollenes Jackett war und nur eine handgenähte Regenjacke aus kaltem, steifem Drillich trug. Jedenfalls musste er auf sie Acht geben.

Die Fassade der dem Gefängnis gegenüber liegenden dreistöckig bebauten Straßenseite war von dreiflügeligen Fenstern durchbrochen, deren Wasserschenkel mit massiven Fahnenhaltern bewehrt waren. Sie ließen Thom an Fahnenmeere, an üppige Stores und Übergardinen denken, hinter denen er riesige, bürgerliche Zimmer mit Stuck und dicken Teppichen vermutete, bestanden von Polstergarnituren in dezentem Braun und Beige oder vielleicht auch mit moderneren Naturleinenüberzügen, bedruckt mit großen Mohnblüten vor stilisierten Blättern. Wohlstandsmüll, der vor neununddreißig in Kaufhäusern blühte. Ihre Bewohner hier waren Richter, Gerichtsräte, angeheiratete Protokollantinnen, Telefonistinnen, die in ihren spießbürgerlichen Wohnungen ihre täglichen Rechtsbeugungen zu vergessen suchten.

Die Offiziere der Roten Armee schienen anderswo kaserniert zu sein. Aus dem Gefängnis drangen einzelne Geräusche: Einmal ein hart marschierender Trupp, ein metallisches Ziehen über geflieste Böden, am häufigsten hörte man Rufe und Befehle, die jedoch, hatte Thom den Eindruck, selten dem klassischen russischen Sprachstamm entsprangen, sondern sich aus vielen Idiomen zusammensetzten. Die Armisten verständigten sich mit Floskeln, die mehr gebellt als gesprochen durchs Haus irrten.

Thom dachte an seinen morgendlichen Gang durch den Großen Garten. Der schien ihm wie aus einem anderen Leben. Er dachte an die Stunden zu Hause, die seine ganze Konzentration erforderten, die Begegnung mit Margot, an die Stunden des sinnlosen Wartens, das dunkle Gefühl einer heraufziehenden Gefahr, den Wachmann, die Polizeizelle, die Fahrt mit der Straßenbahn, das alles fand sich diffus und schattenhaft in seiner Erinnerung. In sein Bewusstsein schlich sich der Wunsch, jetzt zu Hause in seinem Bett liegen zu können. Thom empfand den Zustand des Gefangenseins als so verächtlich, unerträglich und außerhalb aller Spielregeln, die Geltung haben sollten zwischen Menschen, dass er jetzt aufsprang, wütend aufstampfte und außer Sinnen begann, gegen den Tisch, die Wände, den Stuhl und zuletzt gegen die Eichentür zu treten.

Es folgte keine Reaktion auf seinen Anfall, den Ausbruch irrwitziger Wut. Als Thom einsehen musste, dass sein Toben ohne Folgen blieb, geschah zu seinem Schutz eine Umkehr aller inneren seelischen Vorgänge. Er beschloss, ab sofort nur mehr Beobachter zu sein, nach außen willenlos, aber bereit, in jeder Minute die Mechanismen der Menschenentwürdigung zu unterlaufen.

Nach einer weiteren Stunde wurde Thom vom Stiefel-Offizier, der sich Thoms Kleidersackes entledigt hatte, aus dem Zimmer geholt. Es ging durch lange Gänge, Röhren eher, die eben erst gegraben und noch nicht abgestützt waren. Sie standen schließlich im Untergeschoss, auf den in Schrägen liegenden Stufen vor einem schweren Türrahmen, dessen Füllung durch ein Bandstahlnetz ersetzt war und den Blick in die Tiefe eines Ganges freigab, in dem rechts die Außenmauer sich bis auf einen Meter unter die Decke schob. Auf die Länge betrachtet drängten sich dort Fenster wie Schießscharten, zur Linken aber fünf oder sechs kleine, alte, eiserne Zellentüren mit Spion und Kastenschlössern, so groß, wie sie in Barockfestungen zu bestaunen sind. Für die ständig anwesenden Posten stand ein aus Sperrhölzern gezimmerter Stuhl bereit und ein ebensolches Tischchen, spirrlig und gleichsam verängstigt. Der hinter Thom stehende Offizier rief einen russischen oder tatarischen Namen, griff in die Stahlbändertür und rief: Lysina! Lysina!

Langsam, auf schlürfenden Hausschlappen, über denen sich die Beine in den sie umflatternden Reiterhosen zu einem O krümmten, kam ein asiatischer Posten den Zellengang herunter, zögernd, in seltsamer Abgeschlossenheit. Der Mann, wie sich später herausstellte, war ein Tatar und schien, als geborener Reiter, bedrückt von der Enge des Ganges. Dass er als Kerkerwärter so ungezwungen in hausväterlicher Kleidung, ganz unmilitärisch, daherkam, wunderte Thom.

Die Zerstörung der rechten Hand des Tataren, die nur noch aus dem stets gestreckten steinharten Zeigefinger bestand, empfand Thom als exotisch, ja sogar als eine Art circensische Besonderheit. Wie Thom später erfuhr, benutzte er diesen Finger als Waffe, er liebte es, ihn peitschend in die Wangen der Häftlinge zu schlagen.

Als er das Stahlbandgitter erreichte und den zum Schloss gehörenden Schlüssel aus der Tiefe seiner Pumphose zog, war Thom von der Situation, dass der Wächter hinter dem Gitter stand und Thom mit dem Offizier Einlass verlangte, fast amüsiert. Dem Ganzen fehlte in seiner Operettenhaftigkeit noch der wirkliche Ernst. Hier schien jeder Vorgang am Feuer bei heißem Tee lose vereinbart worden zu sein, einzig gebaut auf familiärer Vertrautheit. Nichts musste geschehen, aber alles konnte geschehen.

Der Tatar ließ sie ein und ging zur ersten Tür, aber der Offizier stieß ihn weiter und überschüttete den Mann der Steppe mit einer langen Dienstanweisung, die der aber, da sie russisch geschrien wurde, offenbar nicht verstand. Sie gingen an der zweiten Tür vorbei zur dritten, der Offizier schüttelte erneut den Kopf, während der Tatar sich ihm in den Weg stellte, ihm sein: nu da, nu da, ins Gesicht bellte, gereizt und widersetzlich, fand Thom, dem es schwer fiel, die jeweilige Macht der Posten nach Rangordnungen richtig einzuschätzen. In einer erklärenden Geste versuchte der Offizier – möglicherweise ein Moskowiter Herrensohn – dem Steppenkind, der in einer völlig anderen Muttersprache herangewachsen war, klarzumachen, wovon er die Wahl der Zelle abhängig machte. Thom jedoch, der die Besatzer bisher schlicht und undifferenziert als eine Einheit gesehen hatte, begann zu begreifen, dass diese Armee ein riesiges, mit Kompott gefülltes Gefäß war, gekocht aus den Obstsorten vieler Regionen. Dass der Kaukasier im Saft neben dem Petersburger lag, der Kirgise in dem des Nordmeernomaden, der Ukrainer in dem des Russen, friedlich, weil – nach Puschkin – Russlands Himmel viele Stämme und Völker überglänzte. Er begriff in diesen Augenblicken mehr über das Russische Reich, als es in Zeitungen zu lesen stand, ein babylonisches Sprachgewirr, das Stalins Eiserne Faust, die Tscheka, zu einem Großreich zusammengeschmiedet hatte, wie kaum je ein Zar zuvor.

Von der Rede des Offiziers verstand Thom nur ein einziges Wort, es hieß »Wlassow«, und sofort begriff der Tatar die Sünde seiner Bedenkenlosigkeit. Sie gingen den Gang weiter bis zur fünften Tür. Die Zellen waren durch nichts kenntlich gemacht und so musste jeder, der einen Insassen zum Verhör holte, sie von eins an abzählen.

Der Tatar entriegelte krachend die Zellentür und der Offizier stieß Thom in ein unerträglich stinkendes Loch, dessen einziges Fenster zugemauert war. Er stand praktisch blind in einer von Schweiß, Urin und Kot gesättigten Giftwolke. Fünf oder sechs Gefangene stürzten auf ihn zu, mit vor Gier zitternden Händen und krallenhaft langen Fingernägeln, die sich ihm in Hals und Arme bohrten, bis er unter der Last dieser knochigen Gespenster zusammenbrach, die ihre Klauen nun in die Taschen seiner Jacke und Hose vergruben, ihn mit fauligem Atem anschrien: Wo hast du Tabak? Gib uns Tabak! Hast du kein Brot? Und als Thom zu Boden gegangen war und der Skeletthaufen sich über ihn wälzte, sah er dicht vor seinen Augen weiche Nappalederstiefel, zu einer Knautschzone geschoppt, die ein zarter, junger Mann trug, der, soweit Thom das erkennen konnte, von der Szene peinlich berührt schien. Später erfuhr Thom, dass er als emigrierter Pole einem amerikanischen Kommando zugewiesen worden war als Bewacher deutscher Kriegsgefangener in Frankreich, dann aber, auf dem Heimweg in sein Land wegen vermuteter Agententätigkeit für die Staaten festgenommen wurde und jetzt hier festsaß. Ach ja, es mag falsch sein, dass Thom ihn Pilsudski taufte, ein Name, der für alle Polen stand. Mühsam schüttelte er die um eine Krume Bettelnden von sich ab und schrie in ihre verwüsteten Gesichter: Ich habe nichts, lasst mich in Ruhe! Dennoch rissen ihm einige die nun schon kaputte Windjacke vom Leib, rächten sich an ihm für die Zerstörung ihrer Hoffnungen. Besessene schlitzten mit winzigen Scherben die Nähte der Jacke auf. Die Rüdesten warfen ihn zu Boden, um ihm seine Hose auszuziehen, was ihnen jedoch nicht gelang, und er sah mit Entsetzen, wie er sich schon innerhalb von Minuten dem Gespenstervolk anglich. Jetzt, nachdem sich seine Augen an das konstant Nächtliche des Funzellichts gewöhnt hatten, konnte er einzelne Gefangene erkennen und einordnen.

Hilflos suchte er nach einem Platz auf dem Fußboden. Nachdem er einen Schritt auf eine Lücke zuging, rückte einer der Männer auf diesen freien Fleck.

In der rechten hinteren Ecke lag, an die ehemalige Außenwand des Gebäudes gedrängt, eine seidige, blau leuchtende Steppdecke faltenlos über einem Mann, der sich nicht rührte. Als dieser merkte, dass der schändliche Empfang mit anderen Schikanen fortgeführt wurde, hob er den Kopf und sagte leise, jedoch mit unanzweifelbarer Autorität: Genug! Der Junge liegt neben mir!

Erleichtert ging Thom einen halben Schritt auf den Mann zu und setzte sich ihm zu Füßen. Er genoss diesen Augenblick der Geborgenheit.

Die Mithäftlinge saßen mit dem Rücken an den rauen, hügeligen Wänden auf verschlissenen Matratzenresten. Nur links, in einem vom Spion nicht einsehbaren Winkel lag ein dünner, langhaariger Greis mit ebensolchem Bart, den er mit gespreizten Fingern ständig strich.

Gemessen an der Haarlänge war der ziegenhaarige Mann wohl der am längsten hier einsitzende Gefangene. Die Bartlänge war bei den anderen geschätzt fünfzehn Häftlingen kein so leicht ablesbares Zeitmaß. Thom verschaffte sich einen ersten Eindruck der ihm aufgezwungenen Umgebung, die er, daran glaubte er fest, spätestens am Wochenende wieder verlassen würde. In einem verständnisvollen Gespräch musste sich der Irrtum seiner Gefangennahme aufklären! So betrachtet nahm er die unerhörten Umstände als eine Art des missliebigen Theaterbesuches an. Dass er seinen Beschützer, der ununterbrochen an die Zellendecke starrte, nicht ansprach, verstand sich von selbst. Neben ihm saß ein vielleicht zwanzigjähriger, breitgesichtiger Handwerker, dessen Arbeit Hände und Finger ablesbar geformt hatten. Und weil er Thom etwa gleichaltrig schien, wandte er sich ihm zu und fragte leise, ob der falsche heilige Mann an der Tür schon lange hier einsäße und was er selbst im Zivilleben getan hätte.

Du meinst den Jesus? Der verschlagene Hund wartet schon länger als ein Jahr hier auf sein Urteil, seit Kriegsende, was keiner versteht bei seiner eindeutigen Vergangenheit als Landwirtschaftsführer der Ukraine. In den unüberschaubaren Weiten dieser Landschaft hat er sicher eine Menge Leute unter die Erde gebracht. Du siehst ja seinen von allen begehrten Stammplatz, den man ihm wahrscheinlich für seine Denunziantendienste belassen hat, denn das Ohr an Lebensläufe zu halten macht ihn begehrt. Der Junge flüsterte Thom zu: Einfach das Maul halten! Verstehst du? Und laut: Der wird auch selten verhört!

Verzeih meine Neugier, sagte Thom, was hat dich denn hierher gebracht?

Ein Luftgewehr aus der Spielzeugrüstkammer des Kaufhauses Renner. Das Problem der Russen ist, dass sie mich gern freilassen würden, weil das lächerlich ist, mit dem Luftgewehr in der Gärtnerei, aber nicht dürfen, das ist Gesetz! Keinen dürfen sie freilassen, der hier sitzt unter den unmenschlichen Bedingungen, mit den Verhören, dem Hunger und Durst, dem Schlafentzug, dazu die fehlende ärztliche Betreuung, das mittelalterliche Eingemauertsein. Wir sollen doch Sibirien aufbauen und erleben jetzt die Wandlung einer Siegermacht, die in den Niederungen zur Soldateska verkommt. Niemand ahnt, wie viele hier sterben und dabei machen die Jungen das Kraut nicht fett, weil durch das Fehlen der Besten der Männergeneration, die Masse, die sich aus Älteren und Alten zusammensetzt, die heimkehrenden Nazis, Leute des deutschen Wehrmachtsoffizierskorps nicht gezählt werden. Es soll sich nicht herumsprechen, verstehst du! Ich werd wohl in den

Kohlegruben in Sibirien verschüttgehen. Eine Schaufel Dreck drauf, das wars! Er hatte sich heiser geredet, fuhr aber fort: Hättest du einmal, wie ich, nicht hier in den Sonderzellen, sondern drüben im alten Zellenblock zu viert in einer Einmannzellen gelegen, im untersten Fach der Dreibetten-Pritsche, wo dir der Staub aus den oberen Etagen in Mund und Augen rieselt, verdammt, schon das ist eine Strafe für ein saftiges Verbrechen, so eines, wie der Jesus es an jungfräulichen Ukrainerinnen beging. Der ließ dort durch seine Soldaten Jungfrauenstechen veranstalten, ließ alle verfügbaren fünfzehn- bis zwanzigjährigen Mädchen in die Kolchosscheune treiben und ebenso viele Landser mit lustbewehrtem Geschlecht hinterdrein, von denen die meisten Prügel von den Mädchen bezogen, die aber dann doch unterlagen. Jesus' Befehl lautete: Töten können andere, wir zeugen hier arisches Blut auf ukrainischer Erde! Du kannst ihn ja fragen, wie die in der Heimat reuevoll heulenden Landser, von seiner Reitgerte gepeitscht, keinen Ständer mehr hochkriegten, wenn sie in den Scheunen Jungfrauenjagen spielen sollten, und wehe dem, dem der Harte zusammenfiel, bevor er dran und drin war. Sei froh, vor so etwas bist du hier geschützt, aber wenn auf der dritten Etage nach Zellenschluss der oberste Nazi verreckt, mit Wasserbeinen zum Platzen und du bis zum Morgen daliegen musst und aus seinen Beinen stinkendes Wasser auf dein Gesicht tropft, dann willst du nur noch weg, weit weg. Und ehe das Leichenkommando kommt, ists tags drauf Mittag, das wars dann! Ich könnte dir erzählen, wer alles schon hier zu liegen kam. Versteh mich nicht falsch, man ist in so einem Loch ungeheuer allein und aus Vorsicht lernt man das Schweigen. Er reichte Thom die Hand und sagte: Ich bin der Kuntsch. Vornamen kennen die hier nicht, wenn sie dich holen.

Ja, ich verstehe, ich heiße … Thom. Sein Kopf war taub vor Erschöpfung, sodass ihm, von der Gedankenlast erdrückt, nicht einmal sein eigener Name sofort einfiel. Kuntsch: Der tiefere Sinn dieser Folter ist: du sollst ersticken an deinen Gedanken, dich überfressen an Erinnerungen, vor allem den schuldhaften.

Sag mal, fragte ihn Thom hilfesuchend, mir ist furchtbar schwindelig, wo kann ich mich hier hinlegen? Kuntsch: Am Tag darf hier keiner liegen, lesen, nähen oder spielen, auch nicht arbeiten im Haus oder Hof. Ausgelöscht sollst du werden. Ab Mitternacht kannst du dir bis sechs Uhr morgens die Reste der Matratzen und Decken über den Kopf ziehen, größer sind die ja nicht. Du verstehst, wer zuletzt kommt, kehrt aus.

Thom spürte, wie er einer Ohnmacht entgegentrieb. Dass es hier keine gemachten Betten gab, war ihm klar, aber dass als Lager eine Handvoll zu Staub zerfallenes Stroh dienen sollte, für unsagbar viele Gefangene: Kranke, Schmutzige, die von Pilzen, Flechten und Ausschlägen übersät waren, das übertraf seine schlimmsten Vorstellungen. Er rutschte den knappen Meter bis zur Wand und lehnte sich zurück.

Die Mauer als Lehne brachte Thom einen Hauch Gefasstheit zurück, sodass er sich über das Verlies, in das man ihn geworfen hatte, und seine Insassen nach und nach ein Bild machen konnte. Zu seiner Rechten lag sein Beschützer, der Wlassowmajor, unter seiner blauen Satinsteppdecke, wie Thom sie aus den Nazi-Jahren als höchsten Komfort junger deutscher Eheleute kannte, zu Vierecken gesteppt, glänzend und ohne jede Falte. Unter solchen Satindecken mussten mindestens dreißig bis vierzig Prozent aller Kriegs- und Nachkriegskinder in Treue wie in Unzucht gezeugt worden sein, befördert durch fünfzehn Reichsmark Ehekredit.

Das vom Staubnebel eingetrübte Verlies maß in der Breite etwa zwei Meter und drei Meter in der Tiefe. Thom zählte fünfzehn Gefangene jeden Alters und verschiedener Nationalität, alle bleich, wie mit Schimmel bedeckt in zerschlissener Wäsche. Totenhaus. Wenn alle nachts liegen, wird es eng, überlegte er weiter, da dürfte kaum die Hälfte auf dem Rücken liegen können, die anderen nur hochkant, na, wenn das gut gehen soll, wo doch fast alle im Streit sind und bereit, sofort aufeinander loszugehen. Bloß gut, tröstete er sich, dass sie vor Schwäche kaum noch aufstehen können.

Jetzt entdeckte er auch die Quelle des beißenden Uringestanks, in der Türecke stand ebenerdig eine kleine, mit Urinstein verkrustete Handwaschschüssel, wie sie früher zu Hunderttausenden in Amtsstuben standen, in Vorzimmern von Schuldirektoren, auf geschweiften Eisengestellen. Wenn es hoch kam, fasste sie dreieinhalb Liter. Und kein Klo, wie in den Zellen für Schwerstverbrecher. Ich hoffe, warnte ihn Kuntsch, als hätte er Thoms Gedanken gelesen, dass deine Blase aus Kernleder ist! Du wirsts ja selbst erdulden.

Über der Zellentür, hoch angeschraubt, funzelte eine Fünfzehnwattbirne, ein gnädiges Licht, weil alle Wunden und Verfärbungen verblassten, die Schnitte, Würgemerkmale, auch die verbrannte Haut der Kreta-Landser. Über der Liegefläche vom Jesus hing knapp über dem Fußboden ein sechszehnrippiger gußeiserner Heizkörper. Jesus, dessen Kopf gerade noch in den Spalt passte und der sich, wie es schien, mit Wonne dahinter verbarg, kroch jetzt, als Kuntsch schwieg, aus seinem Versteck und zischte ihn an: Hat es dir Spaß gemacht, Legenden über mich zu verbreiten? Meine Ohren sind noch gut, obwohl alles, vom Gang wie aus der Zelle, mich schrecklich quält! Pass auf, Kuntsch, alter Waffenhändler, dass es dir immer gut geht. Wetten? Die da oben werden eure ganze Gärtnerei umgraben und dann finden sie schon was, Spielzeugluftgewehr, pah, dass ich nicht lache, dafür hätten sie dich standrechtlich erschießen können. Auf den ersten Blick hin! Der friedfertige Kuntsch entgegnete: Halts Maul, du altes Gespenst, es stinkt, wenn du sprichst. Und Jesus: Sei vorsichtig, du fettes Kind, damit keiner erfährt, dass du noch lebst. Es wird, du brauchst es mir nicht zu glauben, tatsächlich gegraben in der Gärtnerei. Die hier geben nämlich nicht auf, und Armisten gibts genug. Wenn du für nen Pfennig Phantasie hättest, könntest du dir vorstellen, dass auch im Gelände der Gärtnerei übernachtende Wehrmachtsdeserteure ihre Waffen vergruben, in den Brunnenschacht schmissen oder unter den Komposthaufen schoben, denn ohne Waffen von der Feldpolizei gestellt, hätte es bumbum gemacht und die Gärtnerei wär ein Privatfriedhof geworden, bloß, dass du es nicht vergisst! Du redest den Zugängen dummes Zeug ein.

Dass der Kuntsch seinen Vornamen verschwieg, dachte Thom jetzt, hatte vielleicht doch seinen Grund. Vielleicht wollte er Nachrichten über sich ganz knapp halten, seinen Eltern zuliebe. Kuntsch konnte jeder sein, wie Schmidt oder Müller, wer konnte an so einem Namen jemanden festmachen? Vielleicht mochte er einfach seinen Vornamen nicht, hieß Detlef, sofaweich oder rollmöpsig, und hätte lieber einen kernigen Namen gehabt, etwa Kurt, Fritz, Max oder Eckehard, ja das wär natürlich was Nationales. Thom dachte, nichts Spießiges, eher etwas wie Dorn, Spitze, Waffe, Gefahr.

Während er das dachte, kippte Kuntsch plötzlich seitlich vornüber, sicher eine Ohnmacht. Vielleicht kam das vom Hunger, dem Durst, dem Schlafentzug, von der fehlenden Frischluft. Tausend Gründe konnte es haben, nachts die Verhöre, tags durfte keiner sich langmachen, das zu verhindern gehörte zum Programm der Wächter, die holten die Gefangenen mit Fußtritten auf die Beine, dass sie standen wie Hopfenstangen. Nur dem Sängerposten Wolodja, dem wars Wurst, das hatte Thom schon aus dem Gerede der Alteingesessenen herausgehört.

Wolodja liebten alle Häftlinge weil er nie Posten bezog, sondern Nacht für Nacht auf die gut einen Meter hohe, sehr schmale Fensterbank kletterte, in sich zusammengesunken dasaß, den Kopf auf die angezogenen Knie gelegt, in den Hof starrte und den Mond oder die Sterne ansang, anheulte, auch Wolken störten ihn nicht. Er war im Krieg noch ein Wolf gewesen, bissig, streitbar, voller Kampfeslust bis zum erstrittenen Sieg, aber als die Sache getan und er den Spezialzug nach Hause, nach Moskau, dieses nationale Phantom, benutzen wollte, wurde er degradiert und musste als Wächter in Deutschland dienen. Da legte sich in seinem Kopf ein Schalter um, er begriff, dass er ein Gefangener war, trank, bis er niemals mehr die Wirklichkeit sah, saß oben im Gang und heulte seine schwermütigen slawischen Lieder, unzählige Verse in einer Nacht, ukrainische Lieder aus skythischen Orts- und Zeitfernen, wo sein Herz wohnte.

Es war während Kuntschens Bewusstlosigkeit etwa das Viertel einer Stunde vergangen, als er über den Verlust an Kontrolle erschrocken auffuhr. Verwirrt wischte er sich eine Schleimspur vom Knie, die während seiner Ohnmacht aus dem auf der Schulter ruhenden, schiefgezogenen Mund gelaufen war. Da fragte ihn Thom: Der Emil, dieser Kerl, der hat doch was, oder? Schau mal auf seine Hose! Da hat er was versteckt, Wollsocken oder etwas ähnliches, da baumelt doch was! Darauf Kuntsch: Da baumelt ein Riesenschwanz, krankhaft! Ich hätt sowas nicht geglaubt, der hängt ihm bis fast zu den Knien. Als er jung war, sagte er, hat ihn ein Charité-Professor den Studenten vorgestellt, und als eine Studentin aus dem Auditorium stürzte, rief ihr der Professor nach: Gnädiges Fräulein, wo wollen Sie hin, der nächste Zug fährt erst neunzehn Uhr!

Damals soll Emil, der »Gärtner« im Stadtkloster, mit seinem Pfosten drei katholische Schwestern untenherum zerrissen haben, woraufhin er ihn abhacken wollte, aber dann kam er erst einmal in die Klapse. Das lag bei seinem Verstand auch nahe. Ich schwöre drauf, er hat mir selbst alles erzählt und erfinden kann der nichts. Soll dann ein Schausteller mit eigener Bude gewesen sein, wo die Leute mit gehäkelten Bällen nach Blechbüchsen werfen und so, Kuntsch tippte sich vielsagend auf die Stirn, jetzt ringt er um den Zellensieg der Schachspieler gegen die feige, zänkische Spänemaus! Es ist hoffnungslos!

Thom fragte, ob das sein Beruf oder lediglich ein Spitzname sei: Spänemaus. Spänemaus klingt mal nach etwas anderem, auch du wirst noch unter seinem Gezerre und Gezeter leiden müssen, auf dich kommt ein Riesenärger zu, vor dem du nicht fliehen kannst. Spänemaus heißt beim Bohren und Fräsen auch Holzweizen, klar? Tischler also.

Hubuch, erklärte Kuntsch weiter, der Zellenregisseur und Gaukler, steht, wenn sie Schach spielen, mit dem Hinterkopf genau vor dem Spion, damit die Posten die Zelle nicht einsehen können. Sie nennen es Schach spielen, auch wenn das Brett ein kariertes, grob gewebtes, blutiges Taschentuch ist, und die Figuren dazu nur zerkatsches Brot sind, zu kleinen geometrischen Körpern geformte Symbole. Du kannst sie von hier aus nicht sehen, das größte ist etwa eine Fingerkuppe. Das wirst du alles schnell lernen! Und wenn ein Posten wirklich mal ein Spiel sieht, wird das Brot rasch in den Mund geschoben und gefressen. Nur hat darauf keiner Appetit. Kannst du Schach spielen?

Grad so, die Anfänge!

Das solltest du nachholen, denn es gibt nichts, was wir hier dürfen, und wir haben auch nichts. Keine Nadel, wenn dir der Unterhosenbund reißt oder du dein Hemd vor dem totalen Zerfall retten musst. Nichts. Nachts die Verhöre, am Tag müde und blöd und zweimal was Flüssiges aus einer stinkenden Wasserschüssel, säufst du es, ists ein Glück, wenn du überlebst. – Und nicht vergessen, trainier dir die Blase, sonst wirst du jaulen wie ein vergifteter Hund! Was du vom Tagesplan wissen musst: sechs Uhr ist Wecken, da liegst du grad platt vom Verhör in einer Ohnmacht und wenn der Posten in die Zelle kommt, hörst du ihn nicht, bis er dir mit seiner Stiefelspitze in die Nieren tritt. Das ist, als zöge dir einer jeden Nerv einzeln aus dem Leib, wie der Gärtner die Radieschen aus der Erde.

Als Emil mühsam aus seinem gliederlähmenden Schneidersitz aufgestanden war und noch im Wanken das einem Nachbarn gestohlene Brot und Taschentuch mit den Schachfiguren zu verknoten suchte, rutschte ihm alles aus der Hand und fiel vor Thoms Füßen auf den Boden. In seiner Verwirrung grabschte Emil nach den winzigen Figürchen, und der Gedanke, nicht alle greifen zu können, trieb dem armen Hund den Schweiß auf die Stirn.

Indessen entdeckte Thom auf dem Taschentuch gestickte vielfarbige Buchstaben. Er glaubte erst, Gottes Segen, Tägliches Brot oder etwas Ähnliches entziffern zu können. Zu seinem Erstaunen ergab sich dann aber ein ganz und gar anderes Wortmonstrum: TAMASCHITO.

Thom konnte damit nichts anfangen, und als er das Tuch aufnahm und Kuntsch nach dem Sinn fragte, sagte der: Es muss doch ums Brot gehen.

Thom: Davon kann ich nichts lesen oder ist es etwas Kabbalistisches?

Woraufhin Müller meinte, auch er habe überhaupt keinen Sinn darin entdecken können, keine Spur von einem geheimen Bibelcode, woran er zuerst gedacht habe, denn der Junge, dem das Tuch gehöre, sei ein aufrechter Christ.

Und wer sollte das sein in unserer Runde?, fragte Thom, Jesus etwa? Kuntsch, der an der Heizung lehnte, zeigte auf das Häufchen hustenden Verfalls, einen Knochenmann, den Rest eines Menschen. Er war einer der ersten gewesen, der gegen das Verbot verstieß und mit dem Sticken begann. Als Thom sich nach ihm umsah, begriff er, wieso er ihn nicht bemerkt hatte, weil er, so fahl wie er war, eher der Wand glich, flach wie eine Heizkörperrippe und ebenso reglos. Nur selten hustete er mit geschlossenem Mund zwischen hechelnden Atemzügen, sodass es wie ein Aufstoßen nach reichhaltigem Essen klang. Öfter spie er Blut in sein Tuch, wobei ihm ein röchelndes Pfeifen entwich. Unendlich schwer musste das sein, noch im Sterben möglichst leise und unaufdringlich zu sein. Diesen sich selbst auferlegten Zwang hatte doch keiner verdient.

Er hielt die Augen geschlossen. Da Thom noch ungebrochenen Sinnes war, entriss er den Siechenden seiner Trance und sprach ihn, das Tuch auf die Reste seines Hemdes legend, an: Erklär du mir bitte, so es deine Kraft zulässt, was Tamaschito bedeutet.

Der Moribundus fingerte nach dem Tuch, nahm es auf und küsste es, wobei sein trockener Mund das Wort: Leben entließ. Er blickte Thom in die Augen, und Thom sah in den seinen ein Leuchten aus lichtem Blau, das fiebrig, aber voller Sehnsucht nach dem Himmel war. Dann sprach er leise: Weißt du, dass ich in der Neustadt, nahe der Heide aufwuchs? Mit zwei von mir geliebten, von der Güte Gottes geleiteten Tanten. Ach, dachte Thom, das ist die Ecke, wo dürre, kränkliche Heidefichten an die Stadt grenzen, kenn ich genau. Da stand unweit der Hauptstraße, die zum Hirsch führte, das Restaurant Volkswohl, eine große, hölzerne Armeleutegaststätte, wo die Familien Kaffee kochen und ihr Essen mitbringen durften und an Tischen aus dünnen Holzstämmchen ihren Hunger stillten. Bier und Brause, billig alles. Wenn es regnete, gab es reichlich Platz unter dem weit überstehenden Dach. Da wurde uns heimelig! Geschützt sitzen hinter der Regenwand.

Wenn sich Thom diese Tanten in den feuchten Erdgeschosswohnungen der Dresdner Stadtvillen vorstellte, stieg ihm, ohne dagegen angehen zu können, Modergeruch und der Dunst talgiger Einreibungen, der Mief von Mottenkugeln, die Geruchswelt von Stillstand und Staub in die Nase, ein frühkindlicher Schock, den er aus Großmutters Wohnung kannte. Doch dies alles war nichts Unreines, gar zu Verabscheuendes. Es ist eine Voreingenommenheit der Jugend, zu glauben, dass das Alter in Ruhe und Stillstand dahingeht. Thom spürte den Impuls, an des sterbenden Jünglings Körper zu riechen. Die Blässe ließ seinen ausgezehrten Leib erschreckend schön aussehen. Er sprach leise und keuchend weiter: Zum Geburtstag kam jährlich meine dritte Tante, Martha, und brachte mir die köstlichste Torte, die war das Wunderbarste auf der Welt und so nannte ich sie nach der lieben Bäckerin: TAnte MArthas SCHIcht TOrte, TAMASCHITO. Verstehst du den Sinn, die teure Erinnerung?

Das alles flüsterte Tamaschito, denn das war jetzt sein Name für ihn, Thom zu, unter Luftnot, aus verengter Brust, sehr leise aber lächelnd und reinen Wortes, als wollte er seine Erinnerung nochmals aufleuchten lassen und mitnehmen in den Tod.

Die Anstrengung, welche ihn bis zur letzten körperlichen Reserve erschöpfte, war wie ein Windstoß, der ein niedergebranntes Feuer wieder aufglimmen lässt. Alles, was in der Folge geschah, musste von seinem verlöschenden Leib geleistet werden: Er fiel nach vorn auf die stützenden Ellenbogen, überstand einen Hustenanfall mit Blutschaum, der sich bis zum Kinn ausbreitete, und flehte: Die Schüssel, die Schüssel!

Die stets aktivistische Spänemaus ging zur schon halb gefüllten Urinschüssel und trug sie vorsichtig, damit nicht ein Tropfen herausschwappte, zu Tamaschito, der in seiner Schwäche an den Rand stieß, sodass doch etwas aus der Schüssel schwappte, was er gewiss als Schuld mit hinüber nahm. Ein Aufheulen und Fluchen der Nächstliegenden war die Folge. Jeder versuchte, seine Lumpen ins Trockene zu bringen, währenddessen Tamaschito sich mit übermenschlicher Anstrengung aufrichtete, gegen den Heizkörper stemmte, und stehend seine Lunge erbrach, schwammige Blutfetzen, Lungenreste, Schaum, eine Lache aus Blut. Danach fiel er in sich zusammen, während seine Hände in den Raum griffen. Tamaschito lag erloschen vor Thoms Füßen. Für ihn würde er sich erinnern, ein Leben lang schreiben, das beschloss Thom.

Die alten Gefangenen glaubten, dass es auf Mitternacht zuging. Die Stunden der Verhöre lebten schlagartig auf. Jesus sagte: Der ist hin und suchte vergebens am Hals nach seinem Puls. Der muss schnellstens raus! Dabei griff er zum Tamaschito-Tuch, denn jeder Fetzen Stoff weckte Verlangen. Thom fuhr ihn an, dass er das Tuch zum Gedächtnis an ihn für seine Tanten mitnehmen müsse, doch Jesus zog es durch die Blutlache und zeigte es Thom, verschmiert und unleserlich.

Thom verfluchte den Fledderer. Wenn er, der immer noch auf schnelle Heimkehr hoffte, das Tüchlein, sorgfältig zusammengelegt, in einer seiner Regenjackentaschen verstaute, würde er Tamaschitos Erbe am Rande der Heide vergraben, das Totenzauberwort mit einer Stricknadel auf ein Brettchen brennen und so tief es nur ging in dieses Stück teure Erde rammen. Spänemaus, der pragmatisch und durchdacht blieb, gab zu bedenken: Wenn die Läufer der Vernehmungsoffiziere ihn hier finden, dann posaunen die was von Mord und rühren einen gewaltigen Aufruhr an. Wenn wir unser elendes Leben bewahren wollen, und ich will das, dann müssen wir jetzt Radau machen, bis der Wächter uns hilft.

Also trommelten alle, bis die Gelenke schmerzten, gegen die Verliestür, und als sich nichts rührte im Gang, gerieten sie in Panik und gaben die Hoffnung fast auf. Aber Spänemaus, der dreist blieb wie ein preußischer Junkermajor, schrie: Verdammt, wollt ihr jetzt aufhören und zu allen euren Verbrechen noch wegen Mordes angeklagt werden? Das ist doch ein Fressen für die Strolche.

So schlugen sie weiter mit den Fäusten, traten mit den Füßen, klatschten und riefen in den verschiedensten Höhenlagen, vergaßen dabei, dass dieser Lärm vom einsamen, unbewaffneten Wächter als Aufstand, als Ausbruchsversuch empfunden werden konnte. In einer ruhigeren Minute hörten sie einen nicht allzu kräftigen Stiefelschritt, der vor der Zelle verstummte. Man kann annehmen, dass in den folgenden Minuten der Stille auf beiden Seiten der Tür allen vor Angst der Atem stockte. Langsam schob der Wärter den Spion zur Seite, sodass er sich ein Bild von dem Geschehen in der

Zelle machen konnte. Jesus blickte dem Mann ins Auge und meldete den Zelleninsassen, dass es nicht der Tatar war, der sich außerdem auf seinen Schlappen lautlos wie ein sich anschleichendes Tier verhalten hätte. Jesus nannte diesen Umstand ein Unglück, denn der Stalinschüler Fjodor würde für so einen Fall doch keine Order vorfinden.

Der Wachposten Fjodor schob ohne Lärm den Riesenschlüssel ins Schloss und öffnete es. Er hatte den gefährlichsten Zustand erwischt, weil er, waffenlos, leicht von einer ausbrechenden Meute verzweifelter Häftlinge überrannt, umfangen und verschnürt hätte werden können. Er öffnete langsam die Zellentür. Einige erkannten ihn sofort an seiner knabenhaften Gestalt, die ihre Würde und militärische Präsenz aus seinem tadellosen Offiziersmantel bezog, auch an der gewölbten Brust, steif wie ein aus Blech getriebener Panzer, der sich im gespannten Bogen über die Länge seines Oberkörpers zog. Auf seinen Schulterstücken glaubte Thom ein russisches C, gleich: Stalinschüler, der er war, zu entdecken. Alles an ihm war Ordnung, Mantelknöpfe, gleich ausgerichtet, verziert mit Hammer und Sichel, die Haltung der Arme und Hände, der gerade gehaltene Kopf mit festem, jedoch abschätzendem Blick: Furcht – nicht etwa Vorsicht – war ihm fremd, er verkörperte jetzt und hier Stalins Macht. Ein Kinderoffizier. Wo einfache Befehle nicht ausreichten, sprach er nicht in Sätzen, sondern in apodiktischen Sprachmarken. Er wies auf Jesus und die Spänemaus, dass sie den Toten auf den Gang ziehen sollten, und achtete darauf, dass sie ihn parallel zur gegenüberliegenden Wand legten, die Hände auf die Brust. Jesus klagte: Und ich hab mal wieder Blut und einen Fetzen Lunge im Gesicht.

Die Gefasstheit des jugendlichen Fjodor legte sich auf die Gemüter der Zelleninsassen. Es herrschte Schweigen: einem Toten zur Feier. Einmal mehr wurde jedem von ihnen bewusst, dass der Tod ihnen näher war als ihre Schatten. Ungewiss blieb nur, wann er kommt und in welcher Gestalt – hora incerta.

Danach wies Wächter Fjodor mit regungslosem Gesicht zum Steinfußboden, was den Anbruch der Nachtruhe anzeigte. Die

Matratzenreste waren rasch verteilt, ohne dass einer Ansprüche geltend machen konnte. Zum ersten Mal legte sich Thom eng an die Seite des Wlassowmajors, der ihn seines Schutzes versichert hatte und dessen Blick fast ohne Lidschlag an der Zellendecke hing, sodass Thom versuchte, in seine Nebenwelt vorzudringen und ihm leise: Gute Nacht, Major, wünschte. Thom, der an diesem Tag schon so große und unterschiedliche Erschütterungen ertragen musste, litt neben seiner Erschöpfung an Durst und reißendem Hunger, der in seinem Magen wütete. Das enge Verlies zersetzte seine Selbstgewissheit, sodass er fahrig und ohne Geduld mit den Matratzenfetzen umging, die unter seinen Händen zerfielen. Schließlich gelang es ihm, sie wenigstens im Beckenbereich als eine geringe Abdeckung des Fußbodens so zurechtzuschieben, dass der direkte Auflagenschmerz Milderung erfuhr. Ähnlich erging es ihm mit der Unterlage des Kopfes, für die er seine Regenjacke zum Kissen faltete.

Von Stunde zu Stunde hörte man die leisen Schritte des ernsten Stalinschülers, dem seine Ruhe und der offenbar gewordene Wille zur Friedfertigkeit in der Gefangenenbehandlung eine ungewohnte Verlässlichkeit verlieh, was wiederum von allen mit Skepsis betrachtet wurde, da man gerade von ihm eine gesteigerte Härte erwartete. Aber Fjodor, Schüler auserwählter Tschekisten, war wohltuend sanftmütig. Übergriffe oder Schikanen, die nicht im Dienstplan standen, mussten sie also nicht befürchten, andererseits wagte keiner seine Grenzen auszutesten, denn das Sowjetsystem unter dem gottgleich verehrten Stalin war in seinem Glaubensfanatismus unberechenbar. Und auch Fjodor würde gewiss, trotz seiner Anständigkeit, seinen Landsmann, den Major der Wlassow-Armee, sofort an der Zellenmauer per Genickschuss hinrichten, wenn er einem Befehl zu folgen hatte. Große Denker singen das Lob auf die Widersetzlichkeit, ohne die es keinen Humanismus gibt.

Nachdem alle Zelleninsassen sich ihren Schlafplatz erkämpft hatten, durch Püffe, Stöße und Gezerre an jedem erreichbaren Zipfel der anderen, wobei sich die Brutalsten einen schulterbreiten Rückenplatz erobern konnten, die Schwachen hingegen den ihren verloren, ließ sich der Rest resigniert zwischen die Körper der Starrsinnigen fallen.

In dieser ersten Nacht war die Gefahr des Wundliegens nicht Thoms Sorge, aber als er gerade eingeschlafen war, erwachte er kurz danach wieder durch den Atem und Husten seines Nachbarn, der Gesicht an Gesicht, handspannenweit entfernt lag, eine unter Lungenkranken gefürchtete Intimität. Thom wischte mit dem Unterarm drei-, viermal die feuchten, zähen Rotzfetzen aus dem Gesicht in der Hoffnung, dass die Bronchien seines Peinigers lediglich vom Zellenunrat oder dem Matratzenstaub gereizt war. Doch in der danach herrschenden Stille stieg aus seinem Brustkorb ein ungesundes Rasseln, das von dicht aufeinander folgenden Hustenanfällen zerfetzt wurde. Thom hatte Angst vor Ansteckung mit Tuberkulosebakterien, davon konnte ihn auch das Wissen über lange Inkubationszeiten nicht befreien. Tamaschitos Tod in seiner Tragik bestimmte von nun an sein Denken und die daraus sich entwickelnde Bilderwelt, zumal sich ihm die Erzählungen seiner Mutter vom Tuberkulosetod ihres hochbegabten Bruders als Vorgang und Schmerz tief eingeprägt hatten. Das alles war so lebendig und nicht auslöschbar, weil er, wegen einer möglichen Disposition, zumindest mit einer Lungenschwäche rechnen musste. Die Abwehr von Infektionen bestimmte bisher geradezu pathologisch sein Dasein, und so legte sich Thom zu seinem Schutze aus dem oberen Rand seiner Schlafspalte in die Ebene der Füße, was nicht ohne heftigen Ekel abging. Er zog sich einen Fetzen Stoff vom Taschentuch übers Gesicht, der, welche Ironie, vom eigenen Atem wieder weggeweht wurde.

Seinen heftigen und unausweichlichen Harndrang versuchte Thom mit kleinen Schmerzenslauten durch zeitliche Einkreisung zu paralysieren, zumal er wusste, dass alle Häftlinge darunter litten. Gewiss war ein zeitlich begrenzter Druck erträglicher als ein immer anwesender Schmerz, der, einer Ratte gleich, sich durch den Unterleib frisst. Aus den Erzählungen der älteren Gefangenen entnahm er, dass ihm seine Jugend aufgrund der kräftigeren Organe half, die Kämpfe durchzustehen. Thom, der seit Mittag nichts mehr getrunken hatte, hoffte, dass er es bis zum Morgen, wenn die Erlösung stattfand, aushalten würde. Nach geschätzten zehn Minuten, gerade als Schlaf die Helden zur Nacht befiel, kroch der von Gott verlassene Jesus unter seinem Heizkörper hervor, schob sich dicht an der Zellentür entlang, um sich in der stinkenden Ecke der Urinschüssel aufzurichten, den Atem anzuhalten und, nachdem keine Aussicht auf einen Strahl bestand, sich einige Tropfen abzupressen, die nicht einmal die volle Schüssel trafen. Einige empörten sich nun und sagten: Was soll das, du Hänfling, du elender, vertrockneter Hund, dass du uns die einzig sichere halbe Stunde weckst! Kreaturen wie dich sollten wir totschlagen! Nicht doch, widersprach Jesus giftig, ich wollte nur vorbeugen, damit ich, wenn es bei euch schlimm wird, niemanden bedränge. Jawohl.

Und Spänemaus: Der Tatar sollte dir die Zunge aus dem Maul schneiden.

In diesem licht- und atemluftlosen, von Ammoniak durchsetzten Verlies würde Thom fortan Nacht für Nacht – über achtzig Nächte sollten es werden – um ein Uhr dreißig geweckt werden, was furchtbare Folter war, stückweises Auslöschen von Gehirnarealen, bis zum möglichen letalen Ende.

Zu dieser Stunde öffnete der Stalinschüler die eiserne Zellentür, bemüht, den Schlaf der anderen zu schützen, er vermied es, den Schlüssel brutal ins Loch zu stoßen und mit dem Riegel zu knallen. Thom erwachte und sah, wie Fjodor einen schmuddeligen Zettel zu den Augen hob und leise Thoms Namen rief: Gerber. Als er die Zellentür freigab, sprang ein weißblonder Läufer in der Kleidung eines Tennistrainers herbei und stellte seinen weichen amerikanischen Turnschuh in die Tür. Langsam erhob sich Thom mit schwindelndem Kopf, strauchelte, sodass Fjodor ihm seinen Arm entgegenhielt. Der mickrige, sich wie ein Derwisch aufführende Polenläufer schrie, dass alle wach wurden: Dein Name? Thom sagte: Ochse! Als die anderen dem Kerl: elendes Polenläuferschwein nachriefen, drängte ihn Fjodor und in geringem Abstand auch Thom zur Stahlgittertür am Gangende. Er öffnete sie und stieß die beiden in das vage Dauerlicht des Haupthauses.

Thom hatte sich schon nach wenigen Stunden als Insasse der Sonderzelle vier – eine völlig zufällige Wahl in einer verwirrenden, chaotischen Folge einer Reihe von Zellen, die der seinen aufs Haar glichen – eingebunden gefühlt und gelernt, dass auch kurze und sogar abstoßende Notgemeinschaften zu einem heimatlichen Ort werden können.

Kurz hinter dem Sonderzellengang, der offenbar einst als eine Fünferfolge von winzigen Kassenbuchten funktionierte, lag der Kartoffelschälplatz, der von der Tscheka gleich in seiner Verliestauglichkeit erkannt worden war. Nach dem Zumauern des jeweiligen Fensters und der Tür, die durch eine uralte Gefängnistüre ersetzt wurde, waren ausbruchsichere Kammern von vier bis sechs Sarggrößen entstanden, für Gefangene ohne nachweisbare Schuld, die aber, so hoffte man, durch Alltagsfolter und Schlafentzug von gezielten Verhörern zu brauchbaren Geständnissen gebracht werden konnten. Hinterm Schälplatz verengte sich der roh verputzte Gang, dessen Ende nicht sichtbar war. Hier starb die dingliche Welt. Die Gänge endeten immer vor zu Rostschichten blätternden Stahltüren, die einander ähnelten und Schlupflöcher ohne Ausgänge zu sein schienen, die das Denken spürbar veränderten und Wahnvorstellungen hervorriefen.

Der Pole trat mit den Hacken seiner Stiefel eine der roststarrenden Türen ein, die sich zu Thoms Verwunderung in winzigen Blättchen abregnete, sodass sie auf die hinterste und unterste Ecke des Gefängnisbaus hinaustreten konnten. Sie gerieten auf den Grund eines schwer zu bestimmenden Schwimmbeckens, dessen geflieste Wände fünf Etagen hochwuchsen, in deren Nischen die Nacht hauste. Durch das von Bomben zerstörte Glasdach fegte ein Sturm durch die Räume, den Thom als frühen Frost empfand. Sein Blick fand Halt am schattenhaft aufstrebenden Stahlskelett, einer, wie es schien, noch passierbaren Treppe, auf die der Pole sogleich zurannte. Mit jeder neuen Etage hoffte Thom, den ihm bestimmten Verhörraum erreicht zu haben, aber der Läufer trieb ihn weiter und höher, bis sie schließlich oben auf die Tür stießen, die sie ins Windgeschützte, ins Haus der Verhörer und Verwalter entließ. Im Schattengang fanden sich keinerlei Orientierungshinweise. Leise klopfte der Läufer an eine dunkle, schwere Eichentür. Eine fistelnde Männerstimme gab ihm Befehl sie zu öffnen und seinen Gefangenen gleich links neben der Türwange auf den fragilen, aus Sperrhölzern zusammengesetzten Stuhl niederzudrücken. Hier endete des Läufers Macht und Verantwortung. Thom wusste nicht, dass in den sechs oder sieben nebeneinander liegenden Räumen die von allen gefürchteten nächtlichen Verhöre stattfanden, fast immer mit denselben Häftlingen und immer von ein Uhr nachts bis sechs Uhr in der Früh.

Von der Treibjagd durch Flure, über schwer zu steigende Treppen war Thoms dünnes Hemd nass von Schweiß, dass er fror. Aus weit geöffneten Fenstern drang ein Schwall frischer Nachtluft, die als greifbare Materie auf ihn zuströmte und zunächst belebte, später jedoch als Kälte peinigte. Er ordnete sein Hemd, denn allein neben der Tür sitzend, war Thom das einzige Objekt, das von dem Menschen, der vor dem Fenster hinter einem riesigen Büroschreibtisch saß, belauert und geprüft wurde; Akt einer bestimmten Verhörmethode.

Den Offizier schätzte Thom als kleinen, von weichem Körperfett geprägten Mann ein, unansehnlich, jedoch nicht a priori böse, dessen Schultern nahezu halslos von einem Eierkopf gekrönt wurden. Zwischen ihm und dem Eierkopf saß außerdem eine zarte, sich ihrer verführerischen Wirkung bewusste Frau, hochmütig und mit einstudierten Gesten, die Dolmetscherin als Objekt primitiver Träume und Sehnsüchte. Ihr Sessel war geräumig, ein Möbelstück, wie man es Gauleiterwohnzimmern und anderen herrschaftlichen Häusern der Nazizeit zuordnete, bespannt mit großblumig bedrucktem Chintz. Ihr Oberkörper war in eine faltenreiche Bluse gehüllt, so kunstreich im Schnitt, dass ihr Leib nur ahnbar in dem kleinblumigen Bouquet verschwand.

Am Morgen nach dem ersten Verhör konnte sich Thom nicht erinnern, ob es eine Bewegung gegeben hatte, die ihre Brüste seinen Blicken freigab. In ihren dunklen Augen war keine Regung zu erkennen gewesen. Ihre lockigen, rötlichen Haare, frisiert in Form eines ausufernden Bubikopfes, der ihr modisches Interesse anzeigte, standen, das fand der unerfahrene Thom, im Widerspruch zu ihrer Aufgabe.

Selbst drei Monate später konnte sich Thom von der Dolmetscherin, die Tegea hieß, ein Name, so selten wie die berühmte Perle in der Muschel, noch immer kein genaues Bild machen. Unklar blieb, ob sie im Dienst der Tscheka arbeitete oder in der Rolle einer gedungenen Verräterin operierte, was gerade, wie zu hören war, manche Intellektuellenkinder als spannendes Vorhaben ansahen. Tegeas Habitus und Ausbildung schienen Thom so unangenehm, dass ihr Hochmut rasch alles Geschlechtliche auslöschte.

Der Vernehmungsoffizier wühlte wie besessen in den Schubläden seines Schreibtischs. Dann begann er grimmigen Gesichts sein Verhörwerkzeug auf der Arbeitsplatte zu ordnen: ein hoher Stapel weißes Schreibpapier, kantengleich zum reinen Kubus getrimmt, ein flaches Holzbrett, daneben eine Holzschale, in die er drei unlackierte, mit Redisfedern bestückte Hölzer legte, dazu ein Holzlineal, das er womöglich aus einer russischen Dorfschule entwendet hatte, und das obligatorische Tintenglas mit eingeschliffenem Stöpselverschluss. Zuletzt legte er Lineal und Hasenpfote neben das erste weiße Blatt und begann mit dem Verhör.

Thom, hilflos, hungrig und müde, schlotterte vor Kälte. Der Eierkopf, den er in den folgenden Stunden eingehender betrachten konnte, wirkte kraftlos, weich, sein Thorax steckte in einem viel zu großen Pullover. Er begann, etwa eine halbe Stunde lang die weißen Bögen mit Feder und Lineal säuberlich zu linieren, was ihm offensichtlich tiefe, nahezu erotische Befriedigung verschaffte. Seine Augen, geschlitzt, dicht auf den Jochbögen, klein und lauernd, die Nase fast eingeschmolzen ins flächige Gesicht, die Ohren verlängert in den Läppchen, der Mund ein lippenloser Schlitz. Es war schwer für Thom, sich diesen Mann als Wesen mit echten Gefühlen vorzustellen: Er verkörperte ein Amt, in einer von Schwefeldämpfen vergifteten Atmosphäre, verrichtete eine Maulwurfsarbeit, die im Grunde bedauernswert, jedoch von hoher Gefährlichkeit war: Krume um Krume schob er aufeinander, so wie die Mörder von Katyn ihre Opfer zum Allerschrecklichsten

Massentod gebracht hatten. Wird er mich blutabschnürend an Händen und Beinen fesseln, fragte sich Thom, wird er mich frierend, wie ich bin, mit kaltem Wasser übergießen oder mir eine Hanfschlinge über den Kehlkopf legen, mit einem Nackenknoten, diesen – er könnte mich knien lassen – straff ziehen, die Schlinge parallel zur Wirbelsäule zu den rückwärts weisenden Fußknöcheln führen, um diese an ihnen zusammenzubinden, fest, der Hanf eine Bogensehne! Solange ich in der Anfangsfigur liegen bliebe, mich nicht streckte, sondern reglos auf meines Peinigers Hände starrte, bliebe ich am Leben. Wie lange könnte ich, ohne mich zu strangulieren, so liegen? Es gibt aus dieser Fesselung kein Entkommen: Keiner kann dein Rückgrat stauchen, kürzend mehr zusammenziehen, als es schon ist, und Thom, der Delinquent, würde sich, so lange er bei Bewusstsein wäre, keinen Millimeter strecken, damit sein Tod kein Selbstmord wäre! Jeder dieser Folterer besteht den öffentlichen »Unschuldstest«, dachte Thom bitter, im Tötungsbuch, Abteilung Überlebende, ist zu lesen: Der Gefangene wurde fixiert, er hätte sich nur nicht strecken dürfen.

So dachte Thom, sich abwendend von der herrlichen Frauenblüte, der vaginalen Magnolie, in seinem Hirn formte sich der Wunsch, in einem August sterben zu dürfen, wenn nochmals, zum zweiten Male, im Frühherbst der Tulpenbaum blühte.

Und was dachte sich der Verhöroffizier der Tscheka, hatte der, weil Knüppel, Strick und Wasser noch ruhten, einen Teppich in Thoms Körpergröße bestellt? Thom glaubte es nicht, denn der Gefürchtete nahm, mit verzücktem Gesicht, gerade das erste weiße Schreibpapier vom Stoß, legte es, sich weit zurücklehnend, zur allabendlichen Kantenparallelprüfung (eigentlich Kanzlistendienst), Schreibtischkante und Bogenschnitt, griff nun zu den drei Federhaltern, verwarf zwei, die dritte Stahlfeder glühte er in der Flamme seines rußenden Feuerzeuges aus, milderte den technischen Prozess, indem er mit dem mit Spucke angefeuchteten Zeigefinger auf die Wölbung tippte, sodass es zischte, leise zwar, laut genug, um das Ende der gewünschten gelben Anlassfarbe zu erleben. Heute – ohne Zarenverehrung – denkt jeder nur an die seelenzerstörende Geschichte vom »Mantel«, dachte Thom, Weltschmerz und Verdammnis der düstersten Art. Nun, Thom kannte die Geschichte vom Lesen in den Pausen des Werkzeugschmiedens. Jetzt entdeckte er, dass dem Eierkopf an der linken Hand der Ringfinger fehlte, was ihn zu einem Charakter machte, einem Mann mit Vergangenheit, und er überlegte, ob er ihm einen Beinamen zugestehen sollte.

Das Schweigen im Raum wuchs wie ein ungutes Kraut, wucherte, vom mageren Licht der Glühbirne durchs Fenster getragen, hinaus in die Nacht. Entlang der gegenüberliegenden Häuserwand schien alles friedlich. Nur hin und wieder glühte eine der kleinfenstrigen Toiletten auf, Licht brannte und erlosch, beherbergte Äußerungen einer Allmacht. Bis gegen zwei Uhr nachts, so meldete sich Thoms innere Uhr, wurde kein Wort im Dreieck der Ungleichen gewechselt, wobei der Mann der Macht in besorgniserregender Besessenheit den Kampf um pedantische Sortierung auf dem dienstbaren Schreibtisch vorantrieb.

Zähneklappernd saß Thom, zur Salzsäure erstarrt wie Lots Frau, auf dem Schmerzen bereitenden Stuhl. Er versuchte, sich vorsichtig zu strecken, auch wollte er der Dolmetscherin imponieren, ihr einen Blick entreißen. Sein Erscheinungsbild war zwar erbärmlich, doch fühlte er sich seiner jugendlichen Energie als Mann noch sicher.

Thom dachte daran, dass nur zwölf oder dreizehn Stunden vergangen sein konnten, seit Margots Haar durch seine Finger rann, ein Jüngling der Freiheit, der an der Kraterkante des Lebens gestrauchelt war, um im Verlust von Lebensgewissheiten zur Selbstgewissheit zu wachsen, der begriff, dass sich in ihm Ereignisse, schicksalhafte Wendungen austauschten, sodass er ohne Neid auf das zurückliegende Leben zurückblicken konnte, als sei es Jahre her, und keinen hinter der gegenüberliegenden Fassade beneidete, nicht den Mann, der fröstelnd zu einer Frau ins warme Bett kroch in den beschützten Schlaf.

Er erinnerte sich an eine Kunstzeichnung, an ein Papier, »Weihnachten« benannt, wo über einer Stadt, die sich am unteren Rand ängstlich an die Erde krallte, ein Kinderweihnachtsmann, der für Bombenflieger stand, mit pelzverbrämtem Mantel, einem Sack und drohender Rute schwebte, ein versprengter apokalyptischer Reiter. Thom fühlte den Rutenstreich, verstand den Schrecken über der Stadt. Noch war er nicht in Eiswasser getaucht, nicht nackt in der vermoosten Badezelle auf einem Bein gehüpft, aber gestern blühte noch beredte Lebensfülle in Thom, jetzt, da er vor Angst zitternd auf seinem Stuhl saß an der Tür, war er zum Auswurf degradiert. Er war der Beobachter in einer Dreiecksfigur zwischen einer fremden, märchen- und hexenhaft kalten Kurtisane und einem Geheimdienstknecht, der einer fleischfressenden Pflanze ähnelt, die kein bewertendes Denken besitzt und selten in die Nähe ihrer bevorzugten Nahrung kommt, zum Beispiel einem blendend schönen Obersten, einem Paar, das hinter dem Ural, in den Gebirgsseen genussvoll geschwommen war, und der hier diesen läppischen, sinnlosen Dienst abzuleisten hatte, wo Tegea, und das schien sie zu demütigen, eine Rede vermitteln musste, die der Offizier, dieser träge, pedantische Mensch, ihr in beleidigender Unterforderung abverlangte. Die Verhörschriften sahen vor, dass der Verhörer jede Frage an die Dolmetscherin richtete, die Antwort hörte, prüfte, da er, des Deutschen mächtig wie kein anderer, über deren Wahrheitsgrad er schon Bescheid wusste, indes der Häftling in seinem Gedächtnis oft ergebnislos herumstocherte.

Der Eierkopf hatte seine Utensilien längst bereit und Thom konnte nicht erraten, was den unansehnlichen Menschen, der als Erscheinung in der russischen Trivialliteratur sein Unwesen auch als Kanzlist treibt, bewegte. Er verschleppte noch immer den Anfang des Verhörs, indem er wieder und wieder die Briefbögen kantengleich zum Schreibtisch zu sich zog, freihändig. Das wirkte wie eine Subordination gegenüber seiner Bestimmung, entlang des Holzlineals die Blätter mit Stahlfeder und grüner Tinte zu linieren. War das Europa? Ein Relikt aus langsamer Zeit und gerade noch sichtbarer Herkunft gewiss. Er neigte sich tief übers Blatt und wenn von den dreißig Zeilen auch nur eine verwischt oder verwackelt war, zerknüllte er das Blatt und warf es hinter sich.

Sieben Bögen waren das Maß jedes Verhörs, dreißig Linien je Bogen sind in summa zweihundertzehn und versetzten ihn in eine ihn zusehends erregende Begeisterung, ja, sie befriedigte sein Kanzlistenherz in der Sucht nach Vollkommenheit, die Linie als Ansatz und Beginn der alles erfüllenden Kalligraphie, schwungvoll, verschlungen, orientalisch. Schweiß spross auf dem Rund seines Schädels, indes von Blatt zu Blatt sich steigernd sein Atem zu keuchen begann. Einmal, als das Werk gegen vier Uhr im beginnenden Morgen nutzlos verbrachter, qualvoller Stunden für ihn wie für Thom sich zu vollenden begann, sprang er auf und beugte sich, den Pelz über die Schulter gezogen, triumphierend aus dem Fenster: Ein Zittern lief ihm durch den Leib. Irgendwo, in Big Sur oder auf Korfu oder auf einer griechischen Insel schreibt Henry Miller: Eine Linie zu ziehen erforderte die ganze Konzentration des Seins!

Obwohl Thom diese Erkenntnis nicht hatte, erschien ihm der Eierkopf plötzlich mit einem ganz anderen Gesicht, dem eines Eingeweihten, er fühlte sich gar verbunden über alle anstößigen Systeme hinweg. Erleichtert kehrte der Offizier wieder hinter seinen Schreibtisch zurück, versank und erhob sich später nur gelegentlich, um seinen Fragen Nachdruck zu verleihen. Thom lauschte in die Nacht, in der zu so früher Stunde kein Lärm wogte, die Straßenbahnen hatten ihren Betrieb längst eingestellt, leise Bahnhofsgeräusche trieb wahrscheinlich der Wind aus dem Erzgebirge ostwärts über die Elbe. In ganz ruhigen Minuten, wenn nicht gerade ein einzelner Russen-Pkw die Bergstraße hochrasselte, wenn vielleicht alle polizeimilitärischen Überwachungen eingestellt waren, drangen von Ferne in Wellen Ausläufer eines großen Geläutes an sein Ohr. Mit hoher, fisteliger Stimme spießte er der Dolmetscherin nun seine einleitende Frage ins Ohr, die sie an Thom weitergab: Ihre Stimme klang aufgeraut und kraftlos zugleich, nicht fraulich, wie es dem Ohr eines müden Hundes wohlgetan hätte, immerhin befleißigte sie sich einer verbindlichen Form:

Der Herr Offizier fragt: Name?

Gerber.

Alter?

16.

Der Offizier, der schon schrieb, als Thom noch antwortete, schoss jetzt und in der Folge Wort für Wort auf sie ab, als gelte es plötzlich, einen engen Zeitplan einzuhalten: Vorname? Thomas!

Amerikanski!

Nein, Bibel. Schreiben Sie: Thomas, der Ungläubige.

Njet: Amerikanski, Geburt nix Tag – was die Dolmetscherin echote, unbeteiligt dahinschwimmend: kein Tag, das Jahr. 1930 Geburt.

Offizier: Vater?

Kraftwagenfahrer.

Es gab ein kurzes Streitgespräch hin und her, ob Beruf oder nicht, das mit der kratzenden Feder des Offizieres endete: Automobil. Vater Faschist! Thom entgegnete wütend: Das ist Lüge, Verleumdung. Vater, mein Vater nix Faschist und '34 entlassen!

Der Offizier brummte und schrieb: Entlassener Faschist.

Das streichen Sie! Dann sagte er leiser: seit 1935 schon tot.

Die Dolmetscherin wandte ihm erstmals erstaunt ihr Gesicht zu und Thom wiederholte: Ja, er ist schon lange tot! Und wir in Not. Er sagte das nicht, um Sympathie zu erheischen, sondern als Abwehr jeder weiteren Verkennung.

Der Kanzlist bellte weiter seine Fragen als Kurzformeln in den Raum. Ihn besorgte vermutlich, dass am Ende der Nacht nur ein, bestenfalls zwei Kalligraphiebögen – also vollkommen ineffizient – vorliegen würden. Er bellte, kollerte wie ein vom Paarungsplatz vertriebener Auerhahn:

Schule?

'36 bis '44.

36! Ah, Junghitler!

Thom: Verdammt, nix Junghitler, Antifaschist!

Kanzlist: KZ?

Thom: Nix KZ, Widerstand! Straflager. Straflagerwaffe: französischer Karabiner, 1914 bis 18, keine Patronen.

Der Kanzlist: Damoi?

Die Dolmetscherin: Er fragt, Karabiner mit damoi – nach Hause genommen?

Keine Waffe! Keine Waffe, Kinderluftgewehr.

Was schießen?

Zum Beispiel Hasen, Rebhühner, aber nichts tot, auch mit Tomahawks, Pfeilen und Bögen!

Dolmetscherin: Er fragt: Schießen auf Hasen in Uniform?

Thom war zu müde, zu enttäuscht über eine derart dumme Fragerei, sodass er nur noch selten antwortete, denn es war ihm jetzt klar: Die Formel lautete: Hasen in Sowjetuniform! Aber Thom wusste, dass deren Fell, zur Weste geschnitten, sich weder weich anfühlte noch wärmte.

Als das Morgenlicht in die Straße fiel, wurden die Fragen fordernder und irrealer, zwanghafte Schuldvorgabe des Eierkopfs: Mit welcher Pistole verhaftet? Auf welchem Weg, zu welchem Ziel der Roten Armee? Natürlich die Hasen in Uniform. Und wer da die anderen Werwölfe gewesen seien, schnell jetzt! Nur fünf oder sechs Namen und Wohnungen! Oder ob er Lust hätte auf strenge Maßnahmen? Auf Nachhilfe? Thom verlor die angestrengt bewahrte Fassung und brauste auf: Sie kennen Werwölfe? In Russland? Kannten Puschkin und Dostojewski keine? Jestj? Es gibt keine Werwölfe! Hier nicht! Woraufhin, es musste auf das Ende ihres Nachtdienstes zugehen, ihm die Dolmetscherin ihr Gift ins Gesicht spie: Was spricht der Wlassowmajor über Stalin und das Weib in Leipzig? Vom Krieg? Du weißt, dass er als Deserteur hingerichtet wird? Helfen kann dem nichts, überhaupt nichts! Also, hör ihm gut zu!

Thom hoffte, dass sein Unglück ihm später wenigstens helfen würde, in ganz andere menschliche Tiefen zu tauchen, die dem Wohlseinsbürger unerreichbar blieben. Seine Glieder waren steif vor Kälte, der Hunger höhlte den Kopf, als der Werwölfe jagende Offizier das Verhör beendete. Binnen weniger Minuten klopfte ein polnischer Läufer an die Tür und winkte Thom mit dem Kopf: Es ging über das Haupthaus, sonderzellenwärts.

Im Aufstehen erhaschte er mit einem Blick die Protokollseiten des Offiziers und sah, was er aus alten Büchern, aus Werken der Kalligraphie, bereits kannte. Von weißen Rändern umrahmte Bögen, in deren Mitte die linierten Schriftspiegel ruhten, makellos in der Form, verschlungen, verdichtet und stilisiert zum Ornament. Thom erkannte, dass der Offizier ihn völlig ohne Sinn und Verstand nur als Anlass für seine Schnörkelkunst nahm.

Als Thom, geschwächt wie er war, mit steifen Gliedern, fast bewegungsunfähig in der Türlaibung Halt suchte, nicht sofort laufen konnte, trat der Polenläufer ihm ins Gesäß, sodass er aufs Gesicht fiel, sich die Ellenbogen prellte, und nun gezwungen war, im gebückten, hinkenden Gehen, zwischen Sturz und Aufrichten, immer mit der Wand in schürfendem Kontakt, diesem elenden Söldner auf dem Weg zur Zelle zu folgen. Das Stahltreppensystem, das sich ihm schon jetzt als Alltagstortur in sein Dasein eingehaust hatte, schien ihm wie ein eiserner Mantel.

Der Polenläufer stieß ihn vorwärts, schnupfte, schnäuzte, spukte: Na, Zelle, na, schlafen, poschol, poschol, und ehe das Morgenlicht in die finstersten Zellen in finsteren Schächten einbrach, lag Thom im Verlies und schlief an des Majors Seite. Die volle Blase entledigte sich, er wälzte sich im animalisch heißen Urin, der über ihn jetzt wie eine Glücksgabe kam. Sein Denken hatte sich in übergroßer Erschöpfung von seinen Körperfunktionen getrennt, sodass er keinen Schmerz, keinen Stoß spürte, von keinem, der stöhnte, röchelte, im Rotz gurgelte. Ihn störte kein Husten, Bellen, nicht die Qual beim Luftziehen aus Restlungen, jenem flatternden Pfeifen aus der Tiefe des Zwerchfells, nicht das Schnarchen der Gesunden, ihr Aufschrecken im Traum oder was immer die Ursache von Bewegungen und Zuckungen war, nichts hatte Thom jetzt als ihm zugefügte Qual erlebt, als Last, als Störung, denn sonst wäre ihm bewusst geworden, dass die Regungen seiner Mitgefangenen Zeichen der Überlebensnot sind, auch jede qualvolle Ohnmacht, in welche die Opfer in unwägbaren Perioden fielen. Der Schlaf hatte sie alle geflohen und an seine Stelle die Bewusstlosigkeit gesetzt.

Aber der Menschen Vorstellungen und Hoffnungen, ihre Herzen und Sinne treiben immerfort aus den Grüften ihrer Seelen Bilder der Glückseligkeit, der Hoffnung und der Wonnen. Schon in seiner Jugend hatte Thom von Orpheus und seinem Versagen gehört, als jener durch unbändige Neugier die Geliebte an das Reich ewiger Nacht verlor. Mit Gottes Gnade können weder

Moslems noch Christen ernsthaft rechnen, glaubte Thom. Der Mensch findet nur im Verzicht Ruhe und Erbauung, sogar Macht.

Nur Märchen und Sagen lassen die Menschen sogar unter den schlimmsten Bedingungen, im Schmutz, im Dreck, in den scheußlichsten Verliesen, Trost finden. Nennt es Schlaf, nennt es Ohnmacht, nennt es Traum.

Thom lag, ohne Macht über sich zu haben, in dem Spalt, der sich ihm zum Schlafen geöffnet hatte, die Sinne unterschwellig gereizt vom Geruch des Kotes, des Urins, des Schweißes, einer Luft, die ein giftiges Gas war. Sein Erwachen war ein Hinübergleiten in einen Tagtraum, dessen Bilder ihm ins Gehirn schnitten: Den Arm um Margots Schulter gelegt, verließen sie einen Weg, der sie durch spiegelgleiche Gärten mit Tonzwergen, Pilzen, Schnecken, Windrädern, Flüsschen und zierlichen Brücken hinausführte ins freie Land der Felder, der Rieselfelder – weit vor der Stadt. Ein Frucht- und Trockenbecken, von schmalen gelben Wegen quadratisch umgrenzt.

Thom liebte diese schachbrettartige, wie von Intarsien belebte Weite, vor allem, wenn im Winter alles zu Eis erstarrte, der Wind sanfte Schneewehen anhäufte.

Er erinnerte sich an den Zauber eines warmen Herbstabends, an dem sie, es hätte Margot sein können, und Thom, auf den sandigen Wegen der Rieselbecken entlanggingen.

Margot entzog sich Thoms Hand, schritt drei leicht gegangene Schritte vor ihm her auf der stegbreiten Grenze, schauernd im kühlen Abendwind, der ihr kurzes Kleid, weit geschnitten wie ein Zelt, frech anhob, ihren begehrten Körper nachzeichnete, entblößte und verdeckte, sodass Thom ihr zwanghaft folgte, gezogen von dem magischen Band anhaltender Begierde. Margot tiefernst, den Kopf nicht wendend, obwohl sie seine seelische Unendlichkeit brauchte, um im Licht zu sein. Thom wusste um ihrer beider Flüchtigkeit, dass sie, aus der Nacht kommend, in den Alltag zurückkehren würden, und nichts blieb als eine vage Erinnerung. Und als Thom ihr vom Rücken her unter ihr blondes, fülliges Haar griff, wog es schwer und es schoss erneut ein sprühender

Blitz in seinen Kopf, so erfahrbar, dass er glaubte, ohne sie nicht weiterleben zu können.

Emil, der vom Verhör zurückgebracht wurde und jeden Lärm mied, der meist erst im Kampf um den Schlafplatz entstand, sagte: Halb sechs, 's ist gleich Zeit zum Wecken und für den Gang zum zugeschissenen Klo. Thom erbrach sich. Und du, sagte Emil düster zu Jesus, als er sah, wie der aus dem Hosenbund seinen stinkenden, vom Kot braunen Hinternwischlappen zog, was zum Hygienestandard der Gebildeten gehörte, ich dachte, du hättest Tamaschitos Bluttuch in vier saubere Teile gerissen, als Seelenhygiene für alle, wie du sagst. Das wäre ein Tausch, den dir jeder verziehen hätte. Aber an so was solltest du nicht einmal denken, denn das Tuch ist eine Reliquie. Mit deinem Gesäßlappen hättest du längst trockene Hasenbohnen drehen lernen müssen!

Es war so, dass die Tataren nach den schlimmen Kriegsjahren, hier als Wächter jetzt einigermaßen behütet, sich natürlich erinnerten, dass sie selbst froh waren, sich im Kriege zu Pferd, auf dem Krad oder im Panzer, irgendwie auf halbwegs ordentliche Weise entleeren zu können. Bei den Häftlingen aus den Sonderzellen indes legten geschulte Tschekisten Wert auf Zermürbung durch Selbstekel, auf die Zerstörung gelebter Würde. Ihre Methoden kamen wie zufällig und ungewollt daher.

Eine Art Schrank als einzigen Ort der Entleerung für zwölf bis sechzehn Häftlinge pro fünf Zellen aufzubieten war kalkulierte Folter, denn dies bedeutete kaum zu beschreibende Schmerzen und Angstzustände.

Als besonders quälende Prozedur stellte sich für Thom auch das Sechsuhrfrühwecken heraus, da er es nur taumelnd mit blutleerem Kopf und fast erblindet erlebte. Es war anders als das nächtliche, fünf- bis achtstündige Wecken, wenn zum Morgen mit Lärm die Verhörten heimkehrten. Um sechs Uhr früh galt es, sich in eine Reihe von schmerzgeschüttelten Häftlingen zu stellen, um so schnell wie möglich das auf der anderen Seite des Ganges liegende Beamtenklo zu erreichen, die Erwartung, dieses in benutzbarem

Zustand vorzufinden, war allerdings abwegig, zumal jeder Gefangene an dem Ort nur vorbeigetrieben wurde.

Der delirierende Sängerwächter Wolodja hatte errechnet, dass schon eine Minute Kloaufenthalt über eine Dienststunde auffressen würde, die er nicht zu opfern gewillt war. Dennoch wartete er die ungeschmälerte Abfolge seines Liedgutrepertoires ab. Als er sich an der Tür aufstellte, hörten wir, wie er die Zelle 1 aufschloss und in Liedstrophenform befahl: Dawei, dawei, schnell scheißen!, dazu aufstampfte, und wie die Häftlinge im Laufschritt an unserer Kerkertür vorbeikeuchten, vom Sportler bis zum Moribundus, hin und zurück, hin und zurück, die teils heruntergelassenen Hosenbünde hingen ihnen gewiss um die Knie, denn der Kerkermeister sang seinen Befehl ohne Pause. Die Häftlinge fühlten sich ja befreit von der Aussicht, sich endlich entleeren zu können, und wären, hätten sie nur gekonnt, wie Schweine aus ihren Buchten geschossen, so sie durch Darmzuckungen den Druck in den Leib überhaupt noch zurückpressen konnten. Um diese Achse drehte sich das Leben der Zellenbewohner!

Die Maßstäbe für relatives Wohlergehen verschoben sich in entfernte Zwangsarbeitslager, Gulag am Eismeer. Als Thom heute losrennen durfte, waren seine Entleerungswünsche einem folgenlosen dumpfen Bauchweh gewichen. Dann stieg ein brechreizerzeugender Ekel in ihm auf, als er sah, dass das Beamtenklo nicht wesentlich größer war als das Urinbecken und längst unter einem Kothaufen verschwunden, der an der Rückwand bereits die Einmetermarke erreicht hatte und in einer langen Zunge bis auf den Gang hinaustrat.

Schnell scheißen, dawei, schnell scheißen, plärrte der kriegsbeschädigte Sängerposten. Thom näherte sich tags darauf mit in den Knien hängenden Hosen rückwärts dem Kotberg, als Versuch, dieser nur noch als tierische Not zu bezeichnenden Qual zu begegnen, er wollte sich einmal mit beiden Händen an die Türflanken – möglichst weit oben – hängen, weil er hoffte, dass ein Fetzchen Papier aufzufinden wäre, dies glich allerdings einer paranoiden Verblendung. Es gab kein Fetzlein Papier, nicht in der Zelle und nicht zu hygienischen Zwecken.

Immerhin, Thom fühlte sich noch im Stande eines Zuchthausnovizen, lernte er doch die Bedeutung des Kotlappens kennen, eine notwendige, jedoch säuische Gepflogenheit aller Häftlinge. Jesus' Praktiken erklärten sich ihm also. Die fehlende tägliche Reinigung der Hände bedrückte Thom, der immer als manischer Händewascher galt. Jesus, und das verfolgten alle mit Häme, fiel die Ausgießung der randvollen Urinschüssel zu. Das nächste Waschbecken hing links hinter dem Eisenbandgitter: unerreichbar.

Noch bevor Thom sich wieder, wenn auch unverrichteter Dinge, neben dem Wlassowmajor hinhockte, war die Sechs-Uhr-vierundzwanzig-Entleerung vorbeigegangen, die Zellentür verschlossen, der verderbliche Mief bewahrt.

Die ganze Zeremonie währte kaum mehr als zwanzig Minuten und Thom, der Neuling, begann in seiner Einfalt zu begreifen, dass der vor ihm liegende Zellentag auf qualvolle Weise – es war ja noch nicht einmal sieben Uhr! – in ganzer Länge zu durchleiden war, alle Schwächeanfälle durchgestanden werden mussten, die gähnende, rachenfaulige Leere eines Daseins, das bar jeden Verstandes vor ihm lag. Thom dachte an die verwöhnten Zierbengel und Schlatze in den Stadtvillen, in HJ-Uniform oder Tennisdress, die sich nicht einmal an der Wärme der Sonne erfreuten und, das war ihre Strafe, zeitlebens blind wie Maulwürfe dahinleben mussten.

Abends überkamen Thom Magenkrämpfe, die sich aus der totalen Leere seines Speisetraktes herleiten ließen. Widerwillig fragte er Jesus nach der nächsten Kelle Kartoffelschalensuppe aus.

Da Jesus schon lange in dem Loch dahinvegetierte, hatte er wohl als Einziger, durch wachsende List und plumpe Vertraulichkeit, viel tiefer schürfende Kenntnisse als die Halb- oder Einjährigen. Gegen zwanzig Uhr gäbe es einen Schwapps Gerstenkaffee, der bei einigem Glück sogar warm ankäme. Genaueres wage er nicht zu verkünden, das brächte ihm schnell den Titel Lügenbaron ein, denn, so Jesus, die Umstände, welche die Rationen hier hereinspülen, seien höchst wechselhaft, chaotisch, eben bolschewistisch. Die Bedingungen, unter denen hier der Fraß vorbeigeschleppt wird, fuhr er fort, entsprechen gewiss nicht den Regeln, die lernen doch nichts, fressen die Kartoffeln und Graupen aus den Bottichen, oh, das weiß ich aus Erfahrung, flüsterte er verschwörerisch. Was hier fehle, seien Disziplin, Ordnung, Hygiene, Zuverlässigkeit in der Ausgabe von Stalins verordneten Rationen: Mehl, Fett, Rüben, am besten rote, Mais und der Eichelkaffee für den Gulag, die theoretisch denen der Sowjetbevölkerung gleichgestellt sein sollen. Käme das hier nicht an, sei das Schande genug! Er habe zeitlebens alles penibel durchgeführt, eben auch mal einen Bauern kräftig geweckt, wenn dieser die Essensausgaben besoffen verschlief und dafür ihn als Leuteschinder und Naziknecht denunzierte! Verdammt, er gehöre freigesprochen, endete er atemlos, aber du siehst mein Elend, sie beharren auf Verdammnis!

Jesus setzte sich, nach Luft japsend, auf den Boden und lehnte sich mit dem Rücken gegen die abgeklemmte gusseiserne königlich-sächsische Heizung. Thom war ihm dankbar für die Belehrungen, weil sie ihm eine Art labiles Rückgrat in den Stundenstau des Tages einzogen.

Er hörte Getrippel im Gang wie von einer Mausformation, dann den scheppernden Umgang mit Schüsseln, was bedeuten könnte, dass kleine Türme ungewaschener Emailleschüsseln vor den Zellentüren bereitgestellt wurden. Jetzt tobte der von den Wächtern gefürchtete Deschurnij in den Gang, trat wütend gegen die Zellentüren und nach den bereitgestellten Schüsseln, wobei er fürchterliche Flüche ausstieß. Noch bevor die Kaffeeausgabe begann, ließ er sich Zelle um Zelle aufschließen. Aus der vierten Nachbarzelle hörten wir Meldungen herausbrüllen, das Klatschen von Schlägen, was aber schnell wieder in eisigem Schweigen erlosch. Noch bevor sich Thom in schrecklichen Vorstellungen verirrte, krachte der Schlüssel ihrer Zelle ins Loch und in der Tür stand ein großer, aufgereckter Kerl, mit vertrauenerweckendem Gesicht, frisch durch ein Seemannssportdress, unter dem sich sein Muskelspiel abzeichnete. Er trug lange, gepflegte blonde Haare, was hier – ein wohltuend unmilitärischer Anblick – wie die Einleitung ganz zivilen Umgangs ankam. Jesus riss es bei seinem Anblick zu militärischer Straffheit, er befahl: Stoisja, ins Verlies, und zu

Thoms Erstaunen kam tatsächlich eine ansehnliche, wenn auch schwankende Reihe zustande, die der Deschurnij bis hin zum liegenden Wlassowmajor abschritt, dann vor ihm umdrehte und Mann für Mann fest, nicht selten gebückt, in den Blick nahm. Der Mann sollte offensichtlich berichten, wie rasch der Verfall der Männer voranschritt.

Außer Thom kannten alle das kommende Prozedere. Jeder, vor dem der sympathische Militär stehenblieb, musste Name und Dienstgrad, den er in der Nazizeit innehatte, nennen, was die Soldaten und Offiziere mit Hackenzusammenknallen bekräftigten, andere den Beruf. Der Deschurnij stellte sich breitbeinig, sportlich wippend vor Thom auf, und in dem Moment, als sie einander fest und entschlossen in die Augen sahen, wussten sie, dass sie nicht Feinde sein konnten. Ein Lächeln huschte über das Gesicht des Deschurnijs, das er schnell wieder einfing, als er ihn anschrie: Na, Junghitler? HJ-Führer! Werwolf? Und Thom zuckte beleidigt zusammen und antwortete ihm in gleicher Lautstärke: Nix Junghitler! Nix HJ! Ich Antifaschist!

Deschurnij: Hast du Hitler erschossen?

Thom: Das nicht, aber HJler verhauen, SA-Lehrer-Befehl nicht befolgt, niemals Dienst geleistet, und keine Uniform! Thom sah an des Deschurnijs Gesicht, dass ihm der Vortrag zu lang war für sein zügig durchzuführendes Vorhaben. Er hob langsam seinen linken Arm und schlug mit rückwärtig hergeholter Kraft Ohrfeige auf Ohrfeige in Thoms Gesicht, links und rechts und rechts und links, im deutschsprachigen Silbentakt: Nix-Hitler, nix HJ, und dann beidseitig: Nix-Uniform, knall, knall, knall. Das saß, merkte Thom, aber doch nur mit halber Kraft. Dann stellte sich der Deschurnij vor Thoms Nebenmann und wiederholte Fragen und Schläge; kräftiger je nach Dienstgrad oder die Faust für Verbrechen. Fast am Ende der Reihe stand Emil, er antwortete zitternd, mit heruntergeklappter Kinnlade, aus der Speichel troff: Schausteller …

Der Schläger zögerte: Schausteller? Was ist? Und Emil: Zirkus. Er bekam vom erheiterten Hauzu – denn die Russen lieben Zirkus – Zir-kus, choroscho!, links, rechts den Wangenstreich. Spänemaus meldete mit gut hörbarem Hackenknall: Feldwebel – Frankreich, woraufhin der Deschurnij stockte und gedankenverloren ins Nichts sah, sich vielleicht Paris mit dem Eiffelturm vorstellte, dahin dachte, wohin die Rote Armee nicht gekommen war. Essen in Frankreich, Saufen und Huren, ja das wäre was! Und nun saß er in Sachsen und geben tat es hier gar nichts, ein paar hübsche Radfahrerinnen, na ja, – er besann sich und diesmal hintersetzte er seine Ohrfeigen mit dem Schultergürtel, dass es pfiff und knallte: Pa-ris, klatsch, Oberfeld-webel, klatsch, klatsch. Zwei Schläge, die den weinerlichen Holzwurm schwanken ließen und dem Deschurnij sichtbar Genugtuung verschafften. Neben Spänemaus stand ein kleiner, dicker, vor Angst zappelnder Ukrainer, dem die Hose in die Knie gerutscht war und dessen Piephahn zitterte wie Espenlaub im Abendwind, dem der Deschurnij nur einen sanften Backenstreich hinlangte, dann aber mit schallendem Gelächter auf seinen Zipfel wies. Zuletzt stand der Deschurnij vor dem Nazi-Jesus: Nu was?, forschte er, nu was? Ukraine, flüsterte Jesus. Nu was, drängte der Deschurnij. Getreide, kuschatsch, Kraut! Nu was? General? Nix General. Wehrwirtschaftsführer. Und das sagte Jesus laut und mit leisem Stolz. Das nix choroscho, und dieses Mal ballte der Deschurnij die Hand zur Faust: U-, links, -kraine, rechts, Geräusch zwischen den Kiefernklappen und dumpfer Schlag traf das Gesicht. Nu, Wehr-führer, und es klatschte heller, fleischener, und Jesus fiel rückwärts in die ihn grad noch stützende Heizung, an die er gelehnt blieb und heulte. Der Deschurnij ging zurück zu Thom und fragte ihn freundlich: Du rabotatch, Kartoffelschälen? Und Thom sah sich schon halb befreit, sagte rasch: Gut, ja danke!

Morgen!

Die Tür fiel ins Schloss, am Anfang des Ganges wurde ein Kübel abgesetzt. Wieder schepperten Schüsseln. Thom setzte sich aufgewühlt neben den Wlassowmajor, der noch immer völlig reglos dalag, die Augen wie ein Toter an die Decke gerichtet, als könne er den Weltenrichter zwingen, an ihm das Wunder zu vollbringen, zu seiner Geliebten nach Leipzig zu fliegen, in ihre Wohnung, wenn sie der Tscheka nicht entgangen war.

Thom begann, das ganze Unheil, das ihn umgab, als Betroffener, der nichts aufrechnen kann, mit wachen Sinnen zu sehen und ahnte, dass er hier Stück für Stück der Stunde seines Todes entgegentaumelte. Welch Geschick erwartete ihn, ohne Geschichte von Belang von der Welt als staunender Jüngling gehen zu müssen. Seine Erfahrungen würden niemanden fördern und nichts lehren. Thom glaubte, dass, wenn seine Haft die allerschlimmsten Formen annehmen würde, die Nachricht, selbst bei Freunden, nicht einmal Trauer in ihnen auslöste.

Jesus, der windige Hahn, krächzte: Die Plörre ist da! Im Gang setzten die Kalfaktoren polternd ihre schmuddelige Milchkanne ab, nahmen sich Waschschüssel um Waschschüssel, die sie vorher den Gang entlang bolzten, hin und wieder eine aufnahmen und den Inhalt ihres Scheppers, knapp einen Viertelliter, hinein und meist darüber hinausschwappten, kalt natürlich, kalt. Jesus reichte, ohne hinzusehen, die Gefäße ins Zellendunkel. Thom sah sich gezwungen, beidhändig eine der Emailschüsseln halten zu müssen, die in den Rundungen Stufen talgig gewordenen Kaldaunenfettes umzogen. Schon der Geruch löste in ihm Brechreiz aus, sodass er, nachdem die anderen den Schwapps ausgeschlürft hatten wie Verdurstende, die Pisse, wie es Emil treffend aussprach, auf den Verliesgrund goss und die Schüssel Jesus vor die Füße warf.

Du wirst, revanchierte der sich, nach den nächsten vierundzwanzig Stunden vor Durst die Schüsseln allesamt auslecken. Ich sags dir, du bewegst dich in vermintem Gebiet und weißt es nur noch nicht. Es ist vollkommen gleichgültig, ob du zur Backpflaume schrumpfst oder in Teilchen durch die Luft fliegst.

Thom: Aber du bist ein Schwein, ein Kalfaktor, der sich einen Löffel Suppe im Nachttopf servieren lässt: Lebt so ein Mensch? Ein Tier nicht! Kalfaktoren müssen das Geschirr auswaschen. Hast du dich ein einziges Mal beschwert oder hast versucht, zum Wasserhahn zu gelangen? Du hättest deinen Arschlappen auswaschen können! Der Maxim hätte es dir nicht verwehrt, weder einem Popen noch Genickschießer. Der Tatar hätte die Schüsseln wenigstens mit einem Holzspachtel ausgekratzt! Gegen die Ukrainer bist du ein Stück Dreck. Hätten sie dich statt der Widerständigen nur erhängt, als friedenstiftenden Akt!

Der aus Thoms Magen aufsteigende Ekel und die Galle hielten seinen Leib als Gefangenen. Nach den Blicken der anderen Gruftinsassen hielten ihn alle für einen aufs Feine stehenden Spinner, dem die Russen ihre Küche schon noch beibringen würden.

Er erinnerte sich der Worte seiner Mutter, die auch an den Hunger glaubte, wenn er sich von den angebotenen Speisen abwandte, Mettwurst mit Grieben, Rouladen mit Fetträndern, Grießsuppen, Brühe mit Kutteln, all das bekam er nicht runter. Die Haut auf erkalteter Milch, sofort hob sich ihm der Magen aus, sodass er lieber vor einem leeren Teller sitzen blieb. Auch die kluge Mutter sagte den Russenspruch und prophezeite: Wenn du einmal richtig hungern müsstest, dann würdest du das alles essen. Aber Thom wusste, es war die Rebellion seiner Organe, der er unterlag, niemals weigerte er sich aus Willkür.

Um den Vormittag zu bewältigen, hatte die Spänemaus Emil zu einem Schachturnier überredet, im Innersten brannte Emil nach Siegen, fürchtete er doch den hämischen Blick der ungeschlagenen Zellenschachmeister so wie die niemals korrigierbaren Spiele. Irgendwo hatte auch er ein Stück karierten Stoffs, das die Schachfelder anzeigte, entdeckt. Dieses Umwerten gehörte zu Thoms eindrucksvollster Erfahrung im Verlies, dass Häftlinge, denen alles verboten war, sich dennoch sehr vieles herstellten oder auf Umwegen beschafften. Eine Nähnadel zum Beispiel, ein unerreichbares Gut, taugt plötzlich, das heißt, nach wochenlangem Reiben, Schleifen, Kratzen, obwohl es aus einem Stück dicken Heizungsgitterdrahtes, durch Beharrlichkeit über Benutzung von Hölzern, Fliesen, Putzflecken, ja sogar dem Reiben an sackähnlichen Stoffen, entstanden war. Die zukünftige Nadel, wenn sie keinem Armeefilzkommando in die Hände fiel, wurde immer schlanker und dünner, und das Geheimnis ihrer Existenz lag in dem hohen Einsatz an Zeit, Geduld und dem nicht zu brechenden Willen eines einzigen Menschen. Zuletzt musste das Ausschaben des Öhres bewältigt werden, wofür vier bis fünf Wochen dranzugeben waren, was mit einem Glassplitter gelang oder einem papierdünnen Stück Schiefer. Wenn es honorig zuging, denn auch der Wille zwingt manchmal die Gunst und das Glück, fand einer ein Rasierklingenstück, eine abgebrochene Ecke nur, oder einen Abbruch von etwas Härterem. Diese Hingabe war ein Widerstand, den Diktatoren nicht brechen konnten!

Thom war noch immer wütend über die unehrenhafte Verwendung von Tamaschitos Schweißtuch als neues Schachbrett, das profan als Brotkrümelsammeltuch gebraucht worden war, das für ihn aber vom Gewande fast eines Heiligen, des Bruders Tamaschito, stammte, mit Blutflecken, die sich durch nichts entfernen ließen, nicht hier im Verlies, wo die Häftlinge dahinvegetierten, die seinen Leidensweg nachgehen mussten. Die Herkunft der Figürchen blieb im Dunkeln, allein dass mit ihnen weiter gespielt wurde, war stetes Gedenken.

Emil, der, wenn ihn die Schachleidenschaft packte, ein seltsam einfältiges Gesicht schnitt, das heißt sein Kinn absacken ließ wie einen tiefhängenden Beutel, sich andererseits aufrichtete, seinen volumenmächtigen Brustkorb vorschob und an den beiden vorderen, mächtig gespannten Brustkorbflächen die flach aufgelegten Handflächen rieb, kraftvoll, eifrig, besessen, transzendierend. Ihm war das Schachspiel Freude, Erwartung, Siegestraum und Verklärung, sodass er in Verblendung den unbesiegbaren Holzwurm anging mit frecher Rede: Also, wir machens, jawoll, ich werd dich unter dem Absatz breittreten, Spänemaus! Holzwurm!, posaunte er laut, wappne dich! Und dann zauberte er Tamaschitos Blutlappen unter den Matratzenlumpen hervor, weich gerieben und halb verloschen. Sie klemmten sich in den von draußen uneinsehbaren Winkel von Mauer und Zellentür, wo die zynische Spänemaus, die den Strehlener Bezirkscasanova gegeben hatte, zuhause aber am Schlüpfergummi seiner Dame hing, die ihn, als er aus Russland und Polen zurückkam, aus dem eigenen Haus und der florierenden Tischlerei trieb, die sie nach vielen Abwechslungen mithilfe eines stämmigen, schwarzäugigen Balkangesellen betrieb, der den Herren spielte an der Hobelbank und dabei die Chefin öfter drannahm.

Ja, es galt nach dem Krieg auf den Beinen zu bleiben. Jetzt fragte ihn Emil, ob er zu seinem Kosenamen schon vor dem Krieg gekommen sei und während Holzwurm eine Bauerneröffnung gegen Emil ansetzte und bald danach mit Turm und Pferd einen unsichtbaren Ring um Emils König zog, in der Gewissheit des Sieges sich jovial dem Narren anvertraute, leise und bruchstückhaft: Ja, Emil, ich wäre wohl besser am Don geblieben bei den blonden, starken Bäuerinnen, die ihre Männer am Tage schonten, um nachts ihre Renditen zu kassieren, denn als ich endlich, endlich nach Hause kam, schnitt mich meine Alte in weniger als einer Stunde vom Schlüpfer, Verhaftung! Zwei gelbliche Fotos mit Zackenrand, auf denen ich mir erhängte polnische Partisanen am fahrbaren Kleiderständer der Schule ansah, hörst du, Emil, ansah, ansah!, genügten den Russen. Verstehst du mich, Emil? Ich kannte die Kerle doch gar nicht, hatte da nicht gekämpft, nichts geklaut, gar nichts, wir zogen doch nur im Schweinstrab durch den Ort. Das war alles! Zwei Agfafotos, auf denen mich kein Schwein erkennen konnte! Und ab ins Kuvert, mit nem kleinen Text als Schwur, deklariert an die Kommandantur und da bin ich!

Rotzlöffel, ich hau dir den König zu Klump. Das Beste wird sein, flüsterte Holzwurm, dass wir einen Schachwettbewerb aller Zelleninsassen veranstalten, wo du, das verspreche ich, der King sein wirst. Die Namen – ach so, die entstanden ganz früh, im ersten Liebesjahr, wenn ich gleich mit den Spänen der Fräse am Körper, ganz frisch duftenden, mich über sie hermachte, der Wurm kam erst später, ein Jahr vielleicht.

Emil ließ die Hände flach und kraftlos in den Schoß fallen und weinte. Du hast mich mit deiner Erzählung verwirrt, mich abgelenkt, um den Sieg gebracht! Reden und Spielen, das geht nicht zusammen. Da hatte er recht, aber die geschickte Spänemaus auch.

Die Zelleninsassen saßen und lümmelten wartend herum. Fast nie erwachte einer glücklich in seinem Tagesverlauf.

Seit Thom hier einsaß, hatte er eine genaue Vorstellung der auf ihn zukommenden Drangsale, sah Haken und Schlingen, die ihn schon in der Erwartung verletzten. Früh, einem kurzen, glücklichen Traum glich nur eine nicht einmal selbst herbeigeführte Ejakulation, die meist dem Erwachen folgte und dann gleich als Schuld auf ihm lastete.

Der Häftlinge Gesten waren matt oder seltsam überspannt, je nach Charakter, gewiss auch als Blüte überstandener Träume oder psychischer Exaltationen zu sehen, auch Halluzinationen. Die meisten hatten graue, gespannte Gesichter, von Müdigkeit zersetzt, ja es schien, als wären sie alle Arbeiter in einer Bleischmelzerei, die mit ihren Dämpfen zuerst ihre Haut vergraut und später zersetzt.

Die Vormittage vergingen am langsamsten, weil überhaupt nichts geschah. Sie hangelten sich in ihrer Antriebslosigkeit am unsichtbaren Zeitseil entlang, bis sie im Stehen einschliefen. Gegen Mittag begannen sie misstrauisch von der Suppe, die jetzt ausgeteilt würde, zu schwärmen und im gleichen Atemzug zu schelten. Ihr Hunger war unstillbar. Ihm glich nur der ungeheuer große, sie ausdörrende Durst. So schmerzbeladen, wie das Leben im Verlies auch verging, keiner war in der Lage, über die tiefe Angst vor den Schmerzen zu sprechen, die das Siechtum und schließlich der Tuberkulosetod grundierte. Was Thom bemerkte, war, dass es keinen gab, der die Suppe aus Spülwasser und Kaldaunenfasern konsequent als Drecksplörre schalt, nach der sich alle, einfach um zu überleben, sehnten. Sie hatten keinen Platz an dem Tisch, an dem die Schicksalskarten gemischt wurden. Jetzt, so kurz nach dem Krieg! Auch in dieser Hölle dachte Thom in manchen Augenblicken an seinen Lehrer Homer und seine Plagiatoren, wie dieser große Gott von den Frauen sprach. Wenn der gottmächtige Chef seinem Weib ins Gesicht bläst. Denn noch nie hat das Verlangen nach einer Frau ihm so den Mut in der Brust rings umströmt und bezwungen! Schnell erlosch der Hunger jedes Verlangen.

Hier in dieser teuflischen Enge versuchten die Gefangenen immer wieder, sich natürlich zu bewegen, aufzustehen aus der Hocke oder dem Schneidersitz, was einigen für eine längere Zeit gelang, und was sie dann über alle Maßen priesen, denn einige Insassen glaubten an ihre nicht zu brechende Jugendkraft. Das waren Pfadfindertypen, solche mit öffentlichen Zielen. Thom spürte rasch, dass er dieser Gruppe entgegenstand, da er niemals hatte sich zu guten Taten losschicken lassen. Er liebte es, aus Vorstellungen, individuellen Sehnsüchten zu erwachen und aus eigenem Antrieb in die richtige, besser gesagt mögliche Bewegung zu gelangen. Jetzt wollte er zu Emil, der noch immer schluchzte, um ihn in seinem Ausgeschlossensein zu trösten. Er tastete sich zu ihm hin: Sag mal Emil, du bist doch bestimmt ein guter Ballspieler, der, wenn man ihn losschickt, seinen Gegnern das Leder genau unter die Latte knallt! Und als dieser zugab, allerlei Spielchen drauf zu haben, die er hier aber nicht brauchte, sagte Thom: Da siehst du mal, dass dir die Spänemaus, auch wenn er sich ein paar radikale Eröffnungen eingetrichtert hat, weit unterlegen ist, denn er belauert dich, ohne selbst Kraft und Gewandtheit vorzeigen zu müssen. Gut, auch das ist die Gabe der Schlangen, aber du kannst ein Hund sein oder ein Wolf. Sag ihm das ins Gesicht! Und Emil nickte Thom dankbar zu und beruhigte sich, denn er sah seine bessere, seine stärkere Seite.

Während Thom Emil mit seiner Rede half, verschlechterte sich sein Zustand spürbar. Sein Mund war eine ausgetrocknete Höhle, aus der die Wörter jetzt nur noch lallend hervorbrachen, vorbei an der haftenden Zunge zwischen Gaumen und dem Gebiss der Kinnlade. Sein Kehlkopf war unter dem zähen Speichel verklebt. Er rechnete nicht damit, dass seine Organe fast vierundzwanzig Stunden ohne einen Tropfen Wasser dem Staub und Dreck, den Bazillen und der von Mikroben gesättigten Zellenluft widerstanden.

Er sagte sich, dass sein Ekel ihn gehindert hatte, aus der unausgewaschenen Schüssel einen Schluck zu trinken, und dass er zwanghaft durch seine eingeborenen Möglichkeiten in dieser Schieflage bleiben musste. In seinem schwindelnden Kopf beneidete er diejenigen, die von Natur aus und nicht aus Überlegung oder unter Zwang alles in sich hineinschütten und hineinschlingen konnten. Andererseits hielt er die Sperre, die sein Körper ihm auferlegte, für eine zu bewahrende Verfeinerung der Sinne, die ihn normalerweise vor allzu gefährlichen Versuchungen, die auf Dauer Krankheiten ausbildeten, schützte. Er ahnte, dass er als Gefangener einer menschenverschlingenden Krake viel zu seinem Schutze erlernen musste, wobei er sich in wochenlang geübter Geduld der äußersten Strenge aufrecht halten und sein körperliches Vermögen, sich nicht zu beugen, bewahren wollte. Gut durchgekommene Häftlinge neigten eher dem Sinnbild des Pferdes zu als dem des Schweines, jedenfalls wollte er das aus den Erzählungen der erfahrensten Gefangenen heraushören. War nicht der schon in seiner Kindheit wesenhaft auf ihn zugekommene Robinson Crusoe ein blendendes Beispiel? Gewiss ein törichter Vergleich, denn Crusoe besaß das höchste denkbare Gut: die Freiheit.

Von fern her drangen ins Verlies beunruhigende Geräusche: das Öffnen und Ins-Schloss-Fallen der Zellengangstür, durcheinander redende Stimmen, das Aufsetzen eines Holzbottichs und ein Streit, ob nicht mal hinten, in den letzten Zellen, mit der Verteilung der Suppe begonnen werden sollte, was bewies, dass bei derartigen Nichtigkeiten gewichtige Interessen auf dem Spiel standen. Schließlich hatten sich, das hörte Thom am vorbeieilenden Gleichschritt, die Bottichträger für Zelle sechs, die hinterste der zehn Sonderzellen, entschieden. Einer der Wächter schloss leise die Zellen, die Türen der Verliese auf.

Die Steinzeitler unter den Gefangenen beschimpften Jesus, der niemals darauf achtete, dass seine Kalfaktoren nach Regel und Recht das Schlagen der Acht einhielten, was heißt, konsequent mit der Schöpfkelle am langen Stiel das zu Boden gesunkene Dicke und einzig Nahrhafte aufnahmen, und nicht Einzelne oder ganze Zellen mit der Ausgabe von blankem Wasser bestraften. Auf längere Sicht bedeutete diese Willkür Tötung durch progressive Förderung der Dystrophie mit ihren schlimmen Folgen, es bedeutete den totalen Nahrungsentzug bis auf das winzige Stück Brot. Es könnten ja, sagte der Holzwurm, weit frischere Leute, ebenso Betroffene, auch mal nachts die Schwarze Kuh kommen lassen und den betrügerischen Essensausträgern und Schiebern in der Zelle das Licht ausblasen.

Jesus, der seine Heidenangst bei diesen Aussichten durch sein Händezittern verriet, versuchte, die Aufrührer zu beschwichtigen: Verdammt, ihr steht doch mit euren aufgerissenen Glotzen dabei! Kann da etwa einer schummeln? Warum probiert ihrs nicht mit einem Ausbruch?

Wir sehen ja nicht, was du machst, solange du dich vor den Bottich stellst und verdeckst und die Schüsseln als Sichtschutz hältst, erwiderte Spänemaus, der fuchsige, der zu kleine Bissen mied, und unterstrich: Wenn du nichts zu tauschen hast, dann gibt dir der Kalfaktor auch nichts. Ihr müsst immer besonders auf die Neuzugänge achten, die haben oft neue Jacken, Hemden und Schuhe, hinter denen die Russen her sind. Wenn der Jesus sich da was in die hohle Hand gebracht hat, dann gibt es kaum Bewegung im Haus.

Aber Neuzugänge gab es über Tag nicht. Für Thom war der Streit nicht leicht zu durchschauen. Er war eben noch ein Neuling, der die Folgen solcher Tricksereien nicht richtig einschätzte.

Die ersten Häftlinge bildeten bereits eine Schlange und nachdem der Posten die Tür weit öffnete, stellte er sich mit dem Rücken an die gegenüberliegende Gangwand und wartete. Zwei schwitzende Männer trugen einen Holzbottich, durch dessen Seitenwände Löcher gebohrt waren, in denen Tragestangen steckten und die bei der Suppenausgabe von den Knechten als Stützen, wie Ruder, benutzt wurden. Auf einem zweiten Bottich stak ein reichlich dünneres Halblitergefäß, schöpfkellengleich. Jesus beugte sich seitlich aus der Tür und holte vom Schöpfboden einen Stapel der fettstarrenden Handwaschschüsseln. Dienstfertig nahm er für jeden Wartenden die nächste vom Stapel und als Thom an der Reihe war, bekam er eine, die so ekelhaft verdreckt war wie die Schüssel bei der morgendlichen Kaffeeausgabe. Trotzdem stand er mechanisch nachrückend vor dem Suppenbottich, sah, wie die Kelle, vom Küchenkalfaktor gelenkt, die oberste, nur aus Spülwasser bestehende Schicht aufwirbelte und mit nichts anderem als fettigem Wasser in Thoms Schüssel schüttete. Thom wusste durch die beiläufige Nachfrage des Deschurnijs, dass für diese Suppe Kartoffeln geschält wurden. Andere, die vor ihm die Brühe gefasst hatten, rühmten die Kuddelfleckereste, die Thom sowieso ein Gräuel waren, er hatte sich auf die Rüben- oder Kartoffelschnipsel gefreut. In seiner Enttäuschung, in dem Bewusstsein, hintergangen worden zu sein, stieg ein blindmachender Jähzorn in ihm auf und ohne sich der Regularien zu besinnen, schüttete er seine

Ration in den Bottich zurück und warf die Waschschüssel weit in den Gang.

Zu seinem Erstaunen folgte diesem Ausbruch lediglich Entsetzen, Blässe in den Gesichtern. Vom Posten kam trotz Insubordination kein strenger Verweis. Thom traf kein Schlag, auch wurde er nicht zu Karzer verbannt, denn es lag der willkürlichen Essensausgabe – nur so konnte es sein – ein gemeinsam begangenes Verbrechen zugrunde. Gierig schlürften seine Mithäftlinge den Sud aus ihren Schüsseln, riefen: Fettaugen heut, da, eine Kuttel, fast wie zu Hause!

Mitten unter ihnen stand Thom und grübelte, wie er hier in Zukunft durchkäme. Der Wlassowmajor rief ihn beim Namen, deutete an seine Seite und sagte: Ruhig, komm, warten! Und nach einiger Zeit ging die Ruhe und Gelassenheit dieses guten Menschen auf ihn über. Er fühlte, wie sich sein Zorn verflüchtigte und er ging die ganze Szene gedanklich nochmals durch.

Der Gestank der kaum ausgewaschenen Innereien stak im Verlies wie ein Pfropfen und obwohl Thom schwer unter Hungerkrämpfen litt, war keine Begierde in ihm und er bedauerte nicht, dass er diesen flüssigen Kot als Angriff auf die Verhafteten empfand. Er redete sich ein, dass Hunger wie Durst im lenkenden Kopf saßen, denn Magen und Nieren hätten durch die Torturen sein Denken gelähmt.

Aber was bedeutete diese wandelbare Acht der Essensausgabe wirklich, deren Macht in den verfrühten Tod führen konnte? Er stellte sich dem Ablauf nach alle gesehenen Bilder vor Augen: Als der Bottich vor der Tür stand und der tätowierte, mit seinen Muskeln protzende Kalfaktor die Kelle langsam und schwingend in den Suppenspiegel senkte und dabei, denn sehen sollte es jeder, immer weiter ausholend die Figur einer Acht beschrieb, peinlich genau, sodass die Gefangenen glaubten, nun sei das Dicke vom Bottichgrund im Ganzen, bis obenhin frei schwebend verteilt und – wenn es die gäbe – die Runkelrübenschnitzel, die ungleich großen Kartoffelstückchen, gute und faulige und alles nur in geringer Menge – als Bodensatz sechs bis acht Zentimeter hoch. Es war sicher möglich, überlegte Thom, dass trotz der artistisch geschwungenen Acht die Kelle oder der Schöpfbecher den dicken Grund unberührt ließ und nur wenn eine Kaupelei, ein angebotener Priem, eine Packung Zigaretten, ein Stück Schokolade, ein gutes Kleidungsstück, das einem unerwartet verhafteten Zugang gestohlen werden konnte, im Angebot war, dann legte der jeweilige Zellen-Jesus als Merkzeichen vielleicht den Daumen über den Schüsselrand, indes er das Tauschobjekt in den zusammengekrampften Fingern hielt. Die Kelle würde sich dann wohl in den Suppenbottichgrund fressen und Last aufnehmen, so viel, dass das Wässrige über den Rand der Kelle abtropfte. Der Zellenkalfaktor oder dessen Gewährsmann fand seine Schüssel überreichlich mit dem Ballast gefüllt, der auf Dauer das Leben bedeutete! Den Begünstigten gelang es natürlich nie, diesen Segen zu verbergen, denn, da hier jeder Einzelne ums Überleben kämpfte, überwachten sich alle. Alles Schakale! Also riefen sie überrascht: Leute, ist das heute eine prima Suppe! Nun hats den XY auch einmal erwischt! Jeder hat seine Zeit!

Höchste Zeit war es auch für Thom, an seinen Daumenverband zu denken. Erschöpft und mit ausgehöhltem Kopf war ihm jedes Interesse an dem blutverkrusteten Verband entfallen und nur nachts versuchte er mechanisch, unter dem Bindenpanzer das Daumenglied zu krümmen, erfolglos, andererseits fehlte jedes beängstigende Zeichen wie Pochen, Hacken, Kribbeln. Jetzt, wo die Nacht noch in langen Stunden vor ihm lag, gab er sich einen Ruck und begann, den Verband behutsam zu lösen. Zuerst am Handgelenk, wo es noch keine Verkrustungen gab, später am Daumen, wo das längst vertrocknete Blut einen schwarzen, nahezu eisenstarken Ring bildete und er nur mit millimeterlangen Zügen die Schichten trennen konnte, ohne, und darin lag eine Gefahr, die Binde vom Blutkern loszureißen. Seine Befürchtungen waren nichtig und um das letzte Glied ließ sich der Verband abziehen wie eine Rinde. Thom war erleichtert. Mit einer ärztlichen Versorgung wäre hier nicht zu rechnen gewesen: Die Wunde lag unter der Binde gut geschützt und ließ Thom hoffen, dass sein Daumen hier trotz allem ausheilen würde. Bei eingehender Prüfung stellte er fest, dass sich das gesunde Fleisch schon über den Nagelrest schob. Bei pessimistischer Erwartung, von der er immer erst einmal ausging, um nicht von irreparablen Situationen unvorbereitet getroffen zu werden, würde der Daumen gut heilen.

In seinem Kopf verband sich rasche Heilung mit der Hoffnung, heute, spätestens morgen, entlassen zu werden. Dann würde er die vergangenen zwei Tage wie eine spezielle Form des Unfalls abarbeiten und als eine schicksalhafte Kuriosität betrachten können. Mit dieser trostbringenden Aufrechnung lag er ja keinesfalls in einem Traumland, denn streng genommen hatten sich die Russen nur einem an sie herangetragenen Verdacht genähert: Gewiss, er war in Haft genommen worden und man hatte ihm die einfachsten Werkzeuge, deren sie sich bedienten, gezeigt. Die GPU oder der NKWD hatten, nach ihrer Weise, ein viele Stunden andauerndes, bis ins Kleinste vordringende Verhör durchgeführt und auf unsinnig vielen Briefbögen kalligrafisch niedergelegt.

Die Fronten waren redlich geklärt, was für Thom hieß, dass jeder weitere Versuch, ihn zu verhören, vollkommen unsinnig war, mehr noch, vom Geheimdienst als ein Unding, als reine Zeitverschwendung empfunden werden musste. Thom murmelte in seinen noch spärlich wachsenden Bart: Gesagt ist gesagt. Dass Gerichte eine unverständliche Art pflegen, mit dem gesunden Menschenverstand umzugehen, dass sie, auch im Dienste der modernisierten Tscheka, die Traditionen einer unklar verwobenen Denkweise fortsetzten und mit harter »Zarenhand« Neuland im Ausschlussverfahren eroberten, war Thom nicht gleich bewusst. Das Prädikat »gesund« stand für sie für das Alleruntauglichste.

Wahrscheinlich hatte Thom ein paar Minuten geschlafen, als er neben dem Major, am Ende des engen Raumes, seinen Kopf auf die angezogenen Knie legte und eine Stellung zu finden hoffte, in der ihm seine Beine weniger schnell einschliefen. Denn was er in den nachmittäglichen Stunden immer auch für eine Haltung einnahm, seine Gliedmaßen begannen zu kribbeln und schließlich taub zu werden, starr und steif. Er glaubte an eine Art Austrocknung seiner Extremitäten, denn sein Durst war gewaltig! Er verbot sich zurückzurechnen, wann er etwas getrunken hatte. Gewiss war auch der Nahrungsentzug an diesem Zustand beteiligt und er begann nun doch, die alles schlucken könnenden Kreaturen zu beneiden. Man musste sich ja nicht tierisch verhalten, aber die anderen konnten es sich eben heraussuchen, wie tief ihr Absinken reichte.

Die Mitgefangenen ergriff physische Unruhe und fast jeder versuchte, unter Umgehung von Personen, ein Stück, jedenfalls mehr als zwei Schritte, zu gehen. Es kam notgedrungen zu Rempeleien, die nicht selten ausarteten, jedoch im Bereich gesteigerter Reizbarkeit blieben. Thom spürte, dass allmählich alles auf die abendliche Fütterung zulief.

Das Geräusch der schleppenden und austeilenden Fütterungsgruppe erfuhr durch das Auf- und Zuschließen der vor ihnen liegenden Zellentüren große Beachtung und Erwartung. Jesus stellte sich, wie immer, als erster an die Tür, um die Brotkanten weiterzureichen. Und obwohl seine tatsächliche Macht gering war, konnte er doch Einiges um ein Geringes lenken, was in ihrem blockierten Dasein wiederum übergroße Bedeutung hatte und gewaltigen Schaden anrichten konnte. Er konnte durch Größe und Schnitt des Stückes jemanden bevorzugen, so gering die Spanne auch sein mochte. Dennoch stellte sich Thom ans Ende der Schlange, wo auf ihn nur der Rest, an dem nichts mehr zu ändern blieb, zukam.

Um nach vorn zu kommen, hätte es der Gewalt bedurft. Er bewahrte Abstand und konnte so Zeuge der heiligen Messe sein, denn allein das Brot, sagten die Hafterfahrenen, hält dich am Leben, merk es dir. Thom dachte: Suppen können mal dicker und dünner sein, auch das hilft dir zu überleben, aber das Brot, denk nur an die Bibel, ist die leiberhaltende Substanz.

Als die Tür einen Spalt offen stand, quälte sich Jesus halb in den Gang und stieß die nachdrängenden Häftlinge in die Zelle zurück. Die Brotkalfaktoren setzten einen mittelgroßen Emaille-Asch, in dem die Rationen lagen, ab und reichten wortlos drei bis vier kantig und verschieden groß geschnittene Stücke, die einen mit Kruste, die anderen vom wattigen Inneren des Laibs, dem wartenden Jesus in die weit geöffneten Hände. Der Hunger war so groß, dass jeder gierig nach den größten Stücken griff, sodass Jesus kaum zu irgendwelchen Bevorzugungen kam. Denn obwohl die ersten selbst ihre Kanten wählten, verfluchten sie diese schon im Umdrehen. Das war ein so übler Brauch, eine Manie oder Schizophrenie, das eigene Stück als das kleinste einzuschätzen, dass sie in ihrer Wut, in dieser Enttäuschung sogar zu Flagellanten geworden wären. Aber da das technisch unmöglich blieb, ergingen sich einige in Scheinduellen: Ich bin verflucht! Immer und immer wieder diese kleinen Spottbrocken! Ja, du hast nämlich die herrliche harte Kruste und ich das weiße Zeug. Immer wieder und in Variationen sahen sie ihr Leid. Klügere versuchten den Ausgleich: Es pendelt sich schon aus mit der Zeit! Und es schien, als hätten sie Recht: Sie waren ruhiger oder Fatalisten. Eines musste Thom keiner erklären, dass das Schneiden ungleicher Stücke ein wirksames Instrument der Tscheka gegen einen Gefangenenputsch darstellte und auf Befehl hin geschah, denn kein Lager von Häftlingen lässt sich effektiver bewachen als das von zerstrittenen, die einander hassten.

Bei der Suppe war es ein Prinzip, ungleiche – dicke und dünne – Kellen auszugeben, damit auch hier niemals Einvernehmen zwischen den Häftlingen entstand, sondern die Gier und der Hass aufeinander überwog. Durch solche Manipulationen war das ganze Gefängnis, jeder Gulag ohne Waffe zu halten, denn die Gefangenen überwachten sich selbst neidvoll, mit überschwappender Galle. Um jeden Preis sollte Gefangenensolidarität schon im Keim erstickt werden. Denn Einigkeit bringt die Mächtigen um ihren Schlaf.

Thom nahm ohne Groll den letzten weichkrumigen Streifen Brot. Er brach kleine, daumennagelgroße Stücke aus dem aufgetriebenen Teig, legte sie sich auf die Zunge und wartete, bis sie nach langer Zeit ein zäher Speichel umschloss. Er vermerkte seismografisch, wie größere Stücke die Speiseröhre magenwärts hinabglitten und dort ein Wohlgefühl hervorriefen. Thom empfand zwar keine Sättigung, fühlte sich aber vom Kopf her belastbarer und freier als in dem Verhör der vergangenen Nacht.

Das Karussell der wachhabenden Posten drehte sich weiter, vom Gang her drang das knallende, zerstörerische Ins-Schloss-Stoßen der Stahltürenschlüssel des Tataren. Offensichtlich kontrollierte er Zelle um Zelle, mal schweigsam, des Öfteren fluchend und in der Zelle nebenan brüllte er sein: Faschisten!, heraus und stieß, jedenfalls klang es so, Häftlinge zu Boden. Alle setzten sich rasch wie gerügte Schuljungen brav auf den Boden, um seinem Jähzorn und seiner Zerstörungslust zu entgehen. Und als er Thoms Verliestür aufschloss, stieß er einen jungen Rotarmisten so in die Zelle, dass er in dem herrschenden Dämmerlicht über herumhockende Häftlinge stürzte und vor Thom in die Knie brach, ihn jedoch aus seinem jungenhaften Gesicht angrinste. Dem Tataren schickte er mit geballter Faust einen Fluch nach, den bösen Fluch »von der Mutter«. Und Thom, der hoffte, dass noch heute sein Platz durch Entlassung frei würde, rückte dichter an den Wlassowmajor heran, ergriff des jungen Sowjets rechte Hand und zog ihn neben sich hin zum Sitzen und, wenn nötig, für die kommende Nacht. Der wiederum bedankte sich in gutem Deutsch mit seinem Namen: Ich bin Juri.

Ich bin Thom, dass ich hier bin, ist ein Versehen und für mich ein Schrecken! Wo kommst du her, Juri?

Weit, weit, fast am Ural, kannst du nicht kennen. Ich da kleiner Junge. Später Traktorenwerk. Dann kamen die Krauts nach gutt Mütterchen Russland und wir mussten bauen Panzer, Panzer, Panzer, immer den gutt T-34, bis Horizont. –

Thom: Das war nicht gutes Deutschland.

Du warst nicht dabei. Otschen choroscho. Dann schwiegen wir. Juri rang mit seinen Fäusten und knackte mit den Gelenken. Es klang wie das Brechen von Holz.

Er legte mir seine Hand auf die Schulter. Die Deutschen hatten kein Menschengesicht! Haben unsere alten friedlichen Holzhausdörfer unter die Erde gewalzt, die Bauern zu Leichen gemacht, meinen sechs kleinen Geschwistern, Großvater und meiner Mutter – ratsch! – das Gesicht weggeschossen, nur Fleisch und Blut. Diese Deutschen nix Menschen. Juri, bis Berlin, ich keine Schuld und kein Schmerz. Wir können Brüder sein, nicht, Thom?

Während Juris Rede grauenhafte Bilder in Thom hochspülte, verkrampfte sich sein Magen gräßlich, seinen Kopf erfasste Schwindel, fassungslos über Juris Schicksal sank er rücklings auf die wlassowsche hochzeitliche Decke. Später streichelte Thom Juris Kopf. Sie saßen aneinander gelehnt. Lange.

Wer Thom kannte, wusste, dass er sich den Menschen seiner Umwelt niemals einfach anbot, dass er für Kumpanei heftige Abneigung, sogar Verachtung empfand. Doch intensive, schmerzliche Begegnungen wie die mit Juri, denen öffnete er sich.

Juri, erfuhr Thom, wurde als Kind von Stalin in mörderische Schlachten mit all ihren Schrecken, Nöten und Verbrechen, ihrem Blutzoll, geschickt und hatte in den zwei Jahren nach '45 in Deutschland, im sächsischen Pirna, nicht nur Deutsch gelernt. Er hatte erfahren, was in einer überschaubaren, ehemals schönen Stadt Bomben alles zerstören konnten, und dann ihr Sich-wieder-Aufrichten erlebt. Das musste Juri, der sich nach Frieden sehnte, wohltun in seinem Inneren.

Dort konnten Wunden zu Narben verheilen. Langsam, stetig, zumal die im Ort wohnenden Städter in dem erlittenen Gräuel ihre eingetrichterten bürgerlichen Allüren der Not opfern mussten.

Thom, der sich jetzt wieder aufsetzte, bemerkte: Da warst du nur ganze fünfzehn Kilometer von mir entfernt und lerntest das sächsische Deutsch? Zum Lachen!

Weißt du, das ist wie ein Wunder, weder dich noch mich traf – dich in Schlachten, mich in Bombenangriffen – der Tod, ist das Fügung, Schicksal oder einfach unser starkes Leben?

Unglück auch!, sagte nachdenklich Juri, denn vor Stunden stieg ich in Meißen kurz aus dem Heimatwaggon nach Moskau, um mich waren Kameraden, die ich noch vom Einmarsch her kannte. Der Zug musste warten und ich tanzte auf dem Gleisfutter vor Freude! Domoi! Domoi! Plötzlich steht da ein junger Offizier der Roten Armee hinter mir, ein Leutnant, und schreit: Du tanzt und trinkst Wein für Faschisten? Ich: Nach fünf Jahren für die Heimat, du Kasinosoldat! Und ich, Juri, wurde gleich verhaftet wie ein Benzindieb: Feind von Offizier der Sowjetunion! Nun hier!

Das ist nicht wahr, empörte sich Thom, wo du doch endlich heimkommen konntest! Das ist nicht zu fassen! Und ich denke dabei an den schlaffen Dolmetscher, saß der etwa im Stahlsarg?

Jesus und die anderen lauschten wie die Spitzel, sie hatten kein Mitleid, weil Juri ein Russe war, lachten über dessen tragische Geschichte. Heimfahrt nach fast einem Kriegsjahrzehnt und dann kommt so ein Hundesohn! Das sind keine Menschen! Da latscht dir einer von den Lederstiefelträgern in den Weg und verhaftet den Kämpfer, der welche aus geteertem Sackstoff trägt!

Thom: Das kannst du hier doch klarmachen, aufklären, dass du erst jetzt, Ende '46, aus dem Krieg kommst! Oder müssen DIE alles mit Moskau abstimmen? Die NKWD-Leute bestimmt, überlegte Thom.

Und Juri: Nu da, hier bis General!

Thom: Der weiß auch nicht, dass du jahrelang im Stahlsarg gesessen hast. Die Armeeleitung in Moskau findet nichts an der Kriegszeit, aber gefährlich ist wohl der Dienst in Deutschland!

Juri: Die Angst vor Anwerbung als Spion, Klospülung, warmes Essen, lauter Unsinn, aber du bist eben immer Gefangener, niemals, nix gut Freundschaft mit Deutschland. Verstehst du? Zu viel Deutsch hören von Spionen. Armeegeneral ist immer misstrauisch, wenn du sprichst deutsch und schreibst, die Lubjanka hören und sehen alles und sind genau, gucken in jede Kameradenkarte und finden dich nicht im Polarlager und auch nicht im Bergwerk, so vergeht viel Zeit.

Je länger Juri über seine Heimat sprach, umso trauriger wurde sein Gesicht. Doch dann sprang er auf, als könne er Trauer nicht zulassen, umschlang die Brust mit den Armen und stampfte ein paar Takte fröhlichen russischen Reigens, der mit einem Schrei oder Hahnengekrächz endete. Danach senkte sich wieder Schweigen über das Verlies. Die Stunde abendlicher Trauer schlich sich ein, in der alle Befehle ringsum verstummten und die eigentlich wichtigen Taten, die Verhöre vor allem, vorbereitet wurden. Die Offiziere und Dolmetscher versuchten, in ihren Zimmern noch einige seltene Happen zu tauschen und genussvoll hinunterzuschlingen. Die Vorstellungen der Gefangenen von der Völlerei dieser Dienstgrade war ganz und gar irrig. Die mussten sehen, woher die guten Bissen kamen, da waren ein paar Gläser Gewürzgürkchen und Stralsunder Fisch schon eine

Leckerei, und den berühmte Beluga-Kaviar gab es nur für den Generalstisch.

Die Nachmitternacht mit ihren Verhören wurde ihnen zu lang, wer konnte, der schlief, andere spielten Schach ohne Furcht; der nagende Hunger, die große, bleich machende Angst, für manchen sogar der Tod, hauste hingegen nur in den Zellen der Gefangenen. Vielleicht hatten die Dolmetscherinnen mit den Offizieren Liebesbeziehungen, intensive Sexualkämpfe, vielleicht trieben sie es hemmungslos in irgendeiner Ecke.

Thoms Herz blutete bei dem Gedanken an Zärtlichkeiten. Wenn er hier nicht ganz schnell herauskäme, so befürchtete er, würde sein Körper in seiner tödlichen Schwäche die Liebe vielleicht bald als etwas Schmutziges, zumindest als Absurdität empfinden.

Noch schien es draußen nicht Nacht zu sein. Dieses Siechen im Verlies, ohne Licht, ohne Ort in der Welt, ohne markierte Stunden beunruhigte ihn, obwohl Thom zu den Menschen gehörte, in denen die Zeit versank, ohne Not und quälende Erinnerungen. Und so lag Thom, schwimmend in den Weiten von Zeitozeanen, spiegelglatten.

Thom blieb unberührt von den Versprechungen einer helleren Zeit, wobei er den propagandistischen Ballast aus der Kriegszeit mitschleppte, diese Bilder und Heldensagen aber ausschied, denn das waren nach seiner Sicht Krankheitsbilder, die in sich eine geistige Seuchengefahr trugen. Das Leben draußen in all seiner Einfachheit, Strenge und Güte, war versunken hinter Mauern der Strafkolonien, Verfolgung, Folter und Notzucht. Er erinnerte sich an einen Buchumschlag eines Erlebnisberichtes, der um 1943, bis dahin ungewohnt in seiner teuflischen Wirkung und Absurdität, im Schaufenster des einzigen Buchladens des Ortes lag: »Ich war Stalins Gefangener«, worin stand, dass ein Berg Erschossener in einem Blutsee schwamm, im Schatten einer bluttriefenden Mauer, über der als Emblem die Budjonowka prangte. Die Betrachtung hatte in Thom den tiefsten Abscheu und Schrecken hervorgerufen, den es ja auch verbreiten sollte, und der bisher nur vom Höllischen berührt wurde. Dieser Farbdruck übertraf die bis dahin bekannten Kampf- und Hinrichtungsszenen bei weitem.

Thom wurde bewusst, dass er von Menschen nicht nur verflucht und in die Hölle geschickt worden war, sondern zu einem Wesen der alleruntersten Existenzstufe degradiert wurde, das außer kreatürlichem Missbehagen nichts über sich wusste, sodass selbst die drei durchlittenen Stunden bis Mitternacht zum Ödland des Vergessens wurden. Thom bereitete sich innerlich auf eine weitere mögliche Verhörnacht vor, die das einzig Greifbare, das auf ihn zukam, endlich geschehen ließ.

Vielleicht aber war er gezwungen, hier weiter am Ort festzusitzen, in Urin und Kot langsam zu erstarren, ein Haufen Unrat zu werden, dessen man schließlich Herr wird, indem man ihn und alle Mithäftlinge zur Räumung ihrer Gruft zwingt und sie dann auf andere Verliese verteilt. Und je länger Thom so willenlos dasaß, umso zudringlicher beherrschten ihn diese Bilder, verstärkte sich das Verlangen, tot zu sein: heimgesucht, ohne noch einmal berührt worden zu sein. Wenn ein Vergleich überhaupt nötig ist, dann wäre mein Kopf, dachte Thom, vielleicht eine Laterna magica, die kleine, schreckliche Bilder tragende Glasscheiben pausenlos mit hörbarem Klick beschickt, die völlig untauglich fürs normale Dasein sind. Jetzt sah er, was er tagsüber nicht lückenlos wahrgenommen hatte, zum Beispiel den lauernden Zynismus von Jesus und die Konturen im Gesicht von Spänemaus, geschönt allein deshalb, weil es Visagen von Menschen sind: unscharf, wie durch eine zerbrochene Brille gesehen, die den Blick durch die Risse der zerschlagenen Gläser vergittert. Das Bild nahm Thom mit in einen nur Minuten währenden Schlaf – erklärts mir, Ärzte, medizinisch –, aus dem er schon im Umsinken wieder erwachte. Der verfluchte Holzwurm, der ihn schamlos beobachtete, als wäre er ein Insekt oder eine Insektenlarve, eine Raupe im Terrarium, half Thom sich aufzurichten, wobei er ihm gehässig zuzischte: Ich hoffe, du hast von schönen alten Vetteln geträumt! Und wenn nicht, ist es an der Zeit, dass du wenigstens das lernst, denn sonst hängst du dich bei der dritten Liebe auf. Sprechen wir einfach von Verirrungen!

Lass mal, es geht schon, sagte Thom zu sich, in ein paar Tagen geh ich auf strammen Beinen hier hinaus, worum ihr mich beneiden werdet!

Sag, brauchst du altes Gestell nicht eine Brille?, fragte er den Holzwurm.

Schon, bei der Arbeit. Wenn ich eine Intarsie einlege, hilft mir das Gerät, aber wenn mich die Frau so sah, sagte sie, du kommst mir so nicht ins Haus, du alte Blindschleiche! Nett, nicht? So bin ich ein Blinzler geworden.

Und wie machen es die Russen?, fragte Thom. Ich sah in der Armee nicht einen einzigen Soldaten mit so einem Augengeschirr. Offiziere wohl eher. Mir ist das ein Rätsel.

Entweder sie haben alle gute Augen vom vielen Kaviar oder sie nehmen das schwindende Augenlicht als gottgegeben hin, wobei das auch nicht stimmen kann! Wer weiß schon sowas? Bestimmt hat Stalin den Halbblinden eine Brille mit dem Sprung in den Kommunismus versprochen. Bis dahin währt die Ära der späten Maulwurfszeit. Unter uns: Das mit dem Blinzeln hat doch auch Vorteile, die Männer sehen weder Pickel noch Falten ihrer Frauen und die nicht die Fliegen auf dem Honigbrot.

Juri, rief Thom, kannst du eigentlich mit geschlossenen Augen in der Hosentasche eine Machorka-Zigarette drehen?

Juri, der an die kalte Heizung gelehnt schlief, schreckte auf. Als er die Gefahrlosigkeit der Frage verstand, sank er wieder matt in sich zusammen. Der, dachte Thom, hat es gelernt, inmitten schwerer Panzergefechte zu schlafen, denn die, die es nicht lernten, waren sicher alle verreckt.

Nachdem Thom die Reste einer Matratze zusammengesucht hatte und einige Stücke unter anderen Gesäßen hervorreißen musste, baute er sich mit einigem Kalkül sein Nachtlager, noch immer nicht auf ganzer Länge, aber doch dichter als in der vergangenen Nacht. Dabei umstiebte ihn das tausendmal zersessene Stroh, ein Staub gröberer Konsistenz, der unbarmherzig über die Nase zur Lunge vordrang, sodass tief sitzender Husten und Atemnot den Gedanken aufkommen ließen, ob es nicht klüger wäre, diese Fetzen an die schmale, fußwärts liegende Wand zu schieben und nachts sich ungeschützt auf den steinernen Fußboden zu legen. Ärger konnten Schenkel- und Beckenknochen, die Rippen des Brustkorbs doch auch dann nicht schmerzen. Noch während er das erwog, schlug der Posten mit dem großen Schlüssel vom Gang her gegen die Tür als Zeichen zur Nachtruhe.

Die Gespräche ebbten ab, flackerten aber hier und da, giftiger, wieder auf, vor allem unter den Altgefangenen. In ihrem Dasein verletzt, hetzten sie Schuldzuweisungen auf die Leiter immer höher taumelnder Beleidigungen. Es war ein Ritus, der zumeist mit der Formel: Mit dir, mit denen bin ich fertig!, endete.

So ward Thom Zeuge, mit welcher Verbissenheit Behauptungen über die Zeit vor der Gefangenschaft verteidigt wurden, zum Beispiel wie viel Glas Bier einer folgenlos getrunken haben wollte, wobei die Streithähne längst vergessen hatten, mit wie viel behaupteten Gläsern sie vor drei Monaten prahlerisch begonnen hatten. Keiner, der seine Erzählung mit acht Pils anfing, bemerkte, wie sich alle Portionen, Rationen, Gläser, Flaschen, längst um vier-, gar fünfhundert Prozent vervielfältigt hatten. Thom sollte noch wohlhabende Ehrenmänner, Akademiker, aber auch Handwerker kennenlernen, die in ihrem von Hunger und Durst gestörten Bewusstsein ausgesprochene Fehleinschätzungen, mitunter wahnwitzige, wahrhaftig glaubten. Es gab Häftlinge reinen Herzens, die am Anfang erzählten, wie sie zuhause ein einziges Glas Konfitüre pro Woche zu ihrem lächerlichen Eckchen Brot aßen oder auch ein Viertelstück Butter. Zwei oder drei Wochen später war von vier oder sechs Gläsern Himbeergelee pro Frühstück die Rede! Oder sie hätten, behaupteten sie, in einem Monat drei Stückchen deutscher Markenbutter fröhlich verzehrt, pro Mahlzeit! Dieses Phänomen offenbarte Thom die unkontrollierbare innere Chemie, welche die Menschen zu Lüge, nein, zu einer verfälschten Erinnerung als Glauben manifestierten, der anfing, diese Verschiebung aller Maße und Konsistenzen als eine haftpathologische, noterschaffene Erscheinung zu erkennen, die sich zuallererst die Verhörer und Richter zu Nutze machten und Gefangene mit derlei ausgeprägten Anlagen zum Verrat verleiteten.

Die Spänemaus war schon am ersten Zellentag für Thom schwer zu durchschauen. Er behauptete, schon mal rasch über Tag ein paar Bräute auf der Hobelbank nach allen Regeln der Kunst durchzuziehen, sodass die Opfer ihm danach verfielen. Nur stand dieser nassforschen Behauptung die notgeile Ehefrau entgegen, es hieß ja, sie sei es, die sich dort mit Liebhabern vergnügt.

Spänemaus, dachte Thom, ist doch einfach eine arme Sau: Ein schwachbrüstiges, scheues Männchen, das sich vor starken, dominanten Herrentypen fürchtete. Er mied, wo er nur konnte, ihre Gesellschaft, denn aufatmen, sich einigermaßen wohlfühlen, das konnte er wohl nur in seiner verschlossenen Werkstatt.

Wie recht Thom doch mit seinen Vermutungen hatte. Spänemaus spürte Thoms nachdenkliche Blicke und erzählte ihm aus seiner Vergangenheit.

Tatsächlich hatte Spänemaus in seiner Werkstatt, wenige Jahre nach dem Erlangen des Gesellenbriefs, begonnen, den schönen, geschmeidigen Wuchs des Holzes, dieses innere Flammen!, zu lieben, sodass er an kaum einem Brett vorbeikam, ohne es zu streicheln. Mit sanft schiebendem Druck ein zauberisch gezeichnetes Brett über die pfeifende Abrichte zu schieben, das bewegte ihn tief.

Man darf sich den weichen, wechselhaften Mann nicht gefühllos oder innerlich verdorrt vorstellen. Wenn er dem Holz schmerzliche Eingriffe, Einschnitte und Teilungen zufügen musste, sang er bewegt und tröstend Wald- und Heimatlieder, wie: O du schöner Wald, und: Du Lindenbaum. Der Holzwurm ging am Sonntag, wenn er eine Eichenbohle misshandeln musste, um ein zierliches Möbel zu einem makellosen Ganzen zusammenzufügen, das nach seiner Ethik nur vollkommen in der Form sein durfte, in die Kirche, wo ihm eine Stimme zuraunte: Du vollkommenes Ding, sieh, du kannst ohne Groll zugeben, dass ich das Eschenbrett achtete und mir ein Schränkchen gelang, das mich viel Schweiß kostete, eine Arbeit also, die nach meinem ganzen Sein schrie. Nicht etwa, dass er unter diesem hohen Anspruch litt, nein, der Anstrengung der Tischlerei folgte die tiefste Befriedigung, wobei sein Gesicht ein sentimentales Lächeln erhellte. In einem solchen Augenblick betrat Jahre vor dem Krieg seine spätere Frau die Werkstatt, stolz und in einem eng anliegenden, uniformstrengen, vorn zu knöpfenden Kleid, stilsicher gewählt, das dem Leib eine zweite Haut überzog, in dem ihr schmaler, aber zäher Körper sich biegsam bewegte, und er dachte, in den Anblick ihrer Glieder versunken, an schöne Äste, an denen er sich von Herzen gern aufzuhängen wünschte.

Das Aufhängen von Menschen jedoch übernahmen wenige Jahre später andere Deutsche mithilfe von Elektrokabeln an den Haken fahrbarer Schulgarderoben. Spänemaus hatte dabei keine Hand gerührt, zugesehen jawohl, aber hätte er denn, als Feigling verschrien, weglaufen können? Hätte er damals all die schrecklichen Dinge ahnen können, als die junge, bewunderte Frau seine Werkstatt betrat, ihren späteren Verrat etwa? Wegen eines Fotos, das zeigt, wie er zufällig dastand, schon im Weggehen begriffen, aus Angst vor der Militärpolizei, den Kettenhunden, aus Angst vor den toten, gehenkten Polen, diesem schrecklichen Albtraum, der lähmend über ihn gekommen war, wie die schöne Frau, damals, die schmeichelnd über die seltenen Hölzer strich, Birke säuselte, Birke! Linde und Kastanie erkannte sie nicht. Sagte lächelnd: Ich hätte gern, dass Sie ein Bett für mich machen, ein Auftrag, den der Holzwurm und Mann freudig annahm, doch auf ihrer beider Misere hinwies: dass es sich für ihn eigentlich, so sei es Brauch, um ein großzügig geschnittenes Ehebett handeln musste, das jedoch, räumlich und so als Einzelbett schmählich fragmentiert, begonnen werden sollte. Das, Meister, vertraute die Frau nach des Holzwurms Geschmack ihm an, kann doch kein Grund zur Zurückweisung sein, denn er kann ja, so sich die Voraussetzungen ändern, denn doch in einem Ritt, so sagte sie mit geheimnisvollem Lächeln, alles ganz schnell ändern!

Ob er ihr nicht eine Zeichnung der erdachten Form dieses so wichtigen Möbels – ach, man verschläft ja das halbe Leben – anfertigen könne? Sie würde auf den gewünschten Tag bei ihm vorsprechen, sagte sie, und hinterließ ihm die Nummer eines ständig besetzten Telefons.

Es war für ihn keine schwierige Aufgabe, auch nicht, dem Wunsch der jungen, braunlockigen Frau nachzukommen, lustgespeist war er schon ganz entflammter Liebhaber, der sie an den gehorteten Furnieren ergötzen könnte. Die Natur spielte ihm eine naturgewachsene Binnenzeichnung der Birke in die Hand, die unmissverständlich eine magische Spalte ergab, zauberisch, im silbrigen Glanz, perlmutten, es gab nichts Besseres für ihre blasse, fast weiße Haut. Von selbst verboten sich alle barocken oder rokokohaften Umrisse, was der mehr katholischen Blume nur abträglich gewesen wäre.

Holzwurm ließ vierzehn Tage ins Land gehen, bevor er nach ihr rief. »Dame Ehebett«, so nannte er sie insgeheim, ließ ihn nicht warten. Sie kam prompt und beugte sich über die Furnierprobe und den in Bleistift ausgeführten Entwurf.

Sie ließ sich Zeit. Und da es ein heißer Tag war, an dem sie weit ausgeschnittene Ärmel trug, genoss er, sich halb hinter sie gestellt, den Einblick in ihre leicht verschattete Achselhöhle, was ihn in ihrer Höhlenhaftigkeit stimulierte, und nach einigen Bewegungen glitt der Ansatz ihrer sanft wiegenden Brust in den Blusenschlitz. Irritiert und verlockt bis zur Grenze seiner Zurechnungsfähigkeit bedrängte er sie mit zweideutigen Vergleichen, indem er von erotischen Verläufen der Zeichnung des Furniers schwärmte. Er beteuerte, dass er sich dies Bett, ein hochzeitliches Jahrhundertwerk der Natur, aus dem Herzen für sie reiße! Es könne ihr, als einer Frau von Geschmack, der Wert dieses Angebots nicht entgangen sein, auch dass es ganz unmöglich sei, das zweiliegige Bett auseinanderzureißen, ein geradezu barbarischer Akt, sodass sie sich zu tiefer gehender Entscheidung überwinden müsse. Er bekäme hier eine schicksalhafte Bestimmung, einem machtvoll gewachsenen Verlangen gehorchen zu müssen!

Wenn Sie es dulden, Ehrwürdige, dass ich Ihr Diener und treuer Gatte werde, so soll alles schönstens unter Dach und Fach kommen!

Um Spänemaus weitere operettenhafte Ergüsse zu ersparen, presste sie, nicht ungeübt, ihren Mund auf den seinen bis zum Ersticken. Mit dreißig Armen fühlte er sich umschlungen, gestreichelt, gerieben, gedrückt, sodass sich nun alles Reden erübrigte: Dann, und das hätte Spänemaus sich nicht im Traum vorstellen können, begann sie, kaum ausgezogen und noch vorsichtig von ihm berührt – ach, diese atemlos bebende Brust! –, zu summen, mit seinem Eindringen in sie schon zu singen, erst in tiefem Sopran, doch mit der sich steigernden Lust die höheren Lagen erklimmend, ihr Gesang wollte, aus dem nur halb geöffneten

Mund vibratogestützt quellen: Holzwurm, der Radiohörer, glaubte, eines von Straußens »Letzte Lieder« zu hören. Sie sang September und Abschied, sehnsüchtig am Stück und schmerzlich gepresst in der Höhe. Er kämpfte mit Ausdauer und schon etwas abgelenkt und schweißgebadet gegen diese separate Hingabe.

Am Morgen erst verließ sie sein karges, staubiges Notbett, das hinter der Fräse als Sichtschutz stand.

Hätte ich, fragte Spänemaus Thom, nach dieser Liebesnacht denn ahnen können, dass sie mich, den mit dem herrlichen Bettteil, eines Tages so bösartig verlassen würde und dem Verfaulen hier preisgäbe?

Thom lag zwischen ohnmächtiger Lethargie und Traum, ein verzweifeltes Opfer in vollkommen unbegreiflicher Welt, im Land der Nymphen, am Zugang zum Tartaros frierend, bedroht von phrygischen Horden, zitternd vor Angst sich nirgendwo wiederfand, war er bei den Harpyien? So ging das Leben nicht.

Es musste gegen ein Uhr nachts geworden sein. Thom war wie durch Alkoholtrunk verwirrt. Vom Gang her begann das Klirren der großen Schlüssel in den alten Löchern näher zu kommen, so wie immer die Nacht der Verhöre.

Der Wächter rief: Kerber!, und der Läufer, der Pole, langte nach ihm und riss ein weiteres Loch in sein Hemd. Thom taumelte ihm nach, durch den Zellengang, über den Kartoffelschälplatz, in den schrecklichen Gang, einen geheimen Tunnel, in dem Thom den Blasendruck nicht mehr halten konnte, im Laufen sich entblößte und das Wasser rinnen ließ. Dem Läufer entging im Vorwärtsdrängen diese Misslichkeit, und als er die rostige Tür zum mächtigen Zellenbau quietschend aufbrach, war das Thom wie eine Befreiung. Er staunte aufs Neue über den Hall, den das Peitschen der Schritte auf dem Treppenstahl aussandte, erklomm das oberste Stockwerk des Gebäudes und während der letzten Schritte lähmte ihn die Erinnerung an die Pein des letzten Verhörs. Der Pole stieß ihn durch die Tür in den Raum, während der Kanzlistmuschik, der versonnen Linien auf die Verhörbögen zog, kurz unterbrach und die Empfangsbestätigung »Gerber erhalten« unterschrieb. Nichts hatte sich verändert, die Zeit stockte. Thom ging zum Stuhl neben der Tür. Vom offenen Fenster schlug ihm die kalte Nachtluft vor die Stirn und die Brust: Das Frieren der Nacht begann zeitig, und Thom sah keinen Grund, der in eine bunte Decke eingeschlagenen Dolmetscherin, oder gar ihrem glatzköpfigen Kanzlisten einen Gruß zuzustammeln.

Er war ja, wie alle hier, nur Ware, die man bald in Viehwaggons stopfte, presste, trat und an der Ruhr verrecken ließ, noch bevor der Transport die polnische Erde verließ. Wer dann noch lebte, den erwartete das drei bis vier Wochen lange Viechsleben im Waggon in den unvorstellbar weiten Osten. Zehn von dreißig sollten, das war die Regel, im Kusbass ankommen, das sagten Rückkehrer, derer man sich nach der Überquerung der Oder entledigte.

Ohne Thom anzusehen, zog der Vernehmungsoffizier, mit Strickjacken geschützt, unaufdringlich zivil, einen Zettel unter dem Protokollblatt hervor und las laut: Kerber wurde von der deutschen Polizeistreife gestellt, als er mit einer deutschen Heckler-Pistole 08, im Gürtel ein Ersatzmagazin, in Neustadt zu den Kasernen schritt, woraufhin er verhaftet und der sowjetischen Geheimen Staatspolizei überstellt werden sollte.

Nu, sjuda, wandte er sich jetzt der Dolmetscherin zu, und dann Thom: das ist Aussage von deutscher Polizei, also … Und dann stand die Dolmetscherin auf, einen Meter und sechzig, wohlgestalt, auf Stöckelschuhen, ging zum Schreibtisch des Kanzlisten und winkte Thom zu sich heran. Aber Thom rührte sich nicht, blickte abwesend zu denen hinüber. Die Kehle blieb ihm von einem Krampf verschlossen. Obwohl sein Herz raste, stieß er heiser hervor: Nein, niemals, nichts als Lüge!

So, sagte Tegea, die aus dem russischen Süden kam, Sie widersetzen sich der Wahrheit, dem deutschen Polizeiprotokoll?

Diese müssen Sie, sagte Thom fassungslos, jetzt hierher holen! Denn das sind politische Verbrecher, richtig Kriminelle, die Sie schützen!

Wollen Sie das zu Protokoll geben?

Sofort, denn es geht um Recht, das wiegt schwer auf meinem Gewissen. Ich besitze keine Waffe, keine 08, keine 09, keine Handgranate, obwohl all das offen in der Stadt herumlag und die deutsche Polizei nichts wegräumte, bis die ersten Kinder zerfetzt hochgingen, und mit dieser deutschen Polizei arbeiten Sie!

Die beiden berieten sich und stellten sich dann stumm vor das Fenster wie ein Paar in Betrachtung der Sterne. Thom sah ihre Rücken und wartete. Von fern läuteten Kirchenglocken, doch in dem Läuten war keine Hoffnung, kein Frieden in seinem Herzen.

Ihn durchlief ein Rieseln, dem immer wieder Kaskaden von Gliederzittern folgten. Noch rettete Thoms Jugend seinen Körper auch vor den Erkältungen; dass er aber so unter diesen Schüben litt, warnte ihn. Gewiss trugen die seelische Anspannung, die Verengung aller blutführenden Gefäße, zu diesen Frostanfällen bei, als er jedoch nach Beendung der Beratung Tegea, die sich in Wolldecken einkuschelte, bat, doch wenigstens für kurze Zeit das Fenster zu schließen, wies sie die Bitte brüsk zurück, der Genosse »Soundso« wisse schon, was für jeden vonnöten sei.

Beantworten Sie, ohne mich beleidigend anzusehen, unsere Fragen. Wahrheitsgemäß!, dann wird alles richtig und gerecht sein: Name?

Thomas Gerber. Geboren 1930, wohnhaft, Beruf, Partei?

Laubegast, keine HJ, keine FDJ.

Tegea: Werwolf? Wo, mit wem? Sagen Sie endlich, mit wem! Wo ist das Waffenlager, welche sowjetischen Ziele erkundeten Sie? Na los, nicht nur Nicken und Kopfschütteln! Sprechen!

Thom: Ja, hm, sind Sie Chinesin?

Wieso, sagte Tegea und zückte einen Taschenspiegel.

Thom: Weil Ihre Gedanken von irrem Denken kommen!

Der Kanzlist versank bis zur Nase in seinen Protokollseiten und erzeugte mit seiner kratzenden Redisfeder eine fast anheimelnde Atmosphäre, denn die Stimme der Dolmetscherin klang wie in Metallplatten geritzt, schneidend kalt. Trostlos stimmende Merkmale, und das, dachte Thom, bei solch anziehendem Gesicht, so hübscher Figur!

Die Fragen spotteten jeder Vernunft. Sie waren aus Schikane gestellt, jedoch mit dem Hintergedanken, dass Thom ein Lapsus unterlaufen würde, dass er sich, so das Ziel, in einer Winzigkeit widersprach.

Was wäre für ein Unheil über die Nachbarn gekommen, wenn Thom irrtümlich, verwirrt von Müdigkeit, die Hausnummer 34 statt 35 genannt hätte? Dann wäre morgens um 4 Uhr ein Tschekistenkommando dahin gestürmt und hätte die guten Leute mit vorgehaltener Waffe und einer Aule Machorkarotz aus den Betten geholt! Thom wusste, weshalb er seinen schmerzenden Kopf im Zaum halten musste, denn es ging vor allem um anderer Wohl. Thom konnte nicht anders, als in dem Schreibtischzwerg jetzt eine verwichste, haltlose Figur zu sehen, dem eine unliebsame Pflicht von seinen Vorgesetzten aufgebrummt wurde. Thom kam wieder Gogol in den Sinn. Das Tragische an dem Offizier war, dass er schreibend und schreibend sich nicht einmal für Minuten einen »Mantel« erwarb! Dieser Mensch ist ein Unglück im Übermaß.

Nach den Fragebögen, die selbst Thoms Vernehmer zwar für psychologisch richtig, jedoch für langweilig hielten, wurde die Dolmetscherin offener: Du hast also kein Luftgewehr gehabt?

Nein.

Und auch kein richtiges, einen Kriegskarabiner zum Beispiel, mit Magazin, die lagen doch überall herum?

Thom: Ich hätte hunderte auflesen können, denn als die Rote Armee die Nazi-Truppen vor sich hertrieb ins Tschechische, warfen die ihre Gewehre und Pistolen, die Bajonette und Handgranaten in jedes am Weg stehende Gebüsch, in jeden Graben, über Gartenzäune, in alles, was wuchs oder nach einem Loch aussah, die Uniformen gleich dazu. Gewiss haben die Kinder und Jugendlichen die eine oder andere Waffe in die Hand genommen, um sie dann schnell weit wegzuwerfen. Oder glauben Sie, wir trugen Waffen, damit Sie uns guten Gewissens persönlich niederschießen konnten? Oder zogen Sie mit dem Federkiel in den Krieg? Nein, da bohren Sie an der falschen Stelle, und Sie wissen das! Sie müssten wissen, wie sehr wir den Frieden ersehnt haben! Ich schieß doch nicht auf meine Befreier. Aber die Nazis haben Sie nicht erwischt, und die feinen Söhne haben das Maskenspiel mitgemacht, Maske Hakenkreuz runter vom Gesicht und ganz schnell Hammer und Sichel davor! Das böse Spiel musste ich nicht mitmachen, denn ich war immer gegen jede Gewalt, ohne Kirche und

Heilsarmee, einfach als Friedenskind, der gerne Motoren gebaut und mit schönen, interessanten Mädchen getanzt, gelernt und studiert hätte. Ein ganz einfaches Konzept und ich frage mich, ob Sie der Satan geritten hat, mich in Ihr Verlies zu werfen. Ist das etwa Ihr Bild vom Menschen: Unschuldige zu quälen, auszuhungern, zu töten? Sagen Sie es mir! Welche Gesetze habe ich verletzt? Die Nazis sind Ihnen entgangen und nun treibt Sie die Enttäuschung dazu, sich an hilflosen, gerade reifenden Knaben zu vergreifen?

Schweigen Sie! Schweigen Sie!, krähte Tegea, rot vor Wut.

Thom, in dessen somnambulem Geisteszustand glücklicherweise eine schmale Schicht schärfster Wachsamkeit arbeitete, sah, dass außer den Grüntintenutensilien, Hasenpfote, Lineal und Papierstapel, auf Altpapier gedruckte Briefbögen, auf niedrigen Stapeln zur Linken des Kanzlisten lagen und dieser darin zu lesen begann, Blatt um Blatt, für ihn offenbar schwer verständliches Zeug, was seine Stirn zu Waschbrettfalten zusammenzog.

Plötzlich sprang er auf und drang auf Thom direkt ein, ohne den Weg über die Dolmetscherin zu nehmen: Kerber! Wer ist Okampf Hempel? Wer?

Thom: Haben Sie den entdeckt? Der sollte doch, der müsste doch als Parteigenossebrut der Nazis hier sein! Das ist der, der mir meine Jugend versaut hat mit HJ-Straflagern, polizeilichen Maßnahmen und so fort, kurz, er ist eine HJ-Hure mit bunter Affenschaukel, einer Schulterkordel von etwas höherem Rang, der die wöchentlichen Dienste in Uniform und mit sauberen Fingernägeln und gewichsten Schuhen zusammentrommelte. Ein mickriger Fabrikantenzwerg, ein Fabrikantensohn, der sich nie stellte, sondern im Hintergrund blieb, der jedes abweichende Verhalten, wie Fernbleiben vom Dienst sofort meldete, der eine graue, gefaltete Kriegsdienstkarte führte und für jeden versäumten vormilitärischen Dienst den Fotzenstempel verweigerte.

Was ist Fotzenstempel?

Na ja, so nannten wir Gegner die amtliche HJ-Raute, den Anwesenheitstempel für Schul- und HJ-Tage.

Hm, die fehlt bei Ihnen immer, keine Fotze dabei, Kriegskarte ist leer!

Jawohl, Herr Offizier, das wäre ja auch Betrug, wo ich doch schon als Pimpf den Hitler nicht mochte und mir mein SA-Mann-Lehrer eintrichterte, das würde den Hitler beleidigen, aber ich konnte darauf keine Rücksicht nehmen. Niemals! Der hatte meinen geliebten Schwestermann an die russische Front geschickt, wo ihn schon nach vierzehn Tagen ein Kopfschuss in den Schnee warf. Sie haben da selbst in allen amtlichen Bescheiden und Befehlen die Dokumente in den Händen, die beweisen, dass ich kein Faschist war, sondern ein Verweigerer mit allen Folgen. Wieso sollte ich jetzt im Frieden mit einer geladenen 08 auf Sie losgehen? Der Stoß Zettel unter Ihrer Faust, meine Papiere, zwingen Sie, wenn Sie ein bisschen gerecht sind, mich nach Hause zu schicken, jetzt gleich, sofort, denn ich bin ohne jede Schuld! Aber die HJ rächte sich mit Straflagern, in denen wir früh Lektionen von Hitler als Gefreitem und von Görings Mut als Flieger hörten und danach zu Gewaltmärschen angetrieben wurden, bis die Füßen bluteten, schwach und ausgelaugt wie wir waren, auf ansteigendes Gelände getrieben wurden, immer mit den schrottreifen französischen Karabinern, die wir straff am Riemen zerren mussten, damit sie senkrecht hingen, und die schon nach der ersten Marschstunde die Schultern blutig raspelten, bergan, hinschmeißen. Im Tal dann mussten wir uns auf spitzen Steinen und in tiefem Regenwasser und Schlamm hinschmeißen: Wendung auf dem Koppelschloss hieß das und dann zehn Mal, bis sich der Modder in alle Falten der Haut gequetscht hatte.

Zur Nacht ließ uns der Bannführer einen Aufsatz über Göring schreiben und als er meinen las, schmunzelte er, sagte: Nicht blöd, du musst jetzt entscheiden, willst du ein höherer HJ-Führer werden, ich knöpf dir dabei eine Affenschaukel an, oder, wenn du kein Deutscher bist, dann gehts ab als Strafarbeiter und dann bist du bald tot.

Nach Thoms aufgebrachtem Wortschwall drang die Stille der Nacht in das Zimmer seiner Qual. Er erwartete vom Kanzlisten ein Schreiduell, klärend, aber dieser Schlafsack legte nur müde seinen Eierkopf auf die Schreibplatte.

Thoms Knie und Beine zitterten unter dem Stuhl, denn er hoffte, dass er, wenn er jeden Teil seines Körpers an den Stuhl presste, sich erwärmte, was ein völlig unsinniger Gedanke war.

Immerhin, der Kanzlist in seiner Einfalt war sich seines gerechten Werkes sicher, über Augenblicke der Betroffenheit hin stufte er Thoms nachgewiesene Gegnerschaft zu den Nazis in dessen Jugendzeit als sicher ein, dennoch nistete sich ein Zweifel an der Mittäter- oder Duldnerschaft des Häftlings in seinen Hirnwindungen ein. Schuld oder Nichtschuld seines Gegenübers zu erfahren, war dem Eierkopf das Aushorchen, Fallenstellen, Tricksen und Verschleiern wert, ein ethisches Tun, sein Dienst an der Erhaltung des staatlichen Rechts. Mit Zweifeln im Herzen trat des Öfteren die Rolle des Büttels aus ihm hervor, was er als schmerzliches Versagen empfand. Aber was konnte er schließlich tun? Die Befindlichkeit seines Herzens, metaphorisch gedacht, gegen Stalins Macht und Willen, Rütteln an einem fugenlos gebauten Staat, der unvorstellbar große, ja gigantische Blutopfer bringen musste, damit man die Deutschen besiegt und in den Abgrund stürzt. Nein, der Verhörer ließ den kleinen Kanzlisten in sich obsiegen. Der Kanzlist zerknüllte die sein Opfer entlastenden Papiere, schob sie in seine hintere Hosentasche, um sie, das würde er bei der Tadellosigkeit seines Gewissens nicht vergessen, am Morgen allein zu verbrennen. Er straffte sich, sah mit scheinbarer Interessenlosigkeit lange Zeit auf den zitternden Jungen. Er instruierte die Dolmetscherin über seine Taktik der langsamen Zermürbung durch unendliche, nie ganz genaue Wiederholungen, in deren späteren Vergleich Ungereimtheiten vermutet würden, in die mit der Harpune zu stechen sein Werk war.

Die Dolmetscherin hob nach langem abgekehrtem Schweigen an: Und du hast nie zweimal nach einer weggeworfenen Pistole gegriffen?

Nein, sagte Thom, man brauchte ja nur bis zum nächsten Gebüsch zu gehen, um das Gefühl zu haben, erneut bewaffnet zu sein, das heißt doch nur, nicht ohnmächtig zu sein.

Gegenüber wem denn?

Einem, der stärker ist als ich oder bewaffnet, flink mit den Fäusten oder schneller am Abzug.

Hast du, wenn so ein Mensch, woher er auch käme, deine Freundin unter sich zwänge, nicht den Wunsch verspürt, dich, das heißt sie, zu rächen? Den Lump zusammenzuschießen, damit er für immer seine Drecksgriffel von den Frauen lässt?

Niemals! Wissen Sie, werte Frau, als Jungen haben wir uns bei solchen Schändungen gefragt: Überleg dir, ob du das Echo verträgst! Als Gefühl kenne ich das schon, aber wie Sie es mir auslegen, bestimmt nicht!

Danach herrschte Schweigen.

Die Geräusche der Stadt hatten sich bis zur Unbestimmtheit zerfasert und Thom dachte, Totenstille kann doch so nahe der Verkehrsmittel nicht sein, beim Bahnhof, durch den die nächtlichen Schnellzüge von Berlin nach Prag und Wien rasen, bei den Lastkraftwagen und Pferdegespannen.

Der Kanzlist linierte mit kratzender Feder seine Bögen. Der Dolmetscherin sank immer wieder der schöne Kopf auf die Brust, den sie, halb erwacht, von Zeit zu Zeit schreckhaft hochriss. In ihren Mundwinkeln glänzte Speichel. Die Nacht, eingerahmt von dem offenen Fenster, ergraute, die Stunden der Dunkelheit starben langsam dahin. Im Haus hallten rasche Schritte, begleitet von schlürfenden, schleifend gezogenen Lasten, danach herrschte wieder Stille, Grabesruhe, Lähmung, Agonie.

Wann entlassen Sie mich also?, unterbrach Thom den Zustand des Schweigens, bevor er zu Stein ward, es steht doch alles zu meinen Gunsten! Ich bin freiwillig Ihrer Einladung gefolgt, hab dem Wachmann mit dem Holzbein kein Bein gestellt, damit er zwischen den Straßenbahnwaggons zermalmt wird, hab vor dem todbringenden Einlasstor auf das Ende des Schlafes Ihrer Herren Offiziere gewartet, man hat mich ins Verlies gestoßen, ohne Nahrung und Licht, unter vorlaute Nazis und marodierende Polen, die Frankreich in ihre Hände gespielt hat zwecks gelegentlicher Erschießung, nachdem sie Wach- und Folterknechte in den Gefangenenlagern waren, in den bröckelnden Schächten der Amerikaner, aber es könnte in Europa ein Rechtsstaat entstehen, wo

Sie daselbst der Verhörte sind, aber im Moment ist ja noch alles im Lot. Meiner widerständigen Jugend, die in der aufgehenden Sonne hätte aufgehen müssen, glauben Sie ja nicht, sondern folgen schleppenden Ganges den NS-Denunzianten, die vorgeben, Ihre ehrlichen Freunde zu sein, Lumpen, die in den Strafkompanien den Bluthunden hinterhergehechelt sind, um einen ordentlichen Biss zu machen, aber sich am Siegestage der Roten Armee anboten als Opfer, die doch, ob als Polizeichefs oder Landräte, wie Feudalherren Wohnungen räumten für ihre Huren, gestohlenes Brot und die gute alte Landbutter ihren schuldbeladenen Bütteln in den Rachen stopften, was für einem Märchen sind Sie da bloß aufgesessen und glauben, als Einzelner ehrenwert dem Recht zu dienen durch Folter und Totschlag, durch Zwangsarbeit in den Gruben und Wäldern, in der Nordmeerhölle! Den Nazis sollten Sie die Garotte um den Hals legen, denn das, potz Pulver und Blei, brauchen wir wie kein anderes Volk für Arbeit und Frieden.

Es gibt ein Wandbild von Goya, das habe ich einmal in einer Illustrierten gesehen, in dem frisst der grausame Saturn seine Kinder, der Koloss hält Gericht über die Schwächsten! Schläft es sich ruhig in dieser Position? Seien Sie ehrlich. Warum bin ich denn hier? Und während Thom erschöpft und frierend seine Rede hielt, versank die Dolmetscherin immer tiefer in ihrer Decke, ihrem Uterusbehagen, in das sie sich zurückzog, während der Kanzlist Thom misstrauisch ins Gesicht sah. Mit dem letzten Wort versank der Kanzlist im Stapel seiner auf Vorrat linierten Bögen und raunzte wie nebenbei Tegea einen Satz zu, den Thom nicht ganz verstand, der aber klang wie: Nu, da gehts weiter und immer wieder von vorn!

Tegea, schlaftrunken: Name … geboren … Wohnung … Arbeit … Hitlerjugend … Freunde … Waffen … Geschwister … Lehre und so fort. Sie arbeitete mit leichten, kaum bemerkbaren Umstellungen eine Liste ab, die durch unendliche Vergleiche eine Falle werden sollte.

Entnervt bellte Thom ihr seine Antworten zu, dann aber verfiel er vor Erschöpfung in ein kaum verständliches Nuscheln, das in die heller werdende Nacht zwischen ihnen versank, wobei er darauf achtete, silbengenau zu sein. Der Kanzlist hastete mit seiner kratzenden Redisfeder der Liste der nichtssagenden Antworten hinterher, und Thom sah, wie seine Stirn feucht wurde und Nässe sich, nach welchem Gesetz auch immer, zu großen Tropfen zusammenfand, die schließlich abfielen, sodass er gewandt das Gesicht beiseite warf, damit das Dokument ohne Flecken blieb. Im Augenblick der kalligrafischen Verwirklichung verstand der Kanzlist den Sinn der Worte sowieso nicht, vielleicht am nächsten Tag beim Vergleich mit den vorherigen Nächten, wenn sein Blick das Geschriebene auf Gleichheitsverschiebungen hin untersuchte.

Tegea bohrte dann auf eigene Faust mit ihren Fragen in Thom herum, tiefer und tiefer, wobei Thom sich von ihrer Wendung: Schießen auf Hasen in Uniform, die sie auch heute wieder anbrachte, in einen Kindergarten versetzt fühlte. Verwirrung entstand in den Verhörsköpfen, als Thom zum Spott sagte: Als Jungen haben wir auf den Wiesen Hasen gejagt mit Pfeil und Bogen und manchmal mit selbst zusammengeschusterten Tomahawks. Mit Pistolen hätten wir gewiss wenigstens einmal Erfolg gehabt, obwohl wir 1943 bei Schießübungen in der vor der Stadt liegenden Sandgrube feststellen mussten, dass mit der von einem Urlauber geliehenen Sauer-Pistole ein bewegtes Ziel, zum Beispiel ein fliehender Hase, nicht zu treffen ist.

Als Thom gegen geschätzt 4 Uhr morgens vom Läufer abgeholt und ins Verlies gebracht wurde, schlug ihm beim Öffnen der Tür der grässliche Geruch einer Stinktierbox entgegen: ein greifbarer Pfropfen aus Exkrementen und Schweiß aus monatelang ungewaschenen Leibern und bis zum Zerfall getragener Leibwäsche, uringetränkt und mit Schichten verkrusteten Kots, dem Atem faulender Gebisse, der Gestank formte sich wie bei Tieren zu einer klar bestimmbaren Dünstung, die der Todesfäule glich.

Thom wusste, dass er bald selbst Teil dieses Furors sein würde. Er richtete seine ganze Aufmerksamkeit auf die Erlangung einer ständigen Schlafritze, stieg behutsam über Schlafende, ein Balanceakt wegen der Dichte der Leiber, die Thom an »Krumme Hunde« erinnerten, zusammengepresst aneinander haftend. Er sah Einzelne, die vor ihm zerschunden von den Verhören zurückgekommen waren und die, als er in der Tür erschien, erschrocken aufblickten, bleich vor Angst und übernächtigt, andere, die in den tiefen ersten Schlafminuten ruhten, wie durch Gewalt dahingestreckt, und die Gelassenen wie der Jesus, der schon längst nicht mehr zu den nächtlichen Drangsalen geholt wurde, aber mit Gewissheit um sein Weiterleben bangen musste, denn ihm könnte ebenso der Tod durch Erschießen wie die unkomfortable winterliche Reise zum russischen Polarmeer drohen.

Die wenigen, die dort ankommen, zählen kaum mehr als Zehn von Hundert. Hätten die walzerseligen Österreicher doch den Hitler weiter Postkarten mit Alpenglühen malen lassen, bis er fett und teigig geworden wäre! Nein, die Völker scheinen darauf zu bestehen, einen Oberesel, dem sie nachhopsen können, zu wählen.

Als Thom schließlich mit Hilfe des Wlassowmajors, der seine leuchtende Steppdecke um Thoms willen zu sich unter den Leib zog, einen Platz fand, ergriff ein unbekannter Schwindel seinen Kopf, den er durch Bewegung nicht los wurde, in der Folge erfasste ihn neben totaler inneren Leere Fühllosigkeit und so sank er bewusstseinsgestört an des Majors Seite. Um sich seines Lebens zu versichern, richtete Thom seinen Blick starr auf eine muschelförmige Versenkung im Putz der Decke. Dieser Willensakt stürzte ihn rücklings und haltlos in dunkle Tiefen, an deren Ende sein Bewusstsein endgültig erlosch. Dann stieß ein anderer Polen-Läufer wie mit einem Steinbeil den Schlüssel ins Türschloss, drehte ihn laut quietschend und schmirgelnd in die Zuhaltungen.

Mit einem Bein trat der Läufer in die Zelle, dicht neben Jesus' Hand, und ratschte mit dem großen »Schließbein« über den vielrippigen Heizkörper, der, weil er fast frei hing, einen hirnzerschneidenden Lärm hergab. Es gab kaum einen, der nicht mit flackernden Augen geweckt wurde, andere richteten sich mühsam mit nach innen gerichtetem Blick auf, obwohl der Kerl längst mit der wehenden Fahne seines hysterischen Gelächters davonrannte. Thom, der sich vor Schwäche nur wenig über den aufgestützten Ellenbogen zur Tür drehen konnte, sah, durch das Ganglicht sichtbar gemacht, die schmale Kante eines gefalteten Papiers und versuchte, sich den Ort des Verstecks genau zu merken. Es konnte ein triviales Malerzeichen sein, aber ebenso eine verzweifelte Botschaft. Im Umsinken und Weiterdösen durchforstete er alle Gegenstände im Verlies, mit deren Hilfe er den Fund herausziehen könnte. Thom fiel nichts ein, aber die Aufgabe senkte sich in seine Erinnerung.

Als sie 6 Uhr vom Öffnen und Schließen, vom Rennen und Fluchen der in den vorderen Verliesen gebunkerten Häftlinge geweckt wurden, standen die schon bereit, die dringend auf das längst unter Kot begrabene Klo gehen mussten, ohne das ehemalige Becken, das jetzt ein nur noch ahnbares Oval war, als Ziel ihrer Erleichterung vorzufinden, was den Weg dorthin nur durch ständige in den Gang wachsende Kotzungen ermöglichte, den keiner schaffte, ohne sich in ekelerregender Weise zu beschmieren. Der ganze Vorgang war zu einer perversen Formalie, einem Daweidawei-Mythos entartet, aber Thom hoffte, dass es für ihn möglicherweise glimpflich ausgehen könnte, solange er keine Nahrung zu sich nahm. Er stellte sich zwar in die Schlange, in deren Rhythmus er auch mitlief, aber nur bis zum Anfang der Fäkallache, dann rannte er mit beginnendem Würgereiz sofort zurück. Es dauerte nicht lange, bis er, geschützt in einer Verliesecke, seine aufsteigende Magensäure in den sich verkrampfenden Magen zurückdrängte.

Die Stimmung der Häftlinge war miserabel, fast bösartig angespannt. Durst, Hunger und Müdigkeit lähmten ihre Säfte, Reizbarkeit lag auf ihren grauen Gesichtern. Leuten wie Spänemaus stach der Hass auf alles, was sie umgab, aus den Augen und sie suchten ein Subjekt der Entladung. Emil, dessen Gesicht nur Wehmut und unsäglichen Weltschmerz ausdrückte, zog sein Brotkrümel-Schach-und-Schnupf-Tuch unter einem unbeachteten Matratzenrest hervor, entfaltete es und zauberte einige der winzigen Brotschachfiguren herbei, mit denen er schwierige Situationen durchspielte: zwei Türme, die den König ins Aus trieben, oder seltsame Hakeleien mit den Springern, die Thom bis zu diesem Tage undurchschaubar, auch nicht sinnvoll erschienen.

Als der Holzwurm Emil mit den Schachfiguren hantieren sah, tauchte in ihm die Idee auf, den harmlosen Mann bis auf den

Grund seiner Existenz zu demütigen, indem er ihm anbot, da der Tag unerträglich lang sei, einen Wettkampf um den Titel: Bester Schachspieler der Zellen durchzuführen. Ein Ansinnen, das der Schausteller zunächst zurückwies. Holzwurm, der sich zur Durchführung seines Plans einiger stumpfer Typen versicherte, sagte: Mit Emil! Das wäre doch mal ein köstlicher Witz, man muss ihn bis zuletzt in allen Partien siegen lassen, sodass er in Selbstüberschätzung schwimmt, in der letzten Partie aber, zum Beispiel gegen mich, erfährt er dann, ratzfatz vermöbelt, seine wahre Größe, nämlich die einer Maus!

Emil, dessen unkritischer Verstand ihm, nachdem Holzwurm ihn geschickt umschmeichelte, Siegeshoffnung einblies, gab dem Ansinnen schließlich doch nach, setzte sich in den toten Winkel des Spions, indes der Jesus sich erbot, das große lauschende Ohr zu sein und so für jedermanns Sicherheit garantiere.

Zur allgemeinen Verblüffung tauchten auch die von Jesus gesammelten Habseligkeiten, das vom Blutsturz Tamaschitos befleckte, steinharte Schachbretttuch wieder auf, mühsam gereinigt. Er stellte Jesus zur Rede, wer das wohl, wo hier doch keiner rauskäme, die Blutflecken, die zwar noch sichtbar, jedoch plötzlich schattenhaft waren, gemacht habe?

Jesus, in seiner Berechnung, das Tuch für die große Hatz herzugeben, welches für Thom immerhin den Rang einer Reliquie besaß, erteilte die Auskunft, dass er ja hin und wieder, immer dann, wenn neue Erkenntnisse in seinem ukrainischen Fall auftauchten, oft entlastende!, dass er da aus purer Zuneigung den Stofffetzen aus der Hölle der blaukarierten Totenbettbezüge herausgerissen und gewaschen hat. Womit ist das geschehen?, fragte Thom. Jesus behauptete: mit der Plörre, solch Opfer sei ihm wichtig.

Thom: Möglich sei alles, nur dass er, Jesus, hier heil herauskäme, sei eine irrwitzige Hoffnung. Es geht, sagte er, nicht um Schuld oder Nichtschuld. Unschuld? Das ist reine Romantik.

Emil schob man den widerstrebenden, ruhigen Mechaniker als ersten Gegner zu, dessen Unkenntnis des Spiels sofort von allen Kiebitzen erkannt wurde. Als sich der Langschwanz nach beliebiger Eröffnung mit einer Rochade rüstete, aber dann mit allen Bauern loszog und das Heer vom Mechaniker niederwalzte, mehr aus Zufall Turm und Springer hinzuzog und den feindlichen Gegner mit einem Schachmatt niederzwang, sprang Emil erlöst auf und rieb mit beiden Händen die Außenseiten seines Brustkorbs, was ihm ein Zeichen enormer Befriedigung war. Der ist hopp, jubelte er, aber total!, wobei ihm der Speichel die Mundwinkel hinunterrann. Ich kanns wirklich gut, die Teufel haben mich nur immer mit ihrem Dreinreden verwirrt, aber jetzt ist Ruhe!, forderte Emil. Wer ist denn der nächste? Pilsudski? Ja, du, komm, zier dich nicht! Wenn du willst, dass Polen noch nicht verloren ist, dann pack dich hin!

Es war ja nicht so, dass er gar nichts konnte. Als Wachmann in den deutschen Kriegsgefangenenlagern hatten sie doch nicht die ganze Zeit über »Frommer Mann« gespielt und sich die Tage mit Gefangenenquälereien vertrieben. Natürlich hatten sie Schach gespielt! Und allerlei Kartenspiele dazu und nicht selten heimlich mit Würfeln gezockt, und das nicht nur um Zigaretten und Geld, nein, hier, der junge Pilsudski hatte einmal sogar seine herrlichen Polenstiefel aus Nappaleder verloren, solche mit hohen Kappen, auf denen der geschoppte Faltenkranz seinen Halt und sein Ende fand!

Welche Eleganz, welcher nationale Stolz, welche Schönheit. Pilsudski hatte sie von Tataren, die auch was von Stiefeln verstanden, als frisch abgezogenes Fell direkt auf Fuß und Wade zuschneiden lassen. Für die deutschen hegte er nur Verachtung, nannte sie Niedertreter und die russischen gar kannibalisch. Das wussten ja nun alle, die mit ihm einen Tag saßen, sie kannten auch die Angst um sein Leben. Die Russen, sagte er, erkennen unseren Widerstand in der Emigration nicht an, sie werden uns alle als Spione, das hängt nur von ihrer Verdauung ab, hinrichten lassen!

Pilsudski jedenfalls weigerte sich zunächst, mit Emil zu spielen. Das, so redete er, sei ein nationaler Konflikt! Wer hat denn unser junges Offizierskorps in Katyn in einem Aufwasch zusammengeschossen, dass die Gräber dampften? Wer denn, Emil?, bohrte er weiter, aber gut, da ihr alles noch in der Schwebe haltet, tue ichs mit dir, denn du bist das allerärmste Schwein: Schausteller, Lumpensammler, Witwentröster! Aber da bist du ja eine Gefahr! Unsere herrlichen blonden Polinnen!

Die anderen waren froh um Pilsudskis Zusage und riefen: Setz dich, Pilsudski, es wird ein nationaler Wettkampf, um den du dich nicht drücken kannst! Und der Holzwurm, der seinen Plan jetzt scheitern sah, nahm ihn beiseite, versprach ihm Tabak, den er bald bekäme, drückte von hinten her auf seine Schulter, der Pole war ja ein feingliedriger Mann, als er vor Emil saß. Er tippte auf Emils Faust, die den weißen Bauern hielt, und begann mit der Läufer-Eröffnung, die durch das Vorziehen der Bauern den Läufern Schutz boten, was Emil von Anfang an irritierte.

Emil murmelte in Bedrängnis: Ja, die Polen sind, wie die Russen, eine Schach-Nation. Dann folgten die Züge schnell, fast hastig, sodass Pilsudski Emil rasch in Bedrängnis brachte. Der Holzwurm, besorgt um seine Regie, rief: Das ist ja Raubschach, was ihr da treibt! Kennt ihr die deutschen Spielregeln nicht? Pilsudski verletzte dieser Satz, er sprang auf und ließ einen Fuß über den Brotfiguren kreisen. Einen Blick lang drohte er, alles zusammenzutreten, aber da umschlang ihn die Spänemaus und sagte: Sei ruhig, jedes Land ist eben anders, mehr ist das doch nicht, und euch hat ganz Europa verraten!

Noch glaubte jeder Pole, dass die schreckliche Mordserie, nämlich die Ausrottung der Offiziersblüte ihres Landes, was in kriegsnahen Zeiten der Enthauptung eines Volkes gleichkam, von den Deutschen begangen wurde. Das war ein Grund für Pilsudskis Hass auf Emil und die anderen Häftlinge, die seinen Blick in glühende Pfeile verwandelten, die Gesichtshaut zu Pergament spannte, die Mundwinkel zu Schnitten. Wer in solch ein Gesicht sieht, der ahnt, dass auch die Polen ihre Juden und Zigeuner an den Pranger stellen, sie verjagen wie Aussätzige. Zwar wagte kein anderer in der Zelle, solche Bezüge zu bedenken, und Thom, dem das alles schon gegenwärtig war, schwieg. Er erinnerte sich eines Gedichts, das aussprach, wie der Hass die Gesichtszüge zerstört und dass es anstrengend ist, böse zu sein.

Vom Gang her drangen Schließgeräusche bis ins Verlies und das Klappen fernerer Zellentüren. Emil und Jesus rafften die Schachfiguren und das Tamaschitotuch zusammen, stopften alles blitzschnell hinter den Heizungskörper, keinem mehr sichtbar. Die Zellentüre sprang auf. In die Laibung trat eine große dicke Frau in schwarzer, fettglänzender Panzeruniform. Ihr breites Gesicht war von den Lippen an aufwärts von Nikotin in der Form eines Oberlippenbartes vergilbt, eine farbsatte Spur davon stieg die Nase empor bis zu den Brauen, was nur gelegentlich bei Kettenrauchern zu finden ist, die sich angewöhnt hatten, den Rauch über die vorgeschobene Unterlippe zischend nach oben zu blasen. Ein Läufer schrie: Aufstehen! Ihr Nazipack! Visite! Leutnant Jekatarina!

Die Häftlinge quälten sich auf ihre tauben Beine und standen schließlich schwankend und steif oder verkrümmt, was Frau Doktor durchaus als geordnet befand, und sie begann, die traurige Häftlingsgruppe zu inspizieren. Ihr Gesicht bestand aus Zeichen jovialer Freundlichkeit, ihr straff zurückgekämmtes, ehemals schwarzes Haar endete in einer kleinen, verknoteten Zwiebel. Vor Jesus, der stets als erster an der Zellentür stand, blieb sie stehen, tastete ihn mit kritischem Blick vom Kopf bis zu den knotigen Füßen ab und murmelte: nix gut, um gleich darauf, und das wiederholte sie bei jedem einzelnen Häftling, im Bass, der tief aus ihrem Zwerchfell drang: Krätze, Läuse, Infanterie jestch?, zu fragen, wobei sie seinen Hosenbund so weit vom Bauch zog, dass sie einen, in diesem Falle verächtlichen Blick auf seinen Penis werfen konnte. Jesus ließ diesen Einblick geschehen und keiner, das sei eingestanden, wehrte sich ob dieser Intimität. Jesus straffte sich nun, als gelte es, eine Auszeichnung entgegenzunehmen und repetierte zackig: Krätze und Läuse nix, Infanterie unbekannt. Ah, staunte Leutnant Doktor Jekatarina, die Panzerfrau, du Russland und nix Stangenmatrosen? Und dabei stieß sie ihn kumpelhaft vor die Brust. Nu, wer hat Infanterie? In der Reihe der Häftlinge entstand Unruhe, Läuse waren schon durch behandelnde Salben bekannt, aber alle schienen, ohne sich abzustimmen, einig, dass solch Eingeständnis nur mit Giftspritzereien oder wie wild juckenden Pudern bekämpft werden würde.

Die Panzerfrau in der fettigen Steppweste schaute emotionslos in jedermanns Hose, wiederholte in der Tonlage wechselnd ihren

Spruch, so wie jeder der Krätze und den Läusen abschwor, die »Infanterie« jedoch als die große Unbekannte im Raum stehen ließ.

Und wieder erwies Spänemaus seine Weltläufigkeit, indem er, als das medizinisch gerüstete Weib die Zelle verlassen hatte, auftrumpfte: Na, ihr elenden Säcke, sind euch bei den »Stangenmatrosen« und bei der »Infanterie« nicht sämtliche Groschen eurer lahmen Gehirne vom Automaten in die hohlen Hände gerutscht? Es geht, triumphierte er, um Filzläuse, um Sackratten, die sucht sie! Irgendwann wurden doch alle im Krieg davon befallen, jucken, kratzen, pudern, Läusekamm.

Thom wandte sich an den Mechaniker, den stillen, sich niemals vordrängenden Mann, dessen Kopf den Ausdruck seines Wesens abbildete, in seinen bestechend klaren Seiten zum reinen Kubus gefügt, der ihm aber nicht antwortete, nur anfügte, mich interessierte das nicht, hab alles vergessen.

Thom war durstig. Noch wusste er nicht, wie sich das anfühlen würde, wenn der Durst sich verschlimmerte. Es war weniger der ausgetrocknete Mund, der ihn quälte, als das Gefühl, dass seine Körperhaut ihre Geschmeidigkeit schon nach den wenigen Tagen verlor, pergamenten und straff seine Glieder umspannte, ja die Haut zu zerreißen drohte, ähnlich einer vorgestellten Häutung. Sag, Mechaniker, ist nicht längst Plörrezeit? Und was denkst du, wird die Plörre einmal in ausgewaschenen Schüsseln serviert werden? Ist das schon einmal geschehen? Ich weiß nicht, wie mein Magen auf die Kuddeltalkränder, diesen unbeschreiblichen Geruch reagiert. Der Brechreiz ist nicht auslöschbar und das Erbrochene das Signal für tagelang einsetzende, unerhört würgende Krämpfe. Glaub mir, ich wünsche mir von ganzem Herzen, abgebrühter zu sein, einen Körper mein Eigen zu nennen, der solchen Schmutzangriffen leichter widersteht.

Der Mechaniker nickte, nahm für einen Moment Thoms Hand, drückte sie und flüsterte teilhabend: Helfen kann ich dir da nicht, ich weiß nur, wir alle haben unsere Schwachstellen, die in anderen Situationen zu Stärken werden können! Mit dem sogenannten Kaffee müssen wir eben warten, bis es soweit ist.

So wird es sein, es ist, wie du sagst, und im Grunde weiß ich das auch, es wird so sein, antwortete Thom, verzeih, es ist nur so eine dahingeplapperte Schwäche, ich danke dir.

Auf das, was man als Kaffee ausgab, warteten sie vergebens. Die Münder und Rachen der Häftlinge trockneten aus. Sie fühlten sich rau an und ihre Rede war so staubtrocken wie ein Gang über Geröll, spröde und kollernd. Das traf alle.

In den eisigen Verhörnächten zum Beispiel fror Thom grässlich, aber seine Wut auf die breitflügeligen, immer offen stehenden Fenster verkehrte sich in Dankbarkeit, wenn er morgens in seine Zelle zurückgestoßen wurde und hinter der Zellentür das Bewusstsein verlor. Thoms Lunge, an die dreistündige Frischluftkur während des Verhörs gewöhnt, wehrte sich einzutauchen in die Gase, die Ausdünstungen im Verlies, jene Rückstände monatewährenden Körperverfalls, der Ausscheidungen, der faulenden Gebisse, der süßlichen Körperausdünstungen, uringetränkter Wäsche, des ungehemmten Stoffwechsels, der sich jeder Kontrolle entzog. Der Gestank von Schweißfüßen zog als Wolke über die dicht ineinander verschränkten Leiber. Es war eine Landschaft aus Blähungen, wie sie nur in Massengräbern zu finden ist. Die Luft, die vor Monaten beim Zumauern aller Fenster- und Türöffnungen Sauerstoff hereingeweht hatte, musste nach Monaten von zwanzig Häftlingen vollkommen verbraucht sein. Wieso die Menschen in dieser Giftwolke überhaupt noch lebten, war für Thom eine biophysikalische Frage erster und existenzieller Ordnung. Die Wissenschaften liebten es offenbar, ganz andere Probleme zu lösen: etwa das Bereitstellen der Tötungsgifte oder die Vernichtung der Wälder, aber nicht so banale Fragen, wie überlebt der Lungenatmer Mensch ohne Sauerstoff?

Die Gebäudeseite des Gefängnisses, in der die Sonderzellen lagen, nur durch einen Innenhof vom großen Zellentrakt getrennt, ruhte an diesem Vormittag in bleierner Stille. Alles Leben schien erloschen, kein Schrei, kein Ruf, kein Pfiff. Das war umso verwunderlicher, da einige wussten, dass im ersten Stock, genau über den Verliesen, sich die Schlaf- und Aufenthaltsräume der Wachmannschaften befanden. Vielleicht, fragte sich Thom, haben die armen

Hunde nicht einmal Pritschen oder Stühle, denn so sehr er auch lauschte, nie hatte er das dumpfe Aufsetzen von Hochbetten abgesprungener Körper gehört, eher schleifende Geräusche, wie das vom Schieben und Ziehen harter Matratzen. Nein, Thom konnte sich einfach keinen Reim auf den Ablauf ihrer Tage machen. Denkbar war, dass sie im Zellenhaupthaus, nach der von ihnen abgewandten Seite (die der Schwurhand mit dem heuchlerischen Spruch), die seitwärts liegenden Reserveräume für Transporte und unvorherbestimmte Aktionen benutzten, in denen jede Art Mobiliar fehlte und die Russen für einige Nächte ihre filzstarren Uniformdecken auf dem nackten Boden ausbreiteten. Sei es, wie es sei, dachte Thom, derartige nutzlose Überlegungen war die Zeit nicht wert.

Emil litt an einer Ausprägung von Melancholie in der plötzlich eintretenden Stille, denn gerade der Lärm des Rummels wirkte beruhigend auf ihn, in gesteigerter Form sogar berauschend, zum Übermut anstachelnd. Und so wirkte es auf keinen seiner Verliesgenossen befremdlich, als er die Schachfiguren aus dem Versteck zog, von Jesus das Tamaschitotuch erzwang und sich im toten Winkel des Spions niederließ. Er strich das geheiligte Tuch glatt, mit Eifer und im offenen Mund tanzender Zunge, stellte die Brotkrümelfiguren in die richtige Ordnung und gab dem Holzwurm ein Zeichen. Der hatte einige Not, einen Mitspieler zu finden, der den Verlierer geben wollte. Der Mechaniker, ehrlich und treu, ließ sich nicht in dieses hinterhältige Spiel ziehen. Jesus hatte nicht einmal in den ukrainischen Nächten die Aufstellung des Schachspiels erlernt. Thom traute er nicht und so blieb nur ein Kandidat, Juri, der Panzerfahrer aus dem Traktorenwerk. Laut sagte er: Die Russen sind doch Schachspieler vor dem Herrn, und fragte dann leise, sodass Emil es nicht hören konnte: Ist einer bereit, gegen Emil zu verlieren? Juri, wie ein vom Leben geprügelter Hund, mit trotzdem stets heiterem Gemüt, fühlte sich von Emil abgeschreckt in seiner Fremdartigkeit, zumal sich Emil, dampfend vor Lust auf einen Sieg, wieder mit beiden Händen den Brustkorb auf und ab rieb, triumphierend, kampfbereit wie ein Stier, der seine Freude am Spiel zeigte, indem er seinen starken Nacken zu Boden senkte.

Emil reichte dem überredeten Juri, der Thoms Freund, also kein Hitlerjunge war, die Hand und begann seine Bauern vor die Adelsfront aufzustellen. Bald standen die Zelleninsassen in der Nähe der Tür, jedes Geschehen, gut oder schlecht, war ihnen faszinierende Ablenkung. Um Emil entstand ein Geschiebe, sodass die Urinschüssel gegen die Wand gedrückt zum Auslaufen schief stand und ein Schwapps als leckende Zunge zu Emils Gesäß floss.

Die beiden Kontrahenten spielten regelrecht, was heißt, dass Sensationen ausblieben, was gute Schachspieler schätzen, das Spiel trieb langsam, ohne Hast, gleichsam mit angehaltenem Atem seinem Ende zu. Emil blieb lauernd im Blickkontakt mit Spänemaus, denn der hatte ihm schulterklopfend jede Hilfe versprochen: gegen einen Russen, Emil, allemal!

In einem Augenblick der Schwäche Juris, in dem Sieg und Niederlage dicht beieinander lagen, gab Spänemaus in Verfolgung seines bösen Planes, auf breitestes Sächsisch umschaltend, Emil den entscheidenden Anstoß zum siegbringenden Zug. Pilsudski, der ärgste Feind von Spänemaus, versuchte, den Sieg Emils wegen Beihilfe für ungültig zu erklären, was mit Emils Freudengesang: Ich bin der Meister!, weggewischt wurde.

Hubbuch, der Tischler, Spänemaus und Holzwurm genannt, dessen Rachsucht und Gerissenheit durch Emils Siegeseuphorie ihm ein schweißdurchnässtes Hemd, eine tropfnasse Stirn und durchwühltes Haar eintrugen, blieb weiter in den toten Winkel des Spions gedrückt, was auch für Emil eine schreckliche Qual sein musste, denn ihn drängte es zur Bewegung, zur sieghaften Demonstration seines Leibes, was Emils überlasteter Psyche als druckmindernde Manipulation zugute käme.

Juri, der scheinbar entrückt unter dem Spion saß, behalf sich mit auf die Arme beschränkten Ausfällen des Luftboxens, in seiner Bedrängnis auch mit seltsamen Verschlingungen der eingeschlafenen Glieder, etwa wie man es von einem Äquilibristen, einem Schlangenmenschen, erwartete. Spänemaus, der mit dem geschlitzten Birkenfurnier und mit seiner Beischlafsängerin, die unter ihm in Verzückung Straussens Letzte Lieder gesungen und gestöhnt hatte, und in deren Gesang sich der Holzwurmbändiger mit seiner drängenden Ejakulation punktgenau einfügen musste, um von ihr nicht abgeworfen, gar für immer verlassen zu werden.

Genau betrachtet müsste Spänemaus der begonnene Krieg '39 eine Erlösung gewesen sein. Und dass die geile Sängerin ihn heimkehrend aus dem Kriegseinsatz der Tscheka zur Sühne zum Fraß vorwarf, bewirkte nur, dass er kommandierte, hinterschliff, hetzte, verriet, was seine Anlagen hergaben, was ihm wiederum half, sein Urteil als bald Erschossener oder Gehenkter zu vergessen.

Und so wandte er sich an Emil mit geheuchelter Jovialität: Glaubst du, zur Endrunde des Wettkampfes bereit und noch bei genügend Kräften zu sein? Du nickst und zitierst mich auf den Spielerplatz! Also, da wollen wir nicht feig und ängstlich warten! Und Spänemaus sank vor Emil und der Tamaschitoreliquie auf die Knie. Holzwurm sagte: Schon gut, ich lass dir den Vortritt und füge mich ins Schwarz, so hast du den Vortritt schon mal in der Tasche.

Man könnte glauben, dass Leidensgenossen nachsichtig miteinander umgehen, aber genau das ist eine Seltenheit. Es gibt Freunde, Vertraute, gute und hilfreiche Menschen überall, beispielhaft dafür ist hier der Wlassowmajor, der bei überschäumender Bosheit sofort seine Stimme erhob, an dem jedoch im Allgemeinen der Zellenalltag vorüberzog, weil er sich längst im Transzendentalen mit dem Jenseitigen verflocht, dessen Sinne ins nur noch zu Erahnende entflohen.

Spänemaus ließ mit der Gelassenheit des sicheren Siegers Emil unter seinen Figuren hausen, nahm den fahrlässigen Verlust der Dame hin. Sein Gegner sollte ihn für einen hoffnungslos schlechten Spieler halten. Emil verfiel nach all den gewonnenen Spielen und in seiner Angst vor dem Gegner in einen bizarren Siegesrausch, rieb sich mit der Präzision von Autoscheibenwischern im Regen den Brustkorb und skandierte: Ich kanns, ich kanns, ich siege! Dein Ende, Spänemaus und Henker, ist nah! Dabei übersah Emil völlig, dass der Holzwurm ihn gezielt nur das symbolische Schachbrett bereinigen ließ und er dabei unbemerkt von Emils getrübtem Blick seinen König ganz undramatisch mit zwei Türmen übers Spielfeld gleiten ließ und ihn dann plötzlich abschlachtete wie einen verdösten Ochsen. Der Tischler rief triumphierend: Aus, es ist aus mit dir, Emil, du bist nicht nur matt, du bist tot!

Thom, der im Frühjahr mit Schrecken im Staatsschauspiel Molières »Tartuffe« gesehen hatte, glaubte, das Böse bis an seine Grenzen begriffen zu haben, und war hier nun Zeuge, wie ein an sich sympathischer Mann tief verdorben sein kann und das ohne jede Konsequenz für ihn. Ringsherum kein Protest, kein Rufen nach Recht. Thom wandte sich stumm und angewidert ab.

Emil traf die Niederlage wie der sprichwörtliche Keulenschlag auf den Kopf. Fassungslos brauchte er lange Zeit, bis er sich zu bewegen fähig fühlte. Im Freudenrausch erlitt er seine Hinrichtung, was bei ihm nicht nur den Verlust eines Sieges bedeutete, sondern seine lebenswerte Budenexistenz in der Gemeinschaft hinwegfegte, die sich doch täglich in der klugen Aufstellung seiner Blechbüchsen bewährt hatte. Es gab besonders geliebte Kondensmilchbüchsen, denen er ein prächtiges, sogar ein buntes Wollkleid nähte (Büchsen, denen Emil einen Zementboden eingegossen hatte).

Tränen rannen und tropften auf seine Unterarme und Schenkel. Sein Körper war anfangs von einem Zittern erschüttert, das sich zu Körperkrämpfen ausweitete und einem epileptischen Anfall glich. Am Ende sank er steif an Jesus Seite. Thom hätte gern Emils Enttäuschung gelindert, aber wie? Es gab nichts, was den Häftlingen geblieben war, sie konnten weder nähen noch lesen, um irgendetwas Gelerntes zu deklinieren, ihnen war nicht eine einzige sinnlose Arbeit gestattet, sie konnten nur warten aufs Verhungern oder auf den Erstickungstod. Thom sehnte sich, da er die Hoffnung auf seine baldige Entlassung fast aufgegeben hatte, sogar nach Zwangsarbeit in unermesslichen Wäldern, in Tundren, Gebirgen und Tiefen, in Stollen, wo die Gefangenen Kohle oder das Blei, sogar die Uranerze mit den Fingernägeln aus der Erde kratzen, aus Felsspalten schaben; nur um nicht mehr diese Tage und Monate in den Grüften erleben zu müssen! Thom dachte, unwissend, doch nachsinnend über das Dasein als kraftvolle Existenz nach, letztlich ausgesetzt einer Gottheit, der sie sich fatalistisch hingaben, bis sie von ihr gerufen wurden. Thom schaute sich müde in der Zelle um und betrachtete die Männer. Es gab einen Widersetzlichen unter ihnen, den Mann mit der gespannten Gesichtshaut eines Mongolen, der vom Studium her Geisteswissenschaftler war und den alle Orientalist nannten. Ihm gelang es, für Stunden in völlige Reglosigkeit zu versinken und nach seinem Erwachen Mensch wie jeder andere zu sein. Als Thom ihn fragte, wo er sich aufhalte in der Zeit der Versenkung, wessen Gestalt er sähe oder ob um ihn alles Gegenständliche versinke, antwortete er: Das könne er ihm nicht erklären, das Nichts wäre Kiesel oder Fels, die er ohne Gegenwehr ertrage, nur dann würde er Teil des Geschehens, in dem er das höchste Weltwissen vermute. Der Orientalist sprach ohne die geringste Spur von Geheimbündelei oder Auserwähltheit. Weißt du, ich begann damit Goethes »Faust« eins und zwei auswendig zu lernen, um mein Gehirn für Größeres einzuüben, und siehe, es gelang mir. Wenn ich die Texte rekapitulierte, badete ich im Sprachstrom wie in Flüssen, in denen plötzlich Stromschnellen auftauchten und wieder verschwanden, Anlässe, die mich festhielten, zum Unverständlichen führten, dahin, wo die erste Stufe zur Korona eines gleißenden Sterns führt.

Keiner muss mit dem Alten Testament, der Kabbala oder dem Koran beginnen. Nur einen Sommer schenkt mir, ihr Gewaltigen – von Hölderlin – ist Fürbitte genug. Ein gutes Gedicht über die Allmacht der Liebe zum Menschen wie zur Natur kann der erste heilsame Schritt sein. Wenn du betest, irgendwann, spätestens, wenn du in Not bist, weil du in Todesnähe eine Macht anrufst, oder sei es früher, wenn sich, du hast es erlebt, das Feuer vom Himmel bricht, tötet, und du dann, hungrig wie du bist, in deinem Inneren zu suchen beginnst. Warum das Leid denn mir? Hier unterbrach sich der seltsame Mann. Wenn du Gott bittest: Unser täglich Brot gib uns heute, so kann das eine Forderung sein, auf die du verzichten lernen musst: denn er gibt, wann und wem er will. Gott schenkt!

Der Orientalist mit dem asiatischen Gesicht zog sich nun wieder zurück und verfiel seiner Litanei, erst halblaut, dann, abgleitend ins Schweigen, was dem Leben im geistigen Raum eigen ist. Von den Zähnen des Orientalisten kam ein Knirschen, sangen stimmlos seine Lippen, die Augen aber leuchteten ihm wie der Glanz des Feuers. Seine Beinschienen legte er um die Unterschenkel, flüsterte: schöne, mit silbernen Knöchelplatten versehen, dann hörte Thom: den Schild, den großen und festen, und von dem ging weithin ein Glanz aus wie der des Mondes. Und wie als wenn draußen auf dem Meer ein Glanz den Schiffsleuten erscheint von einem brennenden Feuer, und das brennt hoch auf den Bergen in einem einsamen Gehöft; die aber tragen gegen ihren Willen die Sturmwinde auf das Meer, das fischreiche, hinweg von den Ihren, so gelangte von dem Schild der Glanz zum Äther. Der Orientalist wurde leiser und inniger, bis seine Stimme ihn verließ und er sich ins tagelange Schweigen sinken ließ, lächelnd, von Wangenröte belebt.

Thom hatte dem Orientalisten aufmerksam ins Gesicht geschaut und den Worten gelauscht, die ihn hinwegtrugen, mehr Rhythmus und Gesang als Wort. Es war die Harmonie von letztem Wellenschlag, Heben und Senken, unbemessen. In den Mundwinkeln des Orientalisten hatte sich zäher Schleim gebildet, der Thom verletzte, einen Atemzug lang sogar abstieß. Dann dachte Thom, dass er ungerecht sei, er wusste, dass dieser Mann am Durst litt und ihn schweigend ertrug.

Es gab Zeiten, meist nachdem das Brot oder die Suppe ausgetragen war, in denen sich über alle Gefangenen, je nach Alter, Erfahrung, Schuld oder Unschuld, Charakter, eine anhaltende Trauer, ein Verzagen, ein Insichgekehrtsein legte wie der Mehltau zuzeiten über die Blätter von Eichen. Spiritisten oder Rutengänger hätten es sich womöglich zur Aufgabe gemacht, das Phänomen zu verstehen. Doch oft genügte ein von außen kommendes Geräusch, um dieser Starre ein Ende zu setzen. Mitunter begannen sie dann, sich in somnambulen Gesten zu bewegen, zitterten, waren ängstlich und außer sich. Sobald die Gefangenen die Ursache des Geräusches erkannten, beruhigten sie sich, weil sie keine neuen Qualen befürchten mussten.

Es war später Nachmittag, die Zeit, in der die Verhöroffiziere sich aus ihrem Schlaf erhoben und in den Dienst wankten, als sich vor Thoms Zellentür ein auf Deutsch, Russisch und Tatarisch geführter Streit entspann, der gewiss mit Züchtigungen geendet hätte, wenn der Deschurnij nicht dazwischen gegangen wäre.

Die Zellentür öffnete sich und ein großer, schlotterig wirkender Mann kam herein mit einem Gehstock, den der Tatar ihm aus den verdrehten Handgelenken riss. Und womit, fragte der Neue den Steppensohn verwirrt, soll ich jetzt laufen, mich stützen? Der gegen ihn nahezu zwergenhaft wirkende Tatar hielt den Krückstock verbissen in der Hand und stieß den großen, hünenhaften Kerl tiefer in die Zelle, der wiederum, um nicht zu stürzen, sich über Jesus beugte, dann in die Heizungsrippen griff und so wenigstens Halt zum Stehen fand. Kaum aufgerichtet und halbwegs standfest, schrie er gegen die Zellentür an: Meinen Stock, ihr Hunde, gebt mir meinen Stock!, woraufhin, mit der Schwäche eines fernen Echos, der Tatar die regulierende Macht rief: Deschurnij! Deschurnij! Die Zelleninsassen verfolgten das Geschehen mit Neugier, Verblüffung und Furcht, jedenfalls wagte die Meute nicht, etwa wie bei Thom, über den Mann herzufallen, seine Taschen nach Essbarem, Zigaretten und Tabakkrümeln zu durchwühlen, denn sie sahen in dem Manne vorrangig ein sie noch mehr bedrängendes Schlafplatzproblem, das von jedem verflucht wurde, aus Not.

Jener großgewachsene, sich später an die Wand der Urinschüssel lehnende Mann, schien ein Verwundeter zu sein: Der linke Arm hing leblos von der hochgezogenen, beinahe den Hals berührenden Schulter. Kopf und Gesicht saßen ihm seltsam schief und verzerrt, oder richtiger, verspannt auf dem Brustkorb. Im linken Bein schien sich dieser Schiefstand fortzusetzen. Er maß mit erschrockenen, jedoch nicht eingeschüchterten Blicken die Zelle und stieß seinen Befund hervor: Es ist dreckig, stinkig und verdammt eng, ein gottverdammtes Nest hier! Und mit einer ihm erhalten gebliebenen Saloppheit ergänzte er: Sagt einfach Richard zu mir, der Rest bleibt Legende.

Thom interessierte sich für den Mann und da er noch den Kriterien seiner Jugend anhing, schob er den Neuling in die Kiste: altes Leder, und: ein Gegerbter. Er schätzte ihn um die fünfundvierzig. Dem Neuen hing nichts Penetrantes, Lokales an, sondern eine von Thom vermutete Toleranz für ferne Länder und Ereignisse. Er wirkte wie ein alternder Kirchenmann mit tragischer, reicher Vergangenheit, der durch die Länder getrieben, erschöpft, aber lange noch nicht willenlos hier gestrandet war. Ja, das ist er, ein Heimatloser der Oberen.

Allerdings war er auch sichtbares Opfer einer schrecklichen Tat. Thoms Gedanken hingen in der Enge der Zelle wohltuend unwirklichen Vorstellungen nach. Er sah sich plötzlich im aufwirbelnden Staub unter der unbarmherzigen Sonne Nebraskas auf ein Ziel hinter den kahlen, rauchigen Dünen zustreben, fluchend, da sich viel Sand, untermischt mit spitzen, schmerzhaften Steinchen in den hohen Boots sammelte. Und obwohl er keine Farm verloren hatte, fühlte er sich verfolgt, ungeschützt, auf Weltsuche.

Vielleicht hatte man diesen Mann grundlos weggefangen wie einen räudigen Hund und ihn dann in dieses mörderische Loch geworfen. Mehr konnte keine Kreatur gedemütigt werden.

Der Mann hieß also Richard. Sein steifer Arm und das schiefstehende Bein hinderten ihn, die zwei, drei Meter der Sitz- und Liegeplätze zu überwinden, zumal er an der Wand, jetzt ohne Stock, Halt suchen musste. Da es keine nächtlichen Liegezeiten gab, würde er sich an irgendeinem Fußende mit seinem steifen Bein parallel zur Zellenwand hinsetzen, in der Gewissheit, dass er sich 23 Uhr dann zwischen die aneinander gepressten Leiber fallen lassen musste, um einen Schlafplatz zu ergattern.

Jetzt saß Richard mit dem Rücken zur Außenwand vor Thom, der ihn beobachtete und dabei entdeckte, da sein Kopf schon geschoren war, dass sich von der Schädelbasis ausgehend, eine breiter werdende, zu Strängen verwachsene Narbe, linksseitig bis übers Ohr, handtellergroß und sehnig bis unter den Hemdkragen hinzog. Da musste ihn, stellte Thom für sich fest, ein großer Bomben- oder Granatensplitter eine lebensgefährliche Verletzung zugefügt haben, der er seine Schiefheit und die Lähmungserscheinungen verdankte.

Was Thom inzwischen an sich selbst bemerkte, war, dass seine innere Uhr, diese intime Form der Selbstgewissheit, ihn plötzlich im Stich ließ. Konnte er sich bisher, selbst wenn er nachts geweckt wurde, auf die halbe Stunde genau auf die Uhrzeit festlegen, sodass er jederzeit das Gefühl hatte, Teil der Weltstunde zu sein, verließ ihn jetzt allmählich diese Orientierung. Er mochte Uhren, weil sie sein Leben verankerten und ihm ohne jede Ideologie in dieser Weltordnung seinen Platz sicherten. Das Zufällige sammelte sich in einem festen Endpunkt: dem der Todesstunde.

In der Zelle versammelte sich eine Gruppe von Gefangenen hinter der Tür. Sie drehten und wendeten sich, knurrten sich an wie Wölfe vor der Jagd, bereit zum Biss, und als die Zellentür aufsprang, bildeten sie rasch eine Schlange. Thom schloss sich ihnen an, und als er eine Schüssel in die Hände gedrückt bekam, war diese, o Wunder!, eine gewaschene, nicht reinlich, aber doch von den dicken Talkrändern befreit. Als Letzter beugte er sich über den Bottich, aus dem der Kalfaktor knapp unter dem Wasserspiegel seine austarierte Acht schlug, sodass er alles Stoffliche, die kargen Rübenschnitzel, Kartoffelschalen, Keime und Rote Beeteschalen schonte und sie anderenorts als Dickes teuer verschob. Thom setzte gierig, zum ersten, sich schwer erkämpften Mal, weil er jetzt bedenklich austrocknete, die etwa dreißig Zentimeter große Schüssel an den Mund und trank, dass es der Löschung eines Feuers gleichkam. Dieser Augenblick gehörte zur Kategorie: in letzter Minute. Später bedauerte er seine Gier, da ihm jede kritische Prüfung entglitten war. Durch sein auf der Brust durchnässtes Hemd erfuhr er, wie viel Wasser an der Zunge entlang durch die Mundwinkel vorbeigeronnen sein musste. Ich muss, schlussfolgerte er, die Schüssel nur ankippen und nach Schweineart das Nasse aufschlürfen, trinken war ineffektiv. Als er sich ringsum umsah, mit welchen Techniken die Erfahrenen die Kunst beherrschten, aus staatsbeamtlichen Handwaschschüsseln sowohl Flüssigkeit als auch festere Teile zu schlürfen, waren schon alle längst fertig, bis auf Emil, dem andere, da er aus Kummer keine Anstalten machte, sich seinen Schlag abzuholen, eine Schüssel vor die Füße gestellt hatten, und der noch immer seufzte, mit Atemnot herauspresste: Fressts, Hunde!, dabei stieß er mit dem Fuß gegen die Schlüssel.

Emils Fassungslosigkeit gegenüber dieser fingierten Schachpartie hielt immer noch an. Thom dachte, die Wissenschaft kennt kein Organ, welches Demütigungen verdaut. Wir verwenden meist die Metaphern Seele und Herz, aber wie Gewalttaten ihren Schrecken für uns verlieren, Verzweiflungen wie ein Sonnenbrand vergehen, das wissen wir nicht. Hier spürt man jede Minute, der Mensch ist ein fragiles, im Grunde nicht eindeutig belastbares Geschöpf. Im groben Überblick hat die Gattung ihre Stationen: die Kindheit, Schulzeit, Lehre oder Studium, Reife, Beruf, Begehren und Ehe sind gesellschaftlich geschützte Etappen. Dann beginnendes Altern, Erkrankungen, Resignation und schließlich der Tod. Das sind die berechenbaren Parameter. Sie erhalten allesamt staatstragende Institutionen, keinesfalls das Schöpferische!

Jim I, erinnerte sich Thom, zog ab vierzehn an Zigarren auf Lunge und erstickte früh an einem Luftröhrenkrampf. Tot, innerhalb weniger Minuten. Jim II rauchte heftig Zigaretten, unbeschadet, sechzig Jahre lang, starb dann auf der Straße, weil er einmal den Blick in den Rückspiegel unterließ und so als Unfalltoter in die Statistiken einging. So simpel und unerklärlich sind Lebensläufe: als Schema abzubilden, jedoch nicht zu erfassen.

Thom, dem die Zeit abhandengekommen war, rief in die Zelle: Hat denn heut keiner das Brot gebracht? So geht das doch nicht! Und als das raus war, schämte er sich dieser dumpfen Versorgungserwartung. Sicher, musste er erkennen, ist hier überhaupt nichts. Sein Hungertod trat mit Sicherheit früher als mit sechzig ein, wie er jetzt höhnisch durchdachte – in welcher Form auch immer.

Es wurde Mitternacht, ohne dass um dreiundzwanzig Uhr zur Nacht gebrüllt, getrommelt und in die Zelle geschrien wurde. Es herrschte eine für die Häftlinge ungeheuerliche Unordnung in der Tschekistentruppe: 23 Uhr! Das bedeutete das seligmachende Recht, nach siebzehn Stunden stehen, hocken, sich endlich hinzulegen, sich zur Not an die Wand zu lehnen. Es ging um die Entlastung der gequälten Gelenke, die Verweigerung dessen war als Folter gedacht. Diese Zellengangidioten von Wächtern, dachte Thom, lassen uns über die Mitternacht hinaus wachen! Uns alle, ob Faschist oder Kommunist, sogar die Lenintreuen, die schon zehn Jahre in den Nazi-KZs büßten! Marxistische Brüder, der Sache treu, jedoch an Stalin zweifelnd! Thom lernte hier: Das Degoutante ist das köstlichste Gewürz der Sprache, der Doppelsinn, der täuschende Geruch, der alles schillern lässt, fragwürdiger macht, köstlich! Und welche Phantasie da obwaltet, wenn dreißig Begriffe für ein einziges Ding stehen! Daran erkennt der Wortreiche die Möglichkeit treffsicherer oder poetischer Bestimmung, die er aber aus natürlichem Anstand nicht einflicht in seine Rede. Der Anstandszwang aber ist Verarmung, Aushöhlung der Phantasie. Thom bemerkte die Dressur darin, dass: Allez hopp! die feine Gesellschaft auf Hinterläufen Männchen machen lässt und etwas sehr Blutvolles, wie den Reichtum der Dialekte als schmutzig abwehrt, als unschicklich abtut, wobei die Gehirne der meisten Menschen Schmutzklappen sind, deren Takt eine einzige Lebenslüge ist. Anders ist es, da gibt's Gesellschaften: Wenn die Staatsführer ihren Jargon der Schlafasyle oder priesterlich gehaltener Zucht ins Volk tragen und uns wissen lassen, dass es zu kämpfen gilt um jede deutsche Muschi bis zum Endsieg! –

Wie wars denn im Krieg? Das Heer stahl nicht, man requirierte; man mordete nicht, sondern stellte die Ehre her! Dass dabei Schmuck, Bilder, alte Uhren, ja Pferde aus den großen Gütern mitgingen, das war verdiente Belohnung, nichts sonst.

Thom, der im Verlies in drei Tagen mehr überdachte als in langen Jahren, fragte sich, woher nur all die Gedanken kamen? Seine Gedanken verwirrten sich bitter im Zentrum der grauenvollen Lebensbedingungen, und so sank er nachts meist mit erloschenem Blick auf die Matratzenfetzen und schlief ein mit verzweifeltem Gesicht.

Thom träumte sich, heilsam für seine lädierte Seele, Margot an seine Seite, im weiten Moor oder auf klirrenden Kieseln unter jauchzendem blauem Himmel, glückliche Verheißung auf einer Lichtung von mächtigen Säulenwachholderpfeilern eng umstanden, beschützt liegend, wachend in Umschlingung, bewegungslos und still, weil sie nichts anderes zusammenbinden sollte als ihre Gemeinsamkeit, die ohne Beweis die unauflösbare Verbindung bezeugte für das Wunderbare des ersten Paares auf dieser so schrecklich bestellten Erde. Nichts zeichnete sie aus als die Gunst ihrer ebenmäßigen Leiber.

In Stunden der Begierde und sich seiner Glieder bewusst, drehte Thom sich ihr zu, den Beinen, dem Becken, mit dem Brustkorb bedeckte er sie, die erlöst von allem Verlangen schlief, hingegeben dem Dasein im Licht, im bitter-scharfen Geruch des Wachholders zwischen den schwächlichen Rosenbüschen, seinen einblättrigen Blüten, so ganz ohne Pracht, neben der steilen Wucht der dunklen Säulen. Ihre Körper fanden sich eng aneinander ruhend. Margots Kopf lag in Thoms Armbeuge, nicht in der Umschlingung, obwohl nichts sie davon abhielt, nur die Gewissheit, dass ihre Körper, einmal erwacht, alles aus den Speichern ihrer Lust freigeben würden.

Sein Traum von der unendlichen Zeit, die vor ihnen lag, Tage oder Jahre, von der er maßlose Entrückung erwartete, so unerreichbar wie das Himmelsblau, das Meeresgrün, das Ocker des Sandes, das schneidende Gras, vergilbt schon, jedoch noch voller Saft, sodass Thom niemals mehr erhoffte als dieses Bild von ewiger Dauer der Welt. In diesem ohnmächtig machenden Traum pressten sich einzelne Bilder ins Relief, bis ein Mongole, ein Kasache oder ein Tatar: Deschurnij, Deschurnij!, rief, was in seinen Dämmerzustand schnitt, und als er sich aufzurichten suchte, taumelte, noch im Halbschlaf hinabsah auf den schlafenden, fast kindlichen Leib von Margot, erfüllte ihn Stolz auf dieses Geschöpf.

Von einem Laut im Gang gelenkt, entdeckte er, wie zwischen Säulen zwei Männer auf seine Geliebte zugingen, sodass er sich zum Kampfschrei gereizt fühlte wie einst Achill in der letzten Phase des Kampfes um Troja, in der er markerschütternd den Kampf begann, bis den Männern die Arme, die die schweren Schilde trugen, erfroren. Doch dann sah Thom voller Entsetzen, dass die kriegerischen Gestalten mit langen Messern Margots Beine aus der Hüfte schälten mit geübten, schnellen Schnitten, und mit der Beute davonliefen, um schließlich Margots Beine geschickt in Jutebeutel zu stopfen. Thoms Blut gerann. Er fiel hintenüber auf die leuchtend blaue Damastdecke des Wlassowmajors, der ihn mit Kniestößen aufzuwecken suchte, jedoch erst dann mit Erfolg, als der Tatar in der Zelle stand und mit kindischer Freude den Zellenschlüssel hin und her über den Heizkörper rieb und: Junk Gitler! rief, Junk Gitler!, bis Thom zu sich kam, taumelnd dem Läufer hinterherlief, stolperte und stürzte, weil ihm das Traumbild die Sicht auf die reale Welt, die ihn ebenso schrecklich umklammerte, verbarg, und allen, denen er begegnete, den Russen, den Häftlingen, den Polenläufern beschwörend zurief: Aber sie blutete ja nicht! Sie blutete nicht!

Schnell, schnell!, herrschte der Pole ihn an, da Thom in seiner Benommenheit zu weit hinter ihm blieb. Eigenmächtig ging Thom den Weg der letzten Nacht, bog gleich rechts hinter der Eisengittertür ab und nahm die Haustreppe nach oben. Nein, so nicht, zischte der Pole, du gerissener Hund, es geht links lang, an der eisernen Treppe vorbei.

Dass ein polnischer Läufer ihn in gutem Deutsch ansprach, verwunderte ihn und stieß ihn zurück ins Leben. Thom fragte: Pole, glaubst du, dass man einer Frau die Beine abschneiden kann, ohne dass sie blutet? Der Läufer stand einen Augenblick still und fragte ihn: Wer schneidet Beine ab? Und Thom sagte verlegen: Ich weiß es doch nicht. Keine Sorge, dir nicht!

Der Pole führte Thom nach diesem kurzen, für ihn unverständlichen Gespräch behutsam durch das Gebäude, das auf gespenstische Weise jedes Wort in einem lang nachhallenden Gewisper forttrug. Die meisten Polen erwartete das schwerste Schicksal, aus dem Westen gejagt, nachdem sie lange genug den Büttel in den Großmächte-Lagern abgaben, waren sie jetzt des heimatlichen Landesverrats bezichtigt und reagierten, zwischen Massengrab und Willkommensfest, empfindlich. Der Pole führte Thom die Verwaltungstreppe, die zu den alten Richterzimmern führte, hoch bis zum dritten Stock und drang dort in den Zellenbau ein, der sie wie der Kulissenaufbau eines klaffenden Lindwurmmauls empfing, finsterste Theatermagie, ein Schlund unter dem zerstörten Glasdach, durch dessen stählernes Gerippe der Wind pfiff. Thom fröstelte wieder. In der Mitte zwischen den beiden seitlich gelegenen Zellenarmen ruhte tief unten ein gemusterter Fliesenboden, über den sich der Bau mit einst vorgesehenen Einmannzellen auftürmte, fünf Etagen. Ohne auf das Jammern und Zetern zu achten, das Fluchen, dass die Läufer jetzt über ihm auskübelten, blieb Thom gebannt stehen, trat vorsichtig an das umlaufende Geländer, und da ihm schwindelte, verkrampfte er sich an dem losen Rohr, saugte das Bild der Tiefe im Dämmerschein ein. Thom schauderte vor dem selbstmörderischen Erdriss, dem Abgrund, der ihn mit einem Schritt von dieser irren, von Gewalt berauschten Welt hinwegnehmen konnte.

An den Wänden des Innenhauses leckten farbige Wunden. Vereinzelte Sprengbomben hatten Höhleneingänge gerissen, schützende Gitter niedergedrückt, was der ganzen Anstalt einen irrealen Ausdruck verlieh.

Der Läufer öffnete Thom die verkrampfte Faust und stieß ihn in die Nähe des Verhörzimmers. An einer keramikgefassten Trinkbrunnennische schleppte ein ausgezehrter Häftling einen schweren Teppich vorbei. Thom hielt sich nun dicht am Läufer, dem sein Ziel, Thoms Verhörort, selbst unbestimmt war, er hatte Tag und Nacht in dem riesigen Gebäude seinen Zielort zu finden oder in ängstlicher Vermutung, zwischen Dunkel und Scheinwerferkegeln, seine Spuren ins Ungewisse zu ziehen. Den Verhöroffizieren und den Dolmetscherinnen, die außerhalb des Gerichtsgebäudes wohnten, waren derlei Orientierungsprobleme gleichgültig, für sie gab es die Gewissheit: Gefangene werden zur befohlenen Zeit da sein. Es mag irritierende Gänge und Wegebrechungen geben, Fluchten über mehrere Gebäudeteile, Schächte, Kellerverbindungen, eingerissene Bombenschutzmauern, wohin es die Läufer mit ihren Gefangenen auch trieb, niemals würde einer den Bau verlassen können, denn die Außenhautbekräftigung war allen sichtbar durch einen Kranz von Wachtürmen, die das faule Innere schützten, getrennt vom Leben der Stadt, mit Hilfe von Killerkommandos. Da ging, das wusste Thom, nirgends ein Blatt Papier durch, wie das Volk sagt, man hörte dort draußen nicht einmal einen Schrei, kein Weinen, kein Bitten, keinen Tritt. Dass es hier kein Entrinnen gab, verstand Thom schon im Augenblick seiner

Einlieferung, als man in ablieferte wie einen Kübel Kehrdreck. Und weil das so war, konnten es sich die Offiziere in ihren Verhörzimmern bequem machen, die Gefangenen über Monate hin verfaulen lassen. Das gewaltige deutsche Unrecht musste allerorts bestraft werden, wenigstens nach den Prinzipien des Völkerrechts. Aber welches Land der Zivilisation garantierte das? Keines, glaubte Thom.

Sollten die Polenläufer in ihrer Angst sich im Labyrinth der Zellen und Verliese mit ihrem Häftling verirren, dann musste er sich totschlagen lassen, in Schächte stürzen, unauffindbar verschwinden, im Glücksfalle zwischen Mauern mumifizieren. Wer sollte ein Geschrei darum machen?

Irgendwann stießen sie auf einen langen Gang mit schweren geschnitzten Eichentüren, aus deren Türlaibung in greller, grüner Glasur pflanzliches Geschlinge wucherte, in dessen Tiefen Blütenköpfe festgehalten wurden, verschmäht von den fleischfresssenden Pflanzen, die ehemaligen Richterzimmer wurden jetzt hinreichend von russischen Offizieren okkupiert.

Die Tür fiel hinter Thom saugend ins Schloss. Eine Schreibtischlampe verbreitete ein schmutziggrünes Unterwasserlicht und Thom, der kaum noch die Knie durchstrecken konnte, ließ sich auf den Holzstuhl fallen, ohne aufgefordert zu sein. Die Fensterflügel waren – wie denn anders? – weit geöffnet und als Thom auf dem dünnen Sperrholzsitz saß, wehten über ihn abermals kalte Nachtwindböen hinweg, sodass die aus der Gänsehaut wachsenden Haare steil aufstanden. An der rechten äußersten Ecke des Schreibtisches standen sich der ihm schon bekannte Offizier und Tegea, die Dolmetscherin, schmatzend, mit prallen Wangen gegenüber und verschlangen kleine teigige Röllchen. Die Diva mit einem tropfenden Rollmops, ja, Rollmops im Kirschenmund, nachgeschoben mit spitzgefeilten, rotlackierten Fingernägeln, wobei sie oft rückwärts hopste, um Leib und Becken aus der Tropflinie der Fischlauge zu retten, während der Kanzlist mit einem deutschen Bajonett den letzten Happen aus der Fischmopsbüchse zu spießen suchte, indessen er noch mit vollem Mund in saure Gurken biss. Auf den Gedanken, dass ihre mühsam aufgebaute Autorität gerade restlos in die Binsen ging, kamen die beiden – vielleicht sogar vor Hunger – nicht. Sie kicherten und meckerten wie übermütige Ziegen, redeten mit vollem Mund, prusteten, weil herzhaftes, mundoffenes Lachen ihnen verwehrt war. Und dann, als hätten sie Thom jetzt erst bemerkt, begannen sie sich zu besinnen. Sie suchten angestrengt nach einem Versteck für die Konserven. Der Kanzlist griff nach dem Papierkorb, der neben seinem Sitz stand, in den er alles hineinstopfte, was weg musste. Die Dolmetscherin nahm ihr Spitzentaschentuch und wischte damit die Fischlauge erst vom Mund, dann vom Tisch, otschen choroscho, sagten schließlich beide, sich straffend, den Imbiss nachträglich legalisierend, wie aus einem Munde und sanken auf ihre Verhörmöbel.

Thom, irritiert von der Intimität, welche die beiden ihm zumuteten, erhoffte sich eine Veränderung ihres Umgangstons. Vielleicht würde Tegea, die heute Nacht einen kurzen Rock und engen Pullover trug, der ihre wie in Kupfer getriebenen Brüste anpries, ihm etwas weicher und wärmer in der Stimme begegnen? Aber nichts dergleichen geschah. Sie versank in ihrem Sessel und schlug die Enden der eingelegten Decke so weit über die Schultern, dass ihre ganze Weiblichkeit unter dem Stoff verschwand. Sie zog sich wohl, vermutete Thom, kostbar, wie sie sich empfand, zurück in ihre heuchlerische Reinheit, aus der sie, wie Diana, ihre giftigen Pfeile auf ihn abschoss. Solche Frauen glaubte Thom schon zu kennen, wohlproportioniert und sichtbar stramm, die trotz ihres enormen Durchsetzungswillens im Geheimen an einem verhassten Schönheitsfehler litten, sodass sie ihre Vollkommenheit als nicht wirklich vollendet empfanden, durch einen körperlichen Makel, in welcher Gestalt er sich auch darstellte, ob als Narbe, als etwas zu lichtes oder lockiges Haar, als ungleiche Krümmung einer Augenbraue, Dinge, die niemand als Mangel erkannte. Eine Polio im Kindesalter, die ein steifes Fuß- oder Kniegelenk und einen gestörten Gang hinterließ, hätte, so glaubte Thom, nicht mehr Ungenügen bewirkt als eben jenes leise Narbenbrennen, wie er es nannte.

Der Kanzlist bereitete sich mit Tinte, Feder, Lineal und Protokollbögen vor für die kommende Nacht. Thom sah in jener Nacht in dem Kanzlisten die Karikatur des geschlagenen Napoleons, verkommen, auf der Flucht durch Russlands eisige Weiten, Sturm, der ihm ins Gesicht peitschende Schnee, der seine Brauen in Eisriegel verwandelte. Das alles hätte Napoleons Macht nicht erschüttert! Als er sich jedoch in der Generalsbesprechung vor Kälte einpisste – das ist historisch verbürgt –, in Not und Furcht mit den nassen Flecken im Hosenschritt aufs Pferd sprang, umringt von seinen besten Leuten, da verletzte er durch die Preisgabe dieser läppischen Intimität die Kaiserwürde. Jämmerlich, dachte Thom, so wie der Kanzlist bestenfalls als Schmierendarsteller bestand.

Hysterisch vom abgrundtiefen Hunger in der Nachtkühle verlor sich Thom in derartig hämischen Bildern. Das Schreckensverhältnis von Opfer und Macht hatte seine erlittenen Qualen zur Hundehochzeit gemacht, was ihn kränkte. Der Kanzleistriezel bei Gogol stichelte Nacht für Nacht an seinem Mantel, der nie seine Schultern zierte, und das Frettchen würde sich bis ins Bett eines Gulag-Unterleutnants beißen. Pole? Jude?

Thoms Hoffnung galt inzwischen dem nackten Überleben, sein Verhalten war das Sichhineinducken in die Verzweiflung. Er fror, zitterte vor Kälte, die Finger knackten vor Frost. Tegea nützte die Zeit, in der der Kanzlist sein im Bürolampenlicht bleckendes Papier linierte, um mit einer kleinen Feile ihre Nägel in Form zu halten, was sie sofort einstellte, als der Offizier mit dem Verhör begann: Hitlerjunge, eröffnete er die Prozedur, nennen Sie Ihren Namen!

Thom sagte: Herr Offizier, ich lasse mich von Ihnen nicht beleidigen, nehmen Sie die Anrede zurück!, woraufhin der, zu Tegea gewandt, etwas Schlichtendes dazwischen schob wie: nu da, Ihren Namen? Vornamen? Geboren?

Und Tegea als Papagei: Geboren, wohnhaft, Arbeit, Hitlerjugend?

Thom, wütend: Nein, doch nicht schon wieder! Werwolf? Nein! Das denken Idioten!

Tegea, beharrlich: Namen von Werwölfen?

Keine.

Waffen?

Thom: Kartoffelschäler, Hirschfänger, 4-cm-Klinge, mit zehn Jahren verloren. Geschwister? BDM?

Nein, aber ich erfriere.

Tegea: Sie hätten sich warm anziehen müssen!

Thom: Man hat mir alle Sachen genommen, das wissen Sie!

Tegea: Was wir schon wissen! Dein Vater Faschist!

Thom, außer sich in seinem jäh erwachten Jähzorn: Ist Ihr Vater Hitlerspion? Mein Vater ist zuerst ein 1. Weltkriegstoter, der Russland stürmen wollte zu Lenin, ja zu Lenin, aber dazu musste er ihn aus dem zerfallenen Sarg buddeln.

Tegea: Was ist buddeln?

Und Thom: Das sag ich nicht in Gegenwart einer Dame.

Sie erhob sich leicht aus ihrem Sessel, sodass der Oberkörper als Fruchtstempel aus der Sesselausformung ragte, gleich einer Riesencallablüte.

Wachheit der Nacht!

Als Tegea wieder saß und sich die Decke über dem Körper drapiert hatte, neigte sie sich zu Thom und fragte ihn schmeichlerisch, weshalb er, als werdender Mann, so lange, wellige, so mädchenhaft seidige Haare trage, ob das nicht auch eine Verabredung der Außergewöhnlichen sei, ein Erkennungsmerkmal unter Wölfen, und ob er sich noch nie rasiert hätte, bei der Haut. Und Thom, der in diesen Punkten empfindlich reagierte, sagte: Im Gesicht rasiere ich mich noch nicht, das wird mein Los hier aber nicht ändern. Sie glauben ja den verbrecherischen deutschen Kommunisten, jenen, die behaupten, mich mit gezogener 08, im Hosenbund mit Ersatzmagazinen gerüstet, gestellt zu haben. Über wie viel Verstand verfügen Sie, wenn Sie an so eine Idiotie glauben? Über welche Phantasien, dass Sie mir einen derartigen Schwachsinn zutrauen? Überweisen Sie einen Abartigen wie mich in die Psychiatrie! Das ist Ihre Pflicht! Ich bitte Sie, mich jetzt etwas grundsätzlicher ausführen zu lassen: Bis jetzt hoffte ich auf eine juristische Richtigstellung, weil für Ihre Verhöre überhaupt kein Rechtshintergrund besteht, nur das böse Gesicht einer auf Erpressung gestellten Bande von Menschenraub zu eigenem Vorteil, Weiterverkauf, Ausbeutung zugunsten verbrecherischer Organisationen, welche auch im

Ausland arbeiten. Die Sowjetunion steht juristisch mit den Siegermächten im gleichen Rechtsverhältnis. Tegea: Ja, ja.

Aber, so Thom, Sie haben bei mir keinen einzigen Grund des Verdachtes gefunden und mich dennoch fast ums Leben gebracht!

Laut Kontrollratsgesetz bin ich absolut unschuldig, denn hätte ich eine Waffe, wäre Ende Oktober '46 der letzte freiwillige Abgabetermin gewesen, seit September bin ich aber verhaftet und das nicht aufgrund der sowjetischen Gerichte, die kennen mich gar nicht. Hören Sie bitte zu: Wenn ich frei bin, also noch heute!, kann ich beim Kontrollrat in Berlin gegen die Armeejustiz Anzeige wegen Menschenraubs einreichen. Wir haben einen Anwalt, der sich nicht scheut! Und ein Letztes, wenn Sie die Verbrechen der deutschen Polizei abarbeiten, wird man Sie später hängen, denn das Volk wird bald auf seinem Recht bestehen. Dem habe ich nichts hinzuzufügen, außer, dass SIE mit einer Mordanklage leben müssen.

Mord?, rief Tegea aufgebracht.

Warum, fragen Sie sich? Ich spreche in menschliche Gesichter, die mich täglich, stückweise töten, mindestens elend verrecken lassen! Thom sagte das in abnehmendem Jähzorn, der Kanzlist aber verlor zunehmend seine Fassung, trommelte mit beiden Fäusten auf den Tisch, sprang auf, sodass Thom damit rechnete, jetzt angefallen, gar erwürgt zu werden.

Tegea duckte sich weg: Wir können dich auch anderen Offizieren zuführen, solchen, denen deine Landsleute die Familien aufgehängt haben! Wollen Sie das?

Natürlich war das erpresserisch, aber Thom begriff, was ihm alles noch bevorstehen könnte an Behandlungen, an Schikanen und an Folter. Denn ein Vernehmungsoffizier ohne Geständnisse gilt als Versager. Seine Zukunft ist dahin, der Fleiß der Schreibhand taugt nur zum Listen führen in schimmligen Kellern; Vorsicht mit den vielen Ratten! Thom spürte, wie schwach sein Körper war, als hätte sich ein blutführendes Gefäß in Herznähe geöffnet, sodass er einen Zusammenbruch voraussah.

Es war keine Angst in Thom, nur Agonie, oder was er dafür hielt.

Die Dolmetscherin suchte in ihrer Chamäleonhaftigkeit nach verschleiernden Worthülsen, vielleicht sogar mildernden Worten, jedenfalls gehörte diese Vorstellung zu Thoms eingefleischten, den Frauen huldigenden Gedanken. Seine Mutter drängte sich jetzt oft als Schutzengel in seine Erinnerung. Erstaunlicherweise hatte sein Selbsterhaltungstrieb gerade sie draußen gelassen, weil er wusste, wie sie, die Sorgsame, ständig um ihren Jungen bangte, denn Thom war zwar immer ein mutiges, aber auch von schrecklichen Träumen geängstigtes Kind, einer, der von Albträumen geschüttelt, nachts verwirrt umherirrt, ein Gefangener kaum vorstellbarer Ereignisse und in dann phantastischen Regionen beheimatet. Manchmal lag er unter brennenden Kokshalden begraben. Nein, die Gedanken an seine Mutter stieß er von sich, denn die Vorstellung ihrer Leiden zersetzte seine erlahmende Widerstandskraft noch mehr. So tief die Umstände sich ihm einbrannten und ihn schwächten, so klar sah er den Folterungen als Mutprobe entgegen, ähnlich wie er seine Haft jetzt als banales Kidnapping bewertete, bedrohlich zwar, aber im Grunde nur ein krimineller Akt. Thom begriff nicht, dass es hier nicht um Ehre und Unrecht ging. Thom wollte, dass wahre Verbrechen gesühnt werden, aber das Volk nicht als Menschenmasse für Versklavungen bereitstehen musste, Mensch und Tier, ahnte er, galten gleichermaßen als Reserven, wenn die öffentlichen Umstände es nur wollten.

Mit der frostigen Nachtluft wehten abermals Stadtgeräusche in die sich ins Dunkel verbeißende Nacht. Der Kanzlist beendete sein fünftes tintenverschmiertes Blatt. Er streckte oft die Finger seiner Schreibhand, was Thom auf Ermüdung oder eine beginnende Überanstrengung der Gelenke schob. Dann erschien, gewiss aufgrund einer Verabredung, ein polnischer Läufer in der Tür. Wortlos ließ der Verhörer ihn abführen, hin ins unheimliche schwarze Labyrinth, wo, nach Ansicht seines Lehrers, erinnerte sich Thom, die böse Kuh wohnen soll. Sie gingen immer andere Korridore, Geheimtreppen und Gänge entlang, querten das zerbombte Zellenhaus, in dem drei- bis vierhundert Häftlinge sitzen mussten, mit schlimmer Vergangenheit, zu sechst zusammengepfercht in ehemaligen Einzelzellen, seltener mit Jünglingen, indes die Nazibonzen in Einmannzellen schliefen, man gönnte dem Feinde was!

Über den Türen aller Zellen wachten die toten Augen der Wanddurchbrüche für die alten Zellenbeleuchtungen, groß genug, um Urnen mit Pietät zu versenken. Einige bewahrten ihre Verglasung noch aus der Nazizeit. Hinter den Scheiben glommen nur wenige Watt starke Glühbirnen.

Es war Thom, als fege der Wind den fauligen Geruch in die aufgepeitschte Elbe und aus den Zellen wisperten Häftlingsgeräusche. Lichtlöcher blinkten auf und in den Himmel stach das Stahlskelett.

Der Läufer wählte den Gang über vier Eisentreppen, die, da sie beide keine festen Schuhe trugen, nicht die erwarteten festen, kernigen Tritte in die schweigsame Nacht traten, eher ein Nachbeben der Treppenkonstruktion in den Raum sandten, das wie das sanfte Anstreichen eines großen Saiteninstrumentes klang, gespenstisch, fern, ein nie gehörtes Schluchzen.

Als sie vor der Stahlbandtür am Gang der Sonderzellen ankamen, sprang der Stalinschüler, auch nachts in strenger Montur, vom Notsitz auf, klappte einen der roten Kalikowälzer zu und legte ihn auf den Stapel zurück, kantengenau, setzte sich die riesige Tellermütze auf den Kopf, salutierte vor dem Polen und schloss Eingangsgitter und Zellentür zu, wobei er sorgsam darauf achtete, geräuschlos zu sein. Der Pole grinste und zeigte auf ihn: Guter Jungstalin-Mensch!

Thom verharrte hinter der Zellentür, um einen Weg, der keinen weckte, zu seiner Schlafritze zu finden. Sein Blick wanderte über die wellige Landschaft aus Leibern, die stanken, gurgelten, schnarchten. Aus einigen Luftröhren blubberte Bronchialschleim. Thom verfing sich in den Augen des Wlassowmannes, dessen Schicksal oft sein Denken beherrschte. Was der Mann jetzt ertrug, war vielleicht schlimmer als seine Guillotinierung. Er hatte gewiss, sonst wäre er kein Major, dem Aufbau des sowjetisch-asiatischen Sozialismus gedient, mit dem Herzen eines friedvollen Menschen. Vielleicht, dachte Thom, war er ein fähiger Soldat, ein Menschenführer, dem die Sorge um ein Regiment anvertraut war, ja, unter Stalin ein Lieblingsgeneral. Wer wusste schon, wie viele Soldaten von dem großen blutsäuferischen Diktator abfielen. Er glaubte, im Major jene Reinheit zu finden, die Thom vorsichtig gut oder freundlich nannte. Desertiert, hatte er ganz zuletzt, so erfuhr Thom später, einen Zug nach Leipzig gefunden, als Zivilist im Untergrund gelebt, der heiß und innig eine gute deutsche Frau liebte, gottseidank mit dem Idealismus der späten Jugend!, ein Paar, in Liebe vereint. Sie waren in ein Zimmer zusammengezogen, weil es kein anderes Zusammensein für sie gab, eingeschlossen, für viele verrucht, ein Verbrecherpaar, von den Nazibürgern, den Blockwarten beobachtet, gesucht, unschuldig, wie sie waren, verdächtigt von zwei mordbereiten Geheimdiensten, immer in Angst, die nur in seltenen Nachtstunden schwand, wenn alles still war, dann hofften sie im verhangenen Licht einem Friedensmorgen entgegen, der ihnen Freiheit bringen sollte. Das Warten brachte sie zur Verzweiflung, sie hofften auf Stalins Sieg und nicht auf den des hirnverbrannten Despoten Hitler.

In welche Zukunft konnten sie sich träumen?

Aus Thoms Kopf sackte alles Blut in die kribbelnden, geschwächten Beine, er spürte nicht einmal, wie sie nachgaben und sich seine Hände an der eisernen Kerkertür festzukrallen suchten, er bemerkte jedoch, wie er unaufhaltsam sank, sein Rücken über die Fläche schliff, bis er ohnmächtig am Boden lag.

Ihm entging, dass der Mechaniker und Emil sich aus ihrem kurzen Schlaf aufrichteten und seinen schlaffen Leib der Länge nach in ihre Schlafspalte zogen. Emil schüttelte ihn verängstigt und der Mechaniker ohrfeigte ihn herzhaft ins Bewusstsein zurück. Seine Erschöpfung jedoch konnte keiner überwinden und so gaben sie ihre Bemühungen auf. Sein Atem soll zu spüren gewesen sein, sodass zu vermuten blieb, dass die Ohnmacht in einen todesnahen Schlaf überging. Die alteingesessenen Häftlinge wussten, dass in langen Intervallen, selten über Nacht, abgeholt wurde, Neuzugänge allerdings mit Lärm in den Zellen landeten, sodass die Empfindsameren, von Ohnmachten betroffen, unentdeckt blieben und nur durch Selbstregeneration erwachten. Thom glaubte, hier solle die Ohnmacht für immer aus dem Kopf vertrieben werden. Er wusste von der Foltermethode: Roulade, das Einwickeln des eisern Schweigenden in einen Teppich, aus dem die nackten Fußsohlen herausragten, der Mund aber tief im Filz stak, sodass die Schmerzensschreie beim Prügeln der Fußsohlen in sich selbst erstickten, dabei handelte es sich um ein schwer nachweisbares Verbrechen, das nur Eingeweihten auffiel, wenn sich Häftlinge schmerzverzerrten Gesichts auf den Außenkanten ihrer Füße dahinschleppten.

Als nach dem morgendlichen Wecken das vierundzwanzigstündliche Entleeren begann, blieb Thom in der Zelle. Er hatte so wenig Nässe im Leib, dass der Gang lediglich einem bewussten Beschmutzen mit Kot gleichkäme. Seltsam war das schon. Wie viele Tage konnte ein junger, untrainierter Körper dieses Dasein ohne Essen und Trinken aushalten? Wie viele Tage hatte er noch? Thom wusste noch nichts über die ins Unglaubliche wachsende Überlebenskraft des menschlichen Körpers. Später, als er durch alle Höllen gejagt worden war und im Lager von dieser oder jener Folter erzählen hörte und selbst erzählte, verdächtigte man ihn der Prahlerei, der Aufschneiderei nach dem Prinzip, dass im Krankenhaus jeder der Kränkste und auf dem Sterbestrohsack jeder der Hoffnungsvollste ist. Das lag alles noch vor ihm: dass er zwölf Tage auf nacktem Beton bei minus 25 Grad Celsius liegen sollte und dass er sich als dereinst Überlebender selbst wie ein Lügner vorkam. Das habe ich überlebt! Thom hatte das Schlimmste überlebt und entsetzlich gelitten.

Er verharrte am Fleck, an dem er auch während der letzten Nachtstunde keinen Schlaf fand. Er fühlte sich wie die sinnlos gewordene Hülle eines geschlüpften Falters, was ihm jedoch nicht half, sich beim Aufrichten zu erheben. Er schob sich dicht an die Wand und bezog so für den ganzen vor ihm liegenden Tag den Posten eines matten Beobachters, dem keine Seltsamkeit oder Marotte der vor ihm agierenden Häftlinge entging.

Einige, der Mechaniker Emil und selbst Jesus hatten sich in der räumlichen Enge in die gleiche Position, nämlich in die Türnische zurückgezogen.

Richard, der Geheimnisumwitterte, vor dem Thom ein riesiges Erlebnisdefizit empfand, hatte eine eigensinnige oder gar notwendig abweisende Haltung. Thom tendierte dazu, es als Aura zu betrachten, was sich insofern nicht als falsch herausstellte, weil sie nicht von seiner sichtbaren Körperbehinderung ausging. Gerade jetzt befand er sich, leise sprechend, im ersten Gespräch mit seinen Nachbarn, die offenbar seinen eingeschränkten körperlichen Möglichkeiten kaum Rücksicht anboten. Thom realisierte einmal mehr, dass die Enge, der Gestank, die Sauerstoffarmut für jeden Neuzugang erhebliche gesundheitliche Probleme aufwerfen. Junge Menschen, die von keinerlei körperlichen Aversionen belastet waren, würden über manche Berührung im Schlaf hinweggehen, denn es passierte schon, dass einer in krankhafter Hysterie Arme und Beine über die nachbarlichen Knie und Ellenbogen legte, in der bedrückenden Enge des Verlieses.

Die Gespräche wurden mit dem gefühlten Morgen lauter, sodass Thom, ohne sich anstrengen zu müssen, dem Durcheinander der Meinungen nachdenklich folgen konnte.

Richard erklärte mit Langmut, dass er mit Hilfe der anderen versuchen müsse, auf dem Rücken zu liegen, da, wenn er hochkant auf der Seite des partiell gelähmten Beines liegen müsse, ihm sonst im Inneren eine Nervenzerrung auf der gesunden Seite zusätzliche Qualen bereitete, auch wenn man zu seinem Leidwesen nicht einfach schließen könne, dass solche Wechsel zumeist auch Linderungen brächten. Es sei, sagte Richard, eben nicht zu ändern, und er verstehe sowieso nicht, warum die Russen nicht alle, die auszusagen versprachen, in die Tiefgarage trieben und mit ihren MPs zu einem Haufen Fleisch zusammenschössen. Mit zwei, drei Ladungen frisch gemischtem, gut flüssigem Beton darüber wäre doch alles erledigt! Später würden die Inspektoren mit Himmelsblick, sollten ein paar Jahre vergangen sein, unter Eid aussagen, hier gäbe es nur eine mäßig dicke Auffüllung eines Granateinschlags und keinen einzigen Toten. Und irgendein Russenhasser hätte vielleicht einen Knabenhalbschuh am Rande einer Lache entdeckt, aber der sei mit Gewissheit einem neugierigen Jungen verloren gegangen. Die Kriegsteilnehmer wüssten doch, wie es an den Fronten zugeht. Das alles hätte doch ein Stabsgefreiter mit seinem Zug ratzfatz erledigt – aus! Noch Fragen?

Jesus folgte betroffen Richards Rede und entgegnete: So ginge das dann doch nicht und deutsche Inspektoren würden uns alle finden, ich meine, als Leichen, jeden einzelnen, aber Richards Option war, fand Thom, als Erwartung schon angemessen.

Richard: Jesus, noch zwei Jahre auf das Tuberkuloseende warten, das behagt mir nicht, aber wenn du es so magst …

Plötzlich redeten alle durcheinander, beschworen die kühnsten Hoffnungen wie: Weihnachten sind wir alle zu Hause! Sie vergaßen, dass Weihnachten vor der Tür stand. Vorsichtigere sagten: Man weiß bei denen einfach nicht, was sie vorhaben, ja gibts denn, ich denke bloß so, keinen Atomphysiker in der Stadt, einen Nobelpreisträger, der einen wie mich als Chauffeur braucht?

Jesus, der alte Fuchs, lenkte, nachdem die ersten Überlegungen verebbt waren, das Interesse wieder auf Richards Leiden. Dreist ging er Richard an: Es geht mich ja nichts an, aber vergesslich sind deine Spielgefährten gewiss nicht.

Ja, bestimmt nicht, antwortete Richard prompt, aber frag nur: An Auskünfte habe ich mich gewöhnt, auch in übler Gesellschaft. Ja also, was geht dich nichts an?

Ich meine, druckste der Vergewaltiger ukrainischer Jungfrauen herum, woher hast du die faustgroße, wie ich sehe, langsam verheilte Narbe im Schädel, hinten links, ja dort, wo der Schädel wie ein Kürbis dicht auf den Halswirbeln sitzt, so, dass es dir heut noch die Schultern hochzieht, und ob das nicht die Ursache für dein steifes Bein ist? Du musst wissen, dass ich für meine Arbeit: Deutsch für Ukrainer, auch Tieranatomie studierte, wir kamen doch als Kulturbringer, als Bauernführer! Haha! Ja was staunst du? Für Großdeutschland! Daran wird man später unter Tränen noch denken!

Und Richard: Hör doch auf, gleich machst du den Hitlergruß, aber der Ort hier ist unpassend. Richard wendete ihm, also allen Häftlingen, die Brustseite zu und hob, soweit er es vermochte, zu unser aller Staunen, seinen Kopf. Von den Schlüsselbeinen aus zogen sich narbige, zusammengewachsene Sehnen und Hautstränge bis unter das Kinn.

Na, das ist ja ein Ding, staunte Emil, da musst du aber ganz schön auf die Fresse geknallt sein, was?

Wie heißt du, fragte Richard den Emil.

Emil.

Na, macht nichts. Du hast die Sache immerhin erfasst. Vielleicht kommen wir einmal richtig ins Geschäft! Ich denke an eine große, blutrote Mongolenjurte. Sie sind kreisrund und gekrönt von einem ganz flachen, also mäßig spitzen Dach, das den Regen ablaufen lässt und den Eissturm nicht bricht. Richtig heimelig wird es da, wenn der Tornado die Erde schält. Der Eingang ist die große Tür, ein in einen Rahmen eingepasstes Fell, das man ordentlich zurückschlagen kann. Innen stehen runde Bänke, in deren Mitte die Besitzer im Schneidersitz hocken. Nun, Emil, sagte Richard, das muss dir doch einfach gefallen, das Schafsaugen- und Bockshodenmahl ist ein anderes Ding und sei dir erlassen! Okay?

Während der Rede erblassten Richards Wangen und so heiter und fast nebensächlich, wie er sich gerade noch gab, so plötzlich verfiel und wankte er, sank zur Seite und entschlief wie durch Zauberhand. Sein Kopf, der offenbar unbeherrschbar auf die Narbenseite sank, rutschte auf die Schenkel des Mechanikers, der ihn still ruhen ließ.

Was hat der nur?, flüsterte neugierig die Spänemaus, das ist ja, wie wenn ihn ein epileptischer Anfall auf die Bretter haut! Zurückweichend: Ich werd mich an ihm nicht vergreifen, denn solche Leute sind verhext oder haben tiefgründige Geheimnisse. Der ist bestimmt, wie Thom, mal in die Maschine gekommen, nur ärger! Und dann: Siehst du, Thom, deine Binde mit dem getrockneten Blut ist abgefallen. Auf den Nagel wirst du wohl verzichten müssen! Trags wie ein Mann, es gibt nützlichere Glieder, na bestimmt doch!

Als Richard zur Besinnung kam, schüttelte er verzweifelt seinen verworrenen Kopf. Verzeiht, sagte er in die ihn anstaunende Runde, das kommt und geht so und an der Ursache gemessen, ists geradezu lächerlich. Achtet nicht drauf.

Und was?, fragten welche, die jetzt neugierig geworden waren, ist dieses Seltsame oder Außergewöhnliche? Sind wir denn alle in Gefahr?

Richard: Ja und nein. Ja, das kann jeden übermannen, jeden! Und nein, mein Glück ist das allerseltenste, unfassbar!

Und dabei fing alles so günstig für das Überleben im Krieg an. Als halbmilitärischer Eisenbahnzugbegleiter unter Todt trugen wir ein Blau wie für eine Livree, zivil sah das aus, das Feldgrau blieb uns erspart. Unter der Eisenbahnerjacke trugen wir in einem Hosenbundhalfter, so viel Selbstschutz musste schon sein, eine 7-Millimeter-Sauer am Leib. Flach war die und ganz glatt wie ein Eisenwalzstück. Wir begleiteten, in allen Belangen verantwortlich, Lazarettzüge, Militäreinheiten und hinter dem alten verratenen Polen – hm, das von allen Russen gerupft und geschändet wurde, mein Gott, wenn das alles mal ans Licht kommt! – die von Menschen besetzten Nachschubzüge, heimwärts wars dann ein gemischter Waggon. Aber da gab es neue Erderschütterungen und Gefahren! So ab Smolenks habe ich meist die Routen bestimmt, immer der Russenspur nach, oft hinter der Front der Roten Armee, über Gorki, auch über Lew Tolstoi, beschauliche Flecken waren das. Russland ist ein Land, wo selbst die blödesten Bauern, was kein Deutscher glaubt, ihre Dichter verehren! Oder heißt etwa Weimars Bahnstation: Goethe? Achtung, Achtung! Wir erreichen in Kürze Goethe! Jedenfalls, irgendwann mal endete die Fahrt mit einer Kompanie ruhrerkrankter Infanteristen im Feindesland. In Karaganda, im zauberhaften Kasachstan, wurden wir auf das Gleis nach Semipalatinsk gesetzt, wo uns die Einheimischen nicht mal bemerkten.

Der Russe lebt gern ungestört auf seinem Ofen. Diejenigen, die uns für ein Spezialkommando der GPU hielten, waren vorsichtig und dass ich nur wenige russische Kommandos und Alltagsfloskeln beherrschte, störte sie nicht, die mieden sowieso den persönlichen Umgang mit der Zentralgewalt, die sie als friedenstörende Fremde ansahen. Unsere Not war das knappe Wasser und Brot, das Korn, gleich welches! Die Länder waren leer gefressen und kahl, so wie Afrika, wo sich die Heuschreckenschwärme übers Land wälzen und der Rest nur noch Staub ist.

Richard, der noch neu und ungeübt im Unterscheiden der Geräusche war, vielleicht auch schwerhörig, und dadurch unsicher in der Bestimmung von herannahenden Lauten, unterbrach sich mit dem Befehl: Still! Still! Was hört ihr? Sagts mir, verdammt!

Herrgott, krähte Jesus und seine kaputten Atemwege riefen raschelndes Atmen, später böses Husten hervor, das ist bloß die Plörre, die da kommt.

Und Richard, der sich seiner Zuhörer gewiss war, fragte: Was ist denn das, Plörre? Also wenn euch nichts abgeht, wenn ich nichts mehr erzähle …

Nein, sagte Holzwurm, in Kasachstan war es grad schön mit einer Zähne ausreißenden Steppenfrau! Klein, sagtest du doch, und handlich – nein, wenn der Kaffee durch ist, dann machst du schön weiter oder ich will verdammt sein! Das war doch glatt ein Rundfunkbeitrag. Richard, allen hat deine Morgenlandreise gutgetan, mal raus aus dem gasenden Sumpf hier, nur weiter und was langweilt, das machst du kurz, mehr was von Weibern!

Bestimmst du das etwa?, warf ihm Richard vergrätzt ins Gesicht, zu jeder Oper gibt es eine Ouvertüre, Vor- und Zwischenspiele! Meine Geschichte gibts nur als Ganzes mit allem Drum und Dran. Aber wenn einer unruhig wird, weil er sich ängstigt, dass er indes seine Entlassung verpasst, dann warte ich eben.

Aber dann komm du schneller zu den Mongolinnen! Das sind die hitzigen Sachen.

Bei mir geht alles nach dem Lebensfluss, nichts wird vertuscht oder dazugemogelt. Ach, seufzte Richard, das Gerede lässt mich in Furcht und Feuer zurück!

Gespenstisch leise ging die Zellentür auf und als Jesus seinen Fuß in den Spalt stellte, um ihn zu erweitern, erkunden nannte er das, und fragte: Was ist?, stieß ihm der Kalfaktor seine Schöpfkelle vor die Brust, dass er hintenüber gegen den Heizkörper strauchelte und aufheulte vor Wut.

Thom, den Richards Bericht gefangen nahm, goss sich die Plörre mit geschlossenen Augen im Zustand des Vergessens herunter wie nichts, dennoch spürte er, wie wohlig der scheußliche Trunk durch die Speiseröhre rann und sich Wärme im Magen ausbreitete.

Also zum Rest, sagte Richard, unsere blauen Uniformen ohne Rangabzeichen schützten uns zumindest von Ferne vor der sowjetischen Militärpolizei, die waren Menschenfresser, nicht Ordnungshüter, sondern Kopfgeldjäger, vor denen der Muschik die Tür schloss! Als Dienstältester lastete auf mir jeglicher tägliche Mist, jedoch auch die folgenschwersten Entscheidungen, das war das Beschaffen von Körnern und Brot, Stroh, ihre Waggons sollten die Insassen mit etwas Mut wohnlich aufrüsten, sie sollten nachts in Gottes Garten Ausflüge wagen und allerlei Essbares sammeln! Bedrohlich war die epidemisch ansteigende Zahl von ruhrbefallenen Landsern. Und um unter ihnen keine Panik entstehen zu lassen, schickte ich sie nachts mit ihren Feldspaten in die abgeernteten Felder, denn es dehnte sich Wüste überall!

Nach dem Schweregrad ihrer Erkrankung isolierte ich sie im letzten Wagen. Die Zugmannschaft der Menschenfabrik Todt bestand aus dem Lokomotivführer und einem Heizer, der allerverlässlichste Loktrupp, wunderbar zu sehen, wie sie die Technik meisterten und selbst mit der Umsetzung des Zuges auf die russische Spurbreite zurechtkamen, gleich hinter der polnischen Grenze in einem veralteten, einsam liegenden Werk, das genau zwischen den Fronten des Krieges lag.

Die Lokleute überantworteten mir die Leitung über alles, was mir zwar schmeichelte, sich aber als kaum zu bewältigende Aufgabe erwies.

Unsere Situation im Schatten dieses auf pure Vernichtung ausgerichteten Weltkrieges überdenkend, schwammen wir steuerlos wie Muscheln in dem Riesenmeer sowjetisch beherrschter Völker. Und noch immer lebten die kleinen kolonisierten selbstvergessen auf und in ihren Flecken. Wir strauchelten im Auge des Taifuns und nachts glich mein Schicksal dem des Fliegenden Holländers, der aber vorzugsweise nur mit der Grenzenlosigkeit der unbändigen Natur zu kämpfen hatte, und nicht mehr. Das keusche und treuliebende Weib, das dem verfluchten Kerl Erlösung bringen sollte, war nicht zu finden.

Fest stand, dass Kasachstan ein erfrischender Atemzug auf unserer Reise blieb, weil dieses Land unter dem großmächtigen Führer der Völker stand, der in seinen Regungen und fluoreszierenden Spiegelungen vollkommen unverständlich alleswissend umflog. Außerdem träumten die Kasachen tatsächlich von großen industriellen Errungenschaften mit grenzenlosem Gewinn nach ihrer wiederhergestellten nationalen Freiheit. Sie waren im Herzen überhaupt keine Russen, viel zu genügsam und auf familiäre Weise nationalistisch gesinnt, historisch in tausend Jahren der Veredlung charakterlich aus der unvorstellbaren Tiefe des skythischen Raumes geprägt. Zu meinem Erstaunen waren ihre Gesichter eher südeuropäisch, gespannt und asiatisch, nicht flach. Wir verlebten unsere Tage ohne allzu große Furcht.

Die Einheimischen sahen unseren Zug als einen, den man besser übersah. Alle gingen den eingeübten Mustern im Umgang mit derartigen, oft irritierenden Kommissars-Zügen nach, da diese sie regelmäßig mit Verordnungen oder Strafexpeditionen überzogen. Zuweilen sang ich, ganz kindisch, jedoch wohl wissend, was mir da in den Sinn kam, aus dem Holländer: Die Frist ist um, Flaute und mastbrechender Sturm!, – leise in mich hinein, des Steuermanns Lied, zuweilen Sentas bange Frage: Traft ihr das Schiff?, und schloss an mit: Saht Heimat ihr?, soweit mein Kopf Erinnerungen preisgab und ich in unserer Not Wagners Musik nahe war, auch wenn ich den Texten recht zweifelnd gegenüberstand.

So verging die Zeit, keiner erlebte den Morgen jedes ungewissen Tages ohne einen Hauch von Zuversicht, sogar Mut. Die große atmende Stille um uns war jedoch ungehörte Warnung. Ich spielte einen möglichen Angriff auf uns herunter, sagte, Leute, die mögen die Russen nicht, vielleicht kommen ein paar streunende Jugendliche aus der Stadt, die dann mit Lehmpampe auf die Lokomotive und den Zug ockerfarbene Sowjetsterne schmieren, in deren Mitte sich Hammer und Sichel kreuzen, schabloniert, wisst ihr, wie in Revolutionstagen, aufgestrichen, gemalt und gewickelt.

Das Zugpersonal hatte ich, als der Maschinist in der verlassen vorgefundenen Kolchosenentnahmestation für Wasser und Kohle kräftig Vorrat in den Tender schmiss, zur Ruhe gebracht, und als einem – was für ein Glück segnete uns! – ein Stoffballen aufplatzte, aus dem nagelneue Tschapkas auf die Gleise rollten wie

Schaumköpfe im Herbststurm, sammelten wir sie auf und sobald wir genug hatten, setzten wir sie auf als Zeichen äußerlicher Russifizierung. Denn nachdem hier und dort Hammer und Sichel Embleme auftauchten, stand mir der Sinn nach Flucht, durchaus nach Weiterfahrt, aber nicht panisch, vorbereitet um jeden Preis.

Den Kameraden aus den Waggons empfahl ich, sich aus den umliegenden Feldern und Gärten nächtens ordentlich mit Gemüse und Obst, vor allem aber mit saftigen Kolben aus den Maisfeldern zu versorgen. Der Landstrich kennt den Regen nicht und unser Leben hier muss ohne Spuren von Verwüstungen vollbracht werden, sagte ich, denn sonst werden wir gegrillt wie's Vieh. Das ist das Einzige, was uns die Heimkehr sichern hilft! Hört ihr?

Ich dachte zwar an die näher liegende Krim, sogar Sachalin kam mir in den Sinn, ich fand aber nicht einen Mitläufer für meine Kulturspinnerei, denn ich dachte an Tschechow, die anderen fürchteten, dass wir an der bewachten Küste bald zu den Ertrunkenen gezählt würden, was uns also blieb, war, alles auf eine Karte zu setzen. Nach Moskau, nach Moskau! – Richard war spürbar berührt bei diesen Erinnerungen und soweit sie die Details verstanden, die Mithäftlinge auch.

Derweil saßen draußen die Posten in den Fensterlaibungen, zusammengestaucht auf das niedrige Hoffenstermaß, tranken flaschenweise ihren Wodka, sangen voller Wehmut und Schmerz die heimatlichen Gesänge. Der Stalinschüler las dicke Kaliko-Bände von Marx, Engels und Stalin nach Kilos, die Bibeln des Hausgottes! Andere lasen russische Zeitungen, alte Prawdas, nicht zuletzt wegen ihres ungeleimten Papiers, das, sorgsam auf Zigarettengröße gefaltet, in den Hosentaschen verschwand und wenn sich die Kanten abgerieben hatten und weich anfühlten, dann das vorzüglichste Machorkapapier abgab.

Ach was, unterbrach sich Richard, ich rede und rede und kann den Punkt, der euch meine Narben erklärt, nicht finden. Jetzt will ich keinen in der Wüste verdursten lassen, ich häng den Schluss einfach hinten heran, weil er das Ende des Paradieses beschreibt.

An die letzten Stunden in Kasachstan denk ich mit Wärme. Ihr, die ihr sonst vielleicht nur an eure geheim gehaltenen Verbrechen denkt, werdet mich beneiden!

In der Nacht, wenn in Asien die Bahnhöfe und die Gleise nur von einigen verschlafenen einheimischen Eisenbahnern bewacht werden, konnten wir, das war die Vereinbarung, den Zug nach Kernrussland in Gang setzen. Seit Wochen aber litt ich unter einem offenen, verfaulten Backenzahn, der, da die Backe anschwoll, jetzt behandelt werden, wenn nicht gar heraus musste. Und so lief ich bei einbrechender Nacht das Schienenbett entlang, um Hilfe zu finden. An den Bahnhofsgleisen, die Erfahrung lehrte das, lagen medizinische Notstationen, Pflasterbuden und Friseure, oft sogar die Bleistiftausgaben der Kolchosen und Schulen. Um das Hauptgleis sah ich verstreut viele kleine Steinhäuschen siedeln, herumlungern, weil kein strategischer Plan zu erkennen war. Die meisten Stationen standen leer für die Nacht und die nächsten Öffnungszeiten unterlagen den Zeiten ankommender Waren.

In einem der Häuser hütete eine Krankenschwester in einem schmalen, gangartigen Zimmer blaue Pferdejodflaschen und einen Karton amerikanischen Aspirins, kurz, sie fungierte als anerkannte Pharmazia und Hilfslazarett. Wirklichen Krankheiten gegenüber war sie machtlos. Wer da in Not kam, der musste in die Kliniken von Karaganda. Das Ende vom Wege der wahllos umherstehenden Hütten bildete ein niedriges, dem Verfall preisgegebenes Steinhaus. Das musste es sein. Danach verlief sich der Weg in einer Schicht verfilzten Grases, trocken und gelb. Die Verwilderung gab der zerfurchten Erde immerhin Halt im knietiefen Schlamm. Hinter dem einzigen Fenster brannte ein fahles Licht, das auch die Eingangstür umlief wie ein Schmuck. Als ich vor der Tür stand, klopfte ich. Mein Herz schlug heftig, gewiss nicht aus Angst, wie es vielen vor Zahnarztbesuchen ergeht, vielmehr verband ich mein Dastehen mit Sorge um meine Sicherheit und einem unbestimmten Gefühl der Fremdheit und ängstlicher Erwartung.

An der schmalen, diagonal verschobenen Eingangstür, die sich in ihrem Zustand nicht von denen der Eisenbahnwerkstätten unterschied, griff ich, als sich nichts rührte, nach der eisernen Türklinke, die sich quitschend senkte. Die Tür öffnete sich zum Flur hin. Dort stand, verschreckt in einen dünnen Fellmantel gehüllt, eine zierliche, mir wahrscheinlich kaum bis zur Brust reichende Frau, die willens schien, das Haus zu verlassen. Da sie das Besondere meiner Lage nicht erkannte, versuchte ich mit fahrigen Gebärden auf meine geschwollene Wange hinzuweisen und fragte sie: Du Frau Zahnarzt?, woraufhin sie mir mit zarter Stimme antwortete: da, da. Und als sie die ungeschützte, matt glimmende Glühbirne an der Decke einschaltete, erkannte ich in ihr eine junge, unerwartet städtische, schöne Mongolin! Wir waren beide, schoss es mir durch den Kopf, hier durch Fügung aufeinandergetroffene Fremdlinge.

Ohne Zögern winkte sie mich in den Gang und forderte mich auf, ihr bis zum Behandlungsraum zu folgen. Im Gang stolperte ich und hielt mich an ihrem Fellmantel fest. Diese Berührung, so flüchtig sie auch war, weckte in mir spontane Sehnsucht nach ihrer Nähe und zugleich unbändige Wildheit, so wie ich es nur in den Städten nach durchzechten Nächten in den Morgenstunden erfuhr.

Der Behandlungsraum war klein und sauber, die Mitte bestimmte ein dahinrostender Herrenfriseurstuhl aus der Jahrhundertwende mit einem seitlichen Antritt. An den bröckelnden Wänden hingen medizinische Schautafeln, im Glasschrank lagen in buntem Durcheinander emaillierte, nierenförmige Spuckschalen, Spritzenkörper unterschiedlicher Provenienz, Haltehaken, Zangen, darunter eine der gefürchteten mit Seitenmaul für dreiwurzelige Backenzähne. Der Anblick war furchterregend, obwohl, sagte ich mir, doch jedermann die lindernde Kraft der Schmerzspritzen kennt! Watte und Tupfer hingen in einem sperrigen, nach oben offenen Kegel am Behandlungsstuhl. An die Wand gerückt war eine Feldliege aus zerquetschtem Zaunsdraht, alles Dinge, die ich aus Deutschland kannte.

Ich erinnere mich haargenau an alles. Neben der Tür stand ein mit ungebleichtem Leinen bespannter Paravent, hinter dem die

Ärztin sich umkleidete, während ich mich in der Praxis umsah. Wenig später trat sie im weißen, vorn mit einer dichten Knopfleiste zu schließenden Kittel vor mich hin und fragte: Sowjetski Armee?

Ich sagte: Nein, train, und zischte wie eine Lokomotive. Ich Richard.

Sie: Polski?

Ich wiegte den Kopf und sagte: Kompott.

Daraufhin lachte sie und sagte: Osa auch Kompott.

Das erklärte mir sofort ihre ganz unmongolischen, wunderbar hellblauen Huskyaugen.

Osas Gesicht strahlte von innerer Ruhe und wesenhafter Gelassenheit. Ich schreckte, erzählte Richard, beim geringsten Laut auf und lauschte angespannt auf ein hölzernes Brechen, das für mich nach Gewalt klang, was aber von Osa negiert wurde. Osas Wesen schien geprägt von der Stille uralter Kulturen. Ihr Antlitz war rund, hell und gespannt wie ein über der Wüste stehender Mond. Weiche Schatten modellierten die Wangen unterhalb der Jochbeine, ihr Mund trat in leichter Schwellung hervor, die Nase war schmal und gerade, die Augenbrauen graviert zu beiden Seiten der Nasenwurzel zu einer stolzen Signatur, auch hinschwingend zum erwartungsvollen Blick. Ich dachte: Wüstenblume, was mir deshalb gefiel, weil es die Unendlichkeit der mongolischen Wüsten erfasste.

Ich ging zum Arztstuhl und räkelte mich, bis ich mich ihrer Behandlung gewachsen fühlte. Zögerlich erst, dann entschlossen, stand sie neben mir und beugte sich über meinen geöffneten Mund. Augenblicks betörte mich der Duft ihrer Haut, die von den Kräutern der Steppen und Tundren getränkt schien und mich verwirrte. Ich sog diese Mädchenhaftigkeit, dieses Geheimnis der Fremden in mich ein bis zur Verwirrung. Osas Hals war schlank wie der Stängel einer Sonnenblume, deren Fruchtteller majestätisch dem Sonnenstand folgte.

Niemand konnte Osa, als der unter ihren Füßen umkippende Seitenantritt sie gleichsam über mich warf, die mindeste Absicht vorwerfen. Schon als sie mit ihrem Arztkittel vor den Paravent trat, sprangen zwei der Goldknöpfe aus der unteren Leiste, sodass sie, da ihr Unterkleid hervorlugte, errötete, da hier jede Entblößung als schamlos galt. So urteilte der Stamm, und streng bemaßen sich die Leitlinien ihres Lebens. Und nun verlor sie im Eifer um meinen Zahn die Balance und wir lagen aufeinandergepresst, von den Friseurstuhlarmen gefangen, bis wir uns wieder voneinander gelöst hatten. Osa erklärte mir auf Russisch, dass der Zahn jetzt gezogen werden müsse, leider unter grimmigen Schmerzen, da sie keinen Tropfen mehr für die schmerzstillende Spritze besaß. Ich sagte: Einverstanden, Osa, machs gleich, so und jetzt, warten bringt nichts, ja! Sie aber wollte lindern und ihr fiel nun der Vorrat an amerikanischem Aspirin ein und sie bedeutete mir mit einigen ausgestreckten Fingern, dass so viel davon in Wasser gelöst in einer Stunde den Schmerz mindern müssten, dies sei zwar kein Spritzenersatz, aber das gäbe es sowieso nur für die Ältesten. Ich schluckte den Aspirintrank, während sie mich auf das zerquetschte Maschendrahtbett zu setzen einlud, denn es dauert ja, sagte sie und verschwand hinter dem Paravent.

Das Warten ohne sie machte mich ungeduldig und wütend. Schon nach wenigen Minuten sprang ich auf und stieß gegen die wenigen herumstehenden Habseligkeiten. Wahrscheinlich ist, erklärte Richard den lauschenden Männern, dass sie sich als Ärztin überhaupt nicht mit einem Patienten zusammensetzen durfte, und erst recht nicht gemeinsam auf einem Russenbett sitzen.

Das hätte für Osa, bei Entdeckung, sicher ruinöse Folgen gehabt. Obwohl ich das ahnte, begann ich, wieder sitzend, nach ihr zu rufen, vorerst vergebens, aber als ich meine Stimme ins Hilflose abdunkelte, lugte sie vor das Paraventtuch, um sich zu vergewissern, dass alles in Ordnung war. Ich lag inzwischen, schnell atmend, mit verkrampften Fingern, die ich auf die flatternde Brust gelegt hatte, direkt auf mein Unterhemd, um der Wirkung willen. Außerdem fand ich es bequemer, meinen Soldatenrock zu öffnen, sodass Osa bei meinem Anblick erschrak und zu mir stürzte. Sie legte, nachdem sie meine Hände seitlich des Brustkorbs abgelegt hatte, da sie offenbar nicht einmal im Besitze, eines Stethoskops war, ihr Ohr auf mein Herz und versuchte sich in einer Diagnose, die natürlich nicht mehr als eine etwas höhere Herzfrequenz zeitigte, wie auch anders. War ich denn ein vertrockneter Greis, pulste mir nicht das Blut in den Gefäßen? Während Osa lauschend auf meiner Brust lag, legte ich meine Hand auf ihren kurzgeschnittenen Kopf und streichelte sie, so zart und voller Freude, dass Osa ganz still sich dieser Zuneigung hingab und noch im Liegen zu mir aufblickte, staunend und befremdet zugleich. Ein scheues Lächeln huschte ihr über das Gesicht, das unendlich sanft und gütig schien. Ich hob ihren Kopf, am Kinn gefasst, und küsste sie lange und innig. Während dieser vorsichtigen Vereinigung rollte sie langsam über meinen Körper und ich begann, ihr zuerst den für Männer genähten Arztkittel von den Schultern zu ziehen; ein schwieriges Unterfangen, das Osa lächeln ließ. Osa zog schnell die obere Kante des Ausschnitts ihres Seidenunterkleides hoch, damit mir der Anblick ihres Leibes möglichst lange verwehrt blieb. Meine Sehnsucht nach ihrem kindlichen Leib brannte. Sie lag säulenhaft gespannt neben mir, so wie die Natur sie geformt hatte, fest und zugleich weich. Es war die lebendigste Hülle einer Frau, die ich je gespürt hatte. Vielleicht suchte die Schöpfung die Frauen dieser Region, diese Witterungsunterworfenen, mit solch schönen und energiereichen Körpern zu schützen vor der Kälte der Nacht, und nicht zu vergessen vor dem blitzartigen Wechsel der Temperaturen.

Osa ging durch die Tür den Gang hinunter und schloss alle Türen ab, soweit das überhaupt einen praktischen Sinn ergab, sodass wir wenigstens in Gedanken Bewohner eines Auls oder einer Burg waren; sie prüfte Fenster und Vorhänge und bog den Strahl der Bürolampe gegen die Decke, was in der ungehemmten Streuung ein mildes Leuchten zauberisch über allen Unrat ergoss. Osa trat vor mich hin und ihre Worte klangen, als wären sie voller Sorge, verstehen konnten wir beide nur die Berührung, was uns vor Missverständnissen bewahrte. Sie näherte sich meiner Stirn mit offener Hand, aber für die geschwollene Wange wendete sie mir den Handrücken zu, sie streichelte mich wie einen Jungen, sanft, hingebungsvoll, und genoss die Rauigkeit meines Bartes und der Locken über dem Ohr. Sie lag halb auf meinen Beinen und Lenden. Meine Hände tasteten ihren Rücken, die weichen, runden Schultern, die Hüften, den Bauch, die Festpunkte jeder Eroberung. Ich fühlte, dass sie als liebende Frau alle Hemmungen abwerfen konnte. Ach, Wildblume, Steppenkind –

Die Stunden verrannen und uns beherrschte eine unausschöpfbare, vollkommen heitere Sehnsucht, die, im anderen aufzugehen. Wir mussten durch bizarre Höllen gehen, da wo kaum Glück war, Disteln, die in den Jurten zu Staub wurden.

Unser tägliches Sein war seit Jahren immer nur ein dem Bösen Entkommen gewesen, und jetzt, heute und hier, fielen wir ineinander, auf den Strich genau am 60. Grad östlicher Länge, wo die Menschenwelt sich zu trennen entschloss, als Grenze ohne Blick für das Gegenüber. Dieses unfassbare Glück, das immer und zuerst auf der Erfüllung unserer Leidenschaften stand, geschah in dieser Stunde, der Sehnsuchtsbrand loderte auf, ein kaum zu löschendes Feuer. Ich trank mit den Händen quasi Osas Leib, die Festigkeit unter dem dünnen, erregenden Mantel der Haut, in der Leidenschaft sich aufrichtend, selbstvergessen als Frau, die von ihrem Mann wohl nicht mehr Achtung erfuhr als sein gelocktes Lieblingsschaf. Einmal nur Frau in der herrlichsten Blüte, fing sie an zu beben, sich aufzubäumen, den Kopf zwischen den Händen in der Himmelsanrufung. Sie, Osa, war in diesem Augenblick die freieste, sich selbst erfahrende Frau. Wir, in Vollendung eines fast mystischen Glücks. Es war Zeugung! Ich sage euch, nie hab ich diese Minute aus meinem Körper verloren. Ich erlebte Osa als Wunder.

Für uns gab es nur noch den schmalen Streifen Zeit bis zur Morgendämmerung. Der Zahn half Osa in ihrem Werk, sie zog nur noch faule Bruchstücke aus dem Kiefer, drei Wurzeln, und es rann viel Blut, das ich mit festem Biss auf die rasch gewechselten Tampons zu stillen begann. Eine gemeinsame Flucht vergaßen wir rasch, sie wäre unser Märtyrertod geworden.

Auf dem morgendlich feuchten Weg zur Lok ging ich vorbei an den elenden Hütten und erreichte, in Gedanken noch immer bei Osa, schließlich die unter Dampf stehende Lokomotive.

Bloß gut, dachte ich in dem Moment, dass mich, anders als bei Ovid in Tomi, kein versprengtes Reitervolk aus den skythischen

Tiefen des Raumes ergriff und mit einem Lasso um den Hals wegschleppte.

Die Wunde des gezogenen Backenzahns blutete weiter unter dem festgebissenen Tampon. Nach einigen Stunden schloss sie sich langsam, und wenn ich dann mit spitzer Zunge über die Zahnlücke strich, war sie bei mir und ich spürte Osa, Steppenkind! Wildblume!

Die Kameraden schliefen indes auf dem Boden des winzigen Führerstandes. Auf einem Brettchen an den Sichtfenstern standen aufgebogene Fisch- und Wurstkonserven, was mich empörte, es konnte immerhin etwas auf die Gleise fallen, was uns verriet. Das wäre gleichsam ein Weckruf für die Tschekisten, nachdem ich einigen Männern befohlen hatte, in aller Stille die Lokomotive startklar zu machen, und die anderen zu einer genauen Bestandsaufnahme der Speisen in den Waggons aufscheuchte. Ihre Kochgeschirre hatten sich die Soldaten mit Wasser gefüllt. Ich selbst ging von Tür zu Tür und erklärte ihnen meinen Plan genau: jetzt endlich loszufahren in Richtung Moskau, das für den Westen und unsere Heimat stand. Bei kleinen Überfällen wird geschossen und wenn es schlimm kommt, verteidigen sich auch die Kranken. Weder Klagen noch Träume helfen uns jetzt. Wer über den Hund kommt, kommt auch über den Schwanz. Basta! Es sind viele tausende Kilometer und auch ich weiß nicht, wie wir die überstehen, klar? Danke! Denkt nur an den jeweiligen Tag!

Thom, der Richard genau zuhörte, wandte sich ihm zu: Wusstest du, bevor du dich in die sowjetische Vorhölle begabst, dass es nicht gutgehen konnte, denn ihr wart dort von allen Krankheiten bedroht, von Hunger und Durst geplagt, bald Stinkende in einem Affenhaus – nur du weißt, was euch alles passierte, und plötzlich erzählst du uns von den Sonnenblumenköpfchen, die sich in die Sonne drehen, und dem beherrschenden Geruch einer Landschaft oder eines Dorfes so kräftig und süß von Wildblumen, sprichst vom herben Duft einer Frau, die dich anhimmelt mit ihrem geschlitzten Mongolenblick, Augen, so glänzend wie Süßkirschen, Huskyaugen sind doch gar nicht vorstellbar, da frag ich mich doch, Richard, ob du dort in Asien Zauberträume durchlebtest und eine Sinnestäuschung, oder ob du uns einfach ein Märchen erzählst, an das du vielleicht sogar glaubst, weil du dir die Frau gewünscht hast und uns nur sehnsüchtig machende Schauer über den Rücken jagen willst! Vielleicht gibt es Märchen, die lebenswahr sind wie ein Theaterstück, was tut das mir, wenn eines Tages ein mongolischer Prinz mit einem Kiesel vom Euphrat vor mir steht.

Ja, fiel Spänemaus mit schiefem Maul ein, ich denk, du hast den rechten Geruchssinn verloren vor Angst, denn spätestens in ihrem Achselschweiß, sag ich höflich, trat ihr da nicht das ranzige Yakfett aus den Poren, die Kamelhengstpisse, welche die Stutenmilch verdirbt? Komm, Richard, sei ehrlich, es war Krieg und es genügte schon der Fremdarbeiterinnenschweiß, um dich zu beglücken, aber den hast du als halber Offizier nicht gerochen, ich wär auch da mit denen zusammen gewesen, wenn vor einem der Tod lauert! Hör mal, du sagst Wildblume, wild, das mag ja noch angehen, ich jedenfalls hätte dirs gegönnt! Richard: Dir, Holzwurm, sage ich, du bist doch ein Rassist, engstirnig und vernagelt im Kopf. Auf die alten Nazis pfeife ich, aber dir muss man ja das freie Denken erst noch vorleben. Erstens: Es ist tatsächlich zweifelhaft, ob sie Osa hieß wie ihre russischen Kommilitoninnen. Ihr Name konnte nach der Sitte ihres Stammes: Heiße Sonne oder: Helle Nacht sein, ihr wisst schon, welche Namen diese Naturvölker ihren Kindern geben. Zweitens: Besser klänge: Reißendes Wasser, denn in einem Alter, als ihr alle noch mit vollen Windeln durch die Gegend gekrochen seid, saß sie schon auf ihrem Junghengst, eher als sie Vater und Mutter sagen konnte, das bloß zu unserer phlegmatischen Jugend. Drittens war sie so klug, dass man Wildblume zum Abitur nach Moskau, vielleicht 1930, ins Internat schickte und viertens bei Lomonossens Medizin studieren ließ. Aber weil es in Kasachstan keine Zahnärzte gab, weil mit dreißig sowieso fast alle nur noch verfaulte Wurzeln im Maul haben, musste sie in die Zahnmedizin. Begreift ihr das? Ist ja egal … Fünftens: In ihren Moskaujahren sind ihr die Facetten großer russischer Frauen auf- und eingeprägt worden, Körperbewusstsein, bescheidener Glanz, die Liebe zu Geschichten, alten und neuen, aber auch für Schmuck und Parfüm. So geschliffen kehrte sie in ihre Heimat zurück, eine Frau mit Grazie, jedoch auch der Wildheit ihrer einst weltbeherrschenden Ahnen. Alles andere könnt ihr vergessen! Sie muss, das weiß ich, die Mutter meines Sohnes sein.

Auch andere Asiaten sind zierlich, biegsam und nobel, mit schmalen, langen Hälsen, großen, runden, nur träumerisch wirkenden Augen, haben harmonische Gesten, alles Eigenschaften, wie ich sie vor dem Krieg in Paris im Café Voltaire bei japanischen Studentinnen sah und bewunderte! Edelgeschöpfe! Vielleicht kreuzten sie sich auch Mongolen ein? Der Ausdauer wegen! Kriege gab es in Asien genug, äußerst blutige! Ja, ich habe euch nur von einer kasachischen Ambulanz, von einer Mongolin besetzt, erzählt, weil ich noch immer vor dem Kommenden Angst habe. Machen wir Schluss damit.

Thom: Vergiss die Narben nicht!

Und als sich Richard an der rissigen Putzwand hochschob, wich ihm alles Blut aus dem Kopf, er fluchte und fiel vornüber aufs Gesicht. Er spürte nichts von den vergeblichen Versuchen der anderen Häftlinge, ihn ins Bewusstsein zurückzuholen. Vielleicht spürte er unterbewusst den vergeblichen Tritt Pilsudskis in seinem Rücken. Wer so angestoßen wird, immer von Neuem, dessen Herz sich weiter, auch mit arrhythmischen Schlägen, gegen den Tod wehrt, der stellt sich aus Stolz von selbst außerhalb jeder Ordnung.

Es ist möglich, dass sich ihm Unruhe ganz generell mitteilte, dass er von fern die verzweifelten Faustschläge auf die eiserne Zellentür nachhallen hörte, die Schreie um Hilfe, die einen Koller ankündigten, brennende, flackernde Augen und das Verlangen, die Zellentür aufgehen zu sehen. Und draußen geht gerade die glänzende Kugel-Panzerfrau Jekatarina im Flur entlang, kommt herein und schlägt ihn mit vertrauenschaffender Hand, mit Faustschlägen vor das Brustbein wie auf eine Gralstrommel und schreit im Rhythmus: WODA! WODA! Und der Wachposten zapft tatsächlich aus der gefliesten Kartoffelschälhalle mit dem einzigen Wasserhahn des Geschosses wundersam einen Becher braunen Wassers für Jekatarina, die kriegsgeschulte Institution, die wiederum Richard aus ihrer Hüfthöhe das bisschen Flüssige ins Gesicht gießt, ein paarmal in den nach Luft schnappenden Mund.

Er hustete, es geschah alles ganz gegen seine Not und Doktor Jekatarina zog wie ein Nebelfetzen durch sein Gehirn, eine stumme Heimkehrerin, vielleicht war sie auch Mutter, schien froh zu sein, auch darüber, wie er sich langsam erholte, noch mit ungeschickten, weil kraftlosen Armen versuchte, sich aufzusetzen. In der Zellentür, bevor sie herausging, noch einmal stehen geblieben, fragte sie nach Thoms Namen. Thomas Gerber!, riefen die alten Häftlinge eifrig. Möglich war, dass einige ahnten, wohin es mit ihm, als Jungen, mit seinen Chancen zu überleben, bald hingehen würde. Thom war das Söhnlein unter den Männern. Sie hatten alle an irgendeiner Front ihren Krieg überlebt, Glieder verloren, Kameraden, da erhielt hier keiner einen Extraplatz.

Gewiss ist es auf den Spuren Napoleons oder in Stalingrad unbehaglicher zu leben und zu sterben gewesen als in der Wüste um Tripolis oder unter den Luftüberwachern auf Kreta. Ja, Kreta: Da wird von widerständigen Richtmessschützen geredet, weil sie am Periskop, jenem gewaltigen Ofenrohr, das sie sich vor die Augen halten, die Flugkoordinaten der feindlichen Bomber ins Selbstzerstörerische lenken, diese seltsamen Antifaschisten. Die sagenhaften Helden, Odysseus und Menelaos oder Hektor, hatten immer ihren lanzentragenden, helfenden oder warnend vor die Brust schlagenden Gott dabei. Der Mensch vergisst dummerweise diese tatenreichen Gottheiten, ohne die es antike Helden überhaupt nicht gäbe. Alles Theater, was auf uns kam, auch die schicksten Ölbaumschalen, Öl und gesalzene Oliven.

Die Wassersuppe kam mit dem üblichen Getöse. Thom fragte: Kutteln, die mit ihren Innereien gefüllten? Und Jesus rief: Nur Wasser, nur Wasser!, woraufhin Thom zurückrief: Wunderbar, das trinke ich heute! Gibs her, ich schließ die Augen und schütt mirs rein!

Auch jene Nacht gehörte Tegea und dem Kanzlisten. Tegea gab diesmal während des Verhörs ihre Brüste frei mit jeder Bewegung unter der offenen Weste mit den tief ausgeschnittenen Armlöchern.

Die Nacht war kalt. Der Oktober begann die letzten Farben der Bäume zu löschen. Thom zitterte erneut vier Stunden wie der gerade geborene Hund unter der Stahltreppe. Als der Läufer in den Gang zu den Sonderzellen bog, riss Thom die Augen auf, da hing ein kleiner Mann in einem schweren Filzmantel, die Arme auf den Rücken gewendet, mit den Unterarmen, die sich zwischen den Schulterblättern kreuzten, gefesselt, halb vornübergekippt, ein kleiner Jude, vielleicht sogar mit einem Stürmergesicht! Das war kein Traum, und Christusspiele fanden hier nicht statt, aber tiefer als dieser arme Ghettohund konnte ihn nichts treffen. Dieses schreckliche Bild, war Thom sicher, würde in seinem Gedächtnis haften bleiben und nur mit seinem Tod – wie eine hässliche Tätowierung – verbrennen.

Vielleicht hatte Doktor Jekatarina, das Panzerweib, mit dem Kanzlisten gequatscht, man ahnt ja als Betroffener, wie solche Kommunikationen stattfinden. Thom war inzwischen sicher, dass jeder im Verhältnis zum Ganzen planlos dahinverhörte, malträtierte und sich nicht den Dreck unter den Nägeln um Menschen kümmerte. Erhängte sich einer, war das gut und schonte die Armeekasse, man sparte am Saudreck von kaum ausgewaschenen Innereien. Peinlich war denen wohl nur, wenn der Erhängte ein noch nicht erpresstes, jedoch vermutetes Geheimnis mit hinübernahm, das konnte gewiss dienstliche Folgen haben. Abgerichtet auf Hatz und Meineid dienten die Verhörer einer Diktatur, die alles niedergeschrieben haben wollte, unterschrieben vom Häftling, obwohl der, da die Blätter in Russisch geschrieben waren, keinerlei Kenntnis hatte von dem, was er da unterschrieb.

Nach siebenhundert Seiten nicht voneinander abweichender Texte sammelte Rundkopf Gerbers Verhöre ein, sorgsam wie eine kostbare Blaue Mauritius in den Plural gesetzt. Vor der Welt, das hatte man ihm eingeprügelt, war die Unterschrift des Häftlings die Legitimation unter all dem Papier seines Lebens.

Vielleicht, Thom hob in dieser vierten Verhörnacht an, von dem verordneten Arztgang zu sprechen, aber Tegea wusste nichts davon. Auch nicht von seinem Zellenkollaps, bei dem der Zufall Jekatarina voller Sorge zu ihm getrieben hatte. Sie hatte es dem Kanzlisten gesteckt, dass man den Kleinen, als er ins Netz ging, gut hätte mit dem Anglerwunsch: Wachsen!, über die Bordwand zurück in die Freiheit werfen können. Der jedoch hatte für solche Verschwendung wenig Sinn. In Jekatarinas Busen pochte die Sorge!

Jedenfalls musste der Tatar gegen Mittag einem Läufer und einem Armisten die Zellentür aufschließen und den Läufer von einem schmuddeligen Zettel: Kerber ablesen lassen.

Beim Aufstehen fiel Thom zuerst auf die Knie, den Leib auf die Hände gestützt, und versuchte, sich mit wechselnden Beinstellungen aufzurichten und als er dann stand, schob ihn der Armist türwärts. Er ging langsam mit an der Wand entlang tastenden flachen Händen. An der Zellentür verließ ihn die schlimmste Schwäche, die Beine durchbluteten, sodass Thom glaubte, nun gehen zu können. Er wankte aber derart, dass der Armist ihn erneut stützen musste. Sie krochen zu Thoms Enttäuschung durch den finsteren Stollen, der sie ins Zellenhaupthaus entließ.

Das Tageslicht sezierte das von Bomben zerstörte Haus als eisernes und steinernes Skelett, das von Stahltreppen gespenstisch vernetzt war, die Wände und Decken wirkten wie von Riesenhänden zusammengenäht, zwar fahrlässig und stümperhaft, eine Ruine für ein Vierfüßlergeschlecht, das nirgends Unterkunft fand, um Behältnisse, Ersatzplatten, die Regenschutz sein sollten, die Wand als Schutzschild verstanden, das war die verdeckte Flanke, gigantisch, die Einzelzellenkomplexe mit vierhundert Mann vollgestopft, Höhlen, die drei Wände besaßen, da manche wie halboffene Gefäße klafften, in denen der Wind hauste, die Kälte, der Sturm frivol tanzte und der Frost im Schutz der Trümmerreste seinen zerstörerischen Dienst tat. Es gab fluchtoffene Ecken, in denen mit angekohlten Dielen, Türen, Brettern, nackten Verschalungen kreuz und quer die Öffnungen, verbrettert und vernagelt, Scheinwände vorgetäuscht wurden. Bretterkram, der vom reißenden Winde in tiefere Stockwerke zu stürzen drohte, was anfangs als Schutz gedacht war, sich aber bald in drohende Gefahr wandelte. Nein, in den Verhörnächten verkehrte die Schwärze alles in ein riesiges Höhlensystem mit Gängen, Lagern, kleinen Balkonen und Steinbetten, Ausgeburten einer monströsen Phantasie.

Der Armist hielt sich dicht neben Thom, indessen der Läufer vorauslief, wie alle polnischen Läufer hier Tag und Nacht den Häftlingen voranrannten, immer im Dauerlauf, als gelte es, dem Tod entgegenzueilen. Dabei holt der Tod doch alle, in jedem Zustand und jeder Verfassung, er ist da ganz ohne Anspruch. Jetzt ging es eine der Eisentreppen empor, die Absätze der Polenstiefel knallten, und schluchzend hinterher Thoms Schuhe ohne Senkel. Das mild brechende Knarren schließlich kam von den Teergewebestiefeln des Russen. Ein Trio auf dem Weg zur Krankenstation. Auf der dritten Galerie ging es im Gänsemarsch am schmalen Zellenzugang entlang, wo nur ein brüchiges Geländer Thom vor dem Schwindel des Abgrunds bewahrte. Irgendwo brach die späte Herbstsonne durch den von Wolken bedeckten Himmel. Das Licht weitete Thom die Brust, der Goldschimmer durchglänzte die hässliche Ruine. Linker Hand stand entgegen aller Vorschriften eine Zellentür bis zum Anschlag offen. Durch das vergitterte Fenster fiel Sonnenlicht, und Thom schoben sich Bilder seiner Kindheit in der Sächsischen Schweiz vors innere Auge, Sonnenstrahlen durchbrachen wie Schwerter die tief dahintreibenden, schieferfarbenen Wolken über der schmalen Elbe bei Rathen, Sonnenpfeile durchschossen in Felsspalten die zerborstenen Wände, die Erde gefangen und umgrenzt. Als er im Rahmen der Zellentür geblendet stehen blieb, umriss das schwächer werdende Licht eine mittelgroße Gestalt in der einzelzellengroßen Medizinstation, mit einer schmalen Liege, Behältern mit Tupfern, Watte, Binden, einer Fotoentwicklerschale, bestimmt mit einer fragwürdigen antiseptischen Brühe gefüllt, dachte Thom, in der Zangen, Spritzen, Spachtel, Pinzetten und wohl auch ein Skalpell lagen, daneben Nierenschalen und allerlei Tablettenschachteln, Salicyl, Aspirin, das hier, wie es aussah, über Bedarf gehortet wurde. Thom entdeckte wenige unaufgerissene Notverbandspäckchen, daneben seitlich ausgerissene Binden. Thom dachte: So viel antiseptische Ordnung ist nicht für die Häftlinge bereitgestellt, sondern als erste Anlaufstelle für die Russen, Sonderbehandlung fürs Personal. Der

Läufer schob Thom mit dem Rücken gegen die Türöffnung und brüllte vom Umgang aus: Idi sjuda, Kerber! Der Sanitäter oder Arzt, wer konnte das wissen, behalf sich noch ein Weilchen mit dem Rücken zur Tür und sagte, sich Thom zuwendend: Da, da, otschen charascho!, und entließ den Kerl. Im Weggehen fuhr er verärgert den Armisten an, bedeutete ihm, zu wachen und sich in den offenen Türrahmen zu stellen.

Der Sanitäter stand noch minutenlang unbeweglich vor dem Zellenfenster. Er schien Binden aufzuwickeln oder einer anderen manuellen Aufgabe hingegeben zu sein. Und je länger Thom im Unklaren blieb und wartete, umso mehr verfestigte sich sein Eindruck, dass dies eine für besondere Notfälle eingerichtete Sanitätsstation und keine Ambulanz für die Gefangenen war.

Der Rotarmist, der jetzt als Thoms diensthabender Wächter fungierte, langweilte sich offenbar, er versuchte, seine gestreckten Arme an der Decke anzuschlagen, mit körperwärts abgewinkelten Händen, was er auch selbstzufrieden lächelnd erreichte. Er war ein dünner, unreifer Mann, der kaum mehr als drei oder vier Jahre älter als Thom sein konnte, blass und schlacksig, dem die Militärbluse sowie die Hosen um den mageren Leib schlotterten.

Der Sanitäter, gepflegt und offensichtlich einer aus dem Nazibau, nahm das Papier des Läufers entgegen und fragte Thom: Heißen Sie Kerber? Und Thom ging ein Stück über die Zellenmitte dem Frager entgegen: Nein, ich heiße Thomas Gerber! Der andere stutzte, versuchte Jekatarinens Schrift zu entziffern und sagte schließlich: Stellen Sie sich gerade und locker gegen die Wand und schauen Sie mir ins Gesicht. Er stand nun dicht vor seinem Patienten. Also ein Deutsch sprechender Russendoktor, dachte Thom, das Gesicht zugewachsen mit einem schwarzen Vollbart, der von einem Ohr zum anderen reichte, und Koteletten, ein Doktor-Typ mit einem Spiegel, besser gesagt Stirnreflektor vorm Gesicht. Wortlos griff er mit beiden Händen sanft an die Seiten und die Unterkieferkante von Thoms Gesicht nach den Lymphknoten, nicht ohne seine schulterlangen, sich lockenden Haare hinter die Schultern zu schieben, drehte am Reflektor, bis er sein rechtes Auge und das heruntergezogene Unterlid ins für ihn richtige Licht gerückt hatte, wechselte zur selben Prozedur hinüber zum linken und starrte ihm gebannt ins Auge, sodass Thom einen schrecklichen Befund befürchtete, aber in dieser Sekunde erkannte Thom plötzlich den Blick seines Gegenüber, erschrak freudig und entsetzt zugleich, ein leibhaftiger Mensch aus seiner Kinderzeit, hier an diesem schrecklichen Ort? Doktor Erler! Sie? Mein Kinderarzt, dessen Besuch ich an manchem Tag fiebergeplagt und in Schweiß gebadet entgegenphantasiert hatte, der noble Retter, der zu mir nach Hause geritten kam auf seinem Apfelschimmelhengst – in der Stadt! Fünf Jahre müsste das her sein, dachte Thom, als er mir Masern oder etwas Ähnliches attestierte und zur Mutter sagte: Thomas ist ein leicht erregbares, ein verletztes Kind. Er erträgt weder Härte noch Unrecht, er ist wohl einer, der vor sich hin leidet, bis ihn der Zorn packt. Seine Haut ist zu dünn für sein Alter, zu durchlässig. Sorgen Sie, liebe Frau Gerber, für Ruhe um ihn. Er muss viel und vor Mitternacht schlafen. Auch Magen und Nieren sind in Gefahr. Gott behüte das Kind.

Und jetzt stand der Doktor vor Thom wie ein Auferstandener, mit dem schlimmen Vorwurf belastet, SS-Arzt gewesen zu sein, wohin er jedoch auf dem Rückzug abkommandiert worden war, was Thom nicht wissen konnte, und der sich jetzt hier, wie es aussah, hinter dem Bart versteckte, den Koteletten.

Du hast mich erkannt?

An den Augen, sagte Thom.

Und er: Wir haben uns nie gesehen, hörst du, das ist besser für uns beide, freue dich mit mir, meine Unschuld ist nun endlich bewiesen. Ich komme raus, an den Rhein, nicht mehr an die Elbe! Ein anderer Fluss, breiter, tiefer, das ist gut für ein anderes Leben.

Der Rotarmist sah uns missbilligend an und überschüttete den Doktor mit Sprechverboten und Flüchen. Zieh dich aus, sagte Doktor Erler streng, kreiste mit dem Stethoskop über Rücken und Brust, das ist noch gut, Junge, das Herz schlägt flach, das ist die Zelle, der Hunger, du musst trinken.

Thom warf hin: Die Bar ist zurzeit geschlossen, das Kaffeewasser, unbedingt, und sei es aus der Kloschüssel. TRINKEN!

Setz dich. Er schob Thom einen Schemel hin und der brauchte ihn auch. Hör zu, ich geb dir eine Kalziumspritze, intravenös. Er zog die Flüssigkeit auf und band Thom den Arm ab, der Bolschewik beugte sich neugierig zu Thom, um den Venenstich zu erleben, fiel dann aber, als der Doktor ein paar Millimeter Blut in den Spritzenkörper zog, einfach um und schlug auf dem Steinboden hin. Der Doktor, so fremd anzusehen, nahm keine Notiz von dem Vorfall, spritzte langsam den Inhalt in Thoms Vene und beugte sich erst danach über den liegenden Soldaten, tastete seinen Kopf ab und sagte zu Thom gewandt: Na, das wird ein schönes Ei! Er prüfte die Reflexe unter den Lidern: Ist ja alles choroscho! Schieb mal den Schemel her, um seine Beine hochzulagern. Seine Augenlider begannen zu zittern und nachdem er wieder zu sich gekommen war, wälzte der Doktor den langen Kerl auf das schmale, eiserne Gefängnisbett. Er klopfte ihm auf die Wangen, stellte eine alte Wasserkaraffe neben seinen Kopf, griffbereit, darauf achtete er, denn nichts durfte seine Entlassung gefährden, ein ohnmächtiger, ein vor Angst ohnmächtiger Rotarmist ist Blasphemie, dachte der Arzt, fast ein Mord, eine Staatsbeleidigung, die den Kopf kosten kann! Na, mach deine lumpigen Finger auf, Jungfer Rotarmist! Erler hatte Angst. Nur keinen Vorfall jetzt! Während Thom und Doktor Erler Seite an Seite an der Pritsche standen und den Soldaten beobachteten, der Doktor ihm ein Fläschchen mit Salz unter die Nase hielt, Ammoniak vielleicht oder reines Hornsalz, fiel Thom noch eine kalte Kompresse für die Stirn ein. Dass ich daran nicht gedacht habe!, rief der Doktor, jetzt blinzelte der Soldat verwirrt mit den Lidern und fragte, sich aufrichtend: Schto takoje? Du warst einfach müde, sagte der Doktor auf Russisch und lieferte mir die Übersetzung dazu, müde, du müsstest gut essen, Kascha und bissel Speck, viel Milch dazu. Der Soldat: Essen nix gut in Kaserne! Hier auch nicht, warf Thom ein und dann schwieg er erschrocken. Die beiden hatten sich gegen die sowjetische Staatsraison vergangen und waren froh, gewissermaßen quitt zu sein.

Der Doktor aus Thoms Kindheit erschien ihm noch immer wie eine unwirkliche Erscheinung, denn in ihm war noch sein früheres gutsherrliches, aber gütiges Hausarztbild gegenwärtig.

Der Läufer erschien vor der offenen Zellentür, woraufhin der Armist aufsprang und Erler Thom streng dienstlich instruierte: Sie brauchen Ruhe und Schlaf und fünf Tage Krankenkost! Ich werde den Auftrag schriftlich einreichen und Sie werden darum kämpfen! Kommen Sie heim! Er reichte Thom ein Glas Wasser und flüsterte: Behüt dich der Herr!, und übergab dem Läufer seine Verschreibung: Vergiss das nicht! Schnell an Leutnant Jekatarina!

Zurückgekehrt in die Zelle, sprengte Thom die lauschende Gruppe um Richard. Der hatte, das verdross ihn, inzwischen weitererzählen müssen. Er passierte gerade die Gleise des Rangierbahnhofs am breiten Fluss von Stalingrad, wo sich das Problem auftat, unentdeckt eine Brücke zu überfahren, ohne in eine Falle zu geraten. Denn wenn die Russenzüge nach Plan, und nicht wie sie nach Sicht fuhren, dann wäre es aus mit dem Fliegenden Holländer. Sie lägen lahm auf den Gleisen, umzingelt von der Militärpolizei, die bekanntermaßen alle Probleme mit ihren Revolvern regelte.

Wir zögerten vor der Brückenauffahrt am Fluss, nur Gott und der Generalissimus wussten, wie er jeweils hieß. Auch die, die in ihm ertranken, wussten es, aber wir waren gelähmt vor Angst, auch nur eine Karte zu lesen im Vorzimmer der Hölle, uns konnte nur des Teufels Gunst retten oder unvorstellbares Glück. Den Leuten um Thom las er alle Sorgen von ihren Gesichtern ab, weil er glaubte, dass der bevorstehende Tod doch in irgendeinem Gesicht sich verstecken musste. Thom kannte das Zeichen nicht, ein geringes musste es sein, was man einfach übersieht. Aber am Ende sah Thom, gepaart mit der Angst, nur Hoffnung, Lebenswille und die Kraft zu überleben!

Na gut, nun ist es gut, sagte Richard erleichtert und die anderen fragten: Was ist denn gut? Es ist eben nichts, überhaupt gar nichts richtig gut. Das ist alles. Karl, wies ich ihn an, du steigst aus und gehst langsam der Lok über die Brücke voran, du musst immer in die äußerste Ferne sehen, damit uns kein Zug überrascht, mehr noch, dass uns keiner folgt. Du nimmst eine Handflagge mit, ja die weiße, denn die hat keine festgeschriebene Bedeutung und verheißt friedliche Absicht, und wenn du wild genug herumfuchtelst und immer nur auf die Brückenmitte zeigst, dann lass die anderen zurückschieben, treib sie, hols der Teufel, bis zum Horizont oder dorthin, wo der dichte Wald beginnt! Denn bis dahin müssen wir kommen, um zu verschwinden. Das wäre unsere Rettung! Es wird schon schiefgehen!

Im Schritttempo knirschten die Räder, rollten aber unsere Waggons über das Gleisbett, schien es, als hätte uns heimlich eine höhere Macht über den Styx geschleppt!

Nicht weit hinter der Brücke, fuhr Richard fort, vor der Station Lew Tolstoi via Moskau und Smolensk, zweigte ein Industriegleis nach dem Süden ab und dieses Gleis wurde selten befahren, hier dachte ich, sollten wir ein paar Tage oder Stunden abwarten und uns, wenn irgend möglich, über den Frontverlauf und das Hinterland informieren.

Wir stolperten blind im verhexten Nebel! Verstehst du?, wandte er sich an Thom, der an Richards steifem Bein saß und gebannt zuhörte. Machen wir uns nichts vor, der Krieg wird von lauter Dilettanten geführt. Gut, es gibt kommandierende Offiziere, die einzeln betrachtet Spezialisten sind, zum Beispiel Scharfschützen oder Pioniere, die Pontonbrücken über reißende Ströme schlagen, ohne dass einer ersäuft. Ich denke, dass die Spezialisten scheinbar unlösbare Arbeiten leisten, Verwundungen zum Beispiel sind fast immer Durchschüsse, eben keine Kniegelenkschüsse, die haben eben etwas Nobles, wenn mit Sachkunde behandelt wird, von Fachleuten; diese Männer haben in der Etappe ihren Platz mit dem lackschwarzen Stock. Romantische Tötungen sind Herzschüsse, die sitzen und lassen keinen leiden, aber die tröstende Mär aufkommen zu lassen, dass der Geliebten Bild im Alpakazigarettenetui das Geschoss abfangen könnte, ist eine grobe Verkennung der Wirklichkeit. Am saubersten, klinisch gesehen, ist der Kopfschuss aus kurzer Distanz, wenn gar nichts zu vermeiden ist, Mitte Stirn, zwei Querfinger über den Brauen! Der Krieg gebiert so schreckliche Bilder! Wenn ein Angeschossener seine Därme mit beiden Händen übers Schlachtfeld zum Lazarett schleppt und nach Tagen furchtbarer Qualen am Brand verreckt wie ein Hund! Ich hab mir immer Gegner vom Fach gewünscht, Ziel, Schuss,

Amen. Stattdessen schicken sie Friseure und Turnlehrer an die Front, die zitternd vor Angst herrliche, jugendliche Körper verwüsten. In Smolensk sollten Routiniers die Hinrichtungsarbeit verrichten. Fachleute, zumindest Angelernte mit Übung! Ich wollte um keine Generalspension in die Hände von Stümpern fallen, dazu liebte ich die Kameraden zu sehr. Die Gegend um Katyn musste von uns mit größter Wachsamkeit passiert werden, durch Polen kommen, unbehelligt bis nach Berlin, das wäre ein Geschenk, dachten wir, Breslau wäre gut zum Abwarten. Man muss das Unmögliche angehen, um das Mögliche zu bekommen; also Smolensk, andererseits, was dort passiert ist, riet mir, denn es konnte kein Gerücht sein, um diese Gegend besser einen Bogen zu machen.

Das ist bös, was du da sagst, unterbrach der Mechaniker Richards Redefluss, es ist gemein und herzlos.

Das klingt so, ja, entgegnete Richard, aber wenn jeder ein Spezialist wär und kein Dilettant sein dürfte, bräuchte es nur wenige, die arbeiten sauber und billig. Stell dir lauter Laien vor, die an deinem Bus bauen, das wäre doch auch nach deiner Einsicht eine Katastrophe. So auch im Krieg, nichts als Pfusch, es ist nur schwer zu beweisen, weil die Volksehre als Treibstoff gebraucht wird. Von den Spezialisten braucht man für die gleiche Leistung immer wenige, übersetzt: kein zusätzliches Leid, keine Blutbäder, keine Witwen, keine Phantomschmerzen. Zeitgemäß wären zwei, drei Spezialistengruppen, genau wie in den Kriegen Roms, es waren Söldner, die alles sauber wegputzen. Es ist dann rasch Frieden, der Opfer sind allerdings viele. Weniger wären gut, wenn die da oben aber ihre Fleischopfer brauchen! Es war so, knüpfte Richard an seinen eigentlichen Bericht an, wir fuhren immer am Tag, so konnten wir nachts Holz und Kohlen klauen, Wasser aufnehmen, denn das waren schwierige, dem Zufall abzutrotzende Notwendigkeiten, ungemein gefährliche, die uns zwangen, weite Strecken im Schritttempo über Einöden zu kriechen. Wenn uns die Not zwang und wir dann, kaputt wie wir waren, von Ferne eine Agrarstation ausmachten, wagten wir des Nachts einen Überfall! Mit der Hilfe milden Mondlichts und des weggesoffenen Wodkas, der die Besatzungen solcher Stationen in die Reaktionsunfähigkeit trieb, bedienten wir uns immer von neuem mit schlotternden Knien, denn im Frontgebiet gab es nur wenige sichere Inseln, die noch Vorräte horteten.

Die Heerführer der Russen ließen, nach deutschen Maßstäben gemessen, Landesgebiete von der Größe Sachsens oder Bayerns in deutsche Hände fallen und stießen in Heereskeilen durch die Front. So gelang es ihnen, Brückenköpfe hinter den deutschen Linien zu schlagen und zu halten, danach langsam, fast unbemerkt, die Säcke zuzuschnüren und ganze Armeen in Gefangenschaft zu treiben. Für die Wehrmacht eine höchst gefährliche Situation.

Keiner von ihnen, die in Richards Erzählungen versunken waren, hatte das behutsame Schließen des Zellentürschlosses gehört, sodass sie erst ins wache Bewusstsein zurückkehrten, als durch den schmalen Spalt die sanfte Stimme des Stalinschülers Thom dienstfertig aufrief: Kerber, malade Ration, die er auf der flachen Hand in die Zelle schob und wartete, bis Thom mühsam mit seinen widerborstigen Beinen hochkam und zur Tür stelzte. Danke, danke, sagte Thom mit ehrlicher Freude, doch was war das für eine seltsame Medizin? Thom entnahm des Wärters Hand einen kleinen, halbfaustgroßen Würfel Brot und fünf deutsche Zigaretten! Das muss ein Irrtum sein, sagte Thom und war fast dabei, sie zurückzuweisen. Zigaretten als Teil einer Krankenration? Die Russen sind verrückt. Gar nicht dumm, dachte er später. In archaischer Zeit hatten sie große Naturerfahrungen mit dem, was heilt, die Askese erzeugt reizbares Blut, wohingegen die Befriedigung der Gelüste phlegmatisch macht. So bezahlt jeder für seine Begierden. Thoms Problem war das Wohin mit dem begehrten Gut. Wo sollte er es aufbewahren, von vierzig lauernden Augen angestarrt, die selbst einen Bruder umbringen würden, um an fünf rauchbare Zigaretten heranzukommen? Allianzen würden alles nur zerstören. Alle wegschenken, dachte er, aber wenn du mal Hilfe brauchst, irgend etwas eintauschen musst, fehlen sie dir. Wenn aber einer verwirrt ist von seiner Gier und dir einfach in die Hand greift? Tja, ihr elenden Geier, dachte Thom, jetzt muss ich wohl erst einmal nachdenken. Wenn mich keiner bestiehlt oder die Stängel zertritt, dann werde ich versuchen, gerecht zu sein.

Die Zigaretten, im normalen Leben vom Wert her gering, stellten für ihn eine besondere Form der Gefahr dar, weil seine Mitgefangenen um das Gold wie eine Rotte Wölfe einen Ring zogen, aus dem er nicht ohne Schaden herauskommen würde. Schon indem er sich auf seinen Matratzenrest setzte, musste um die Zigaretten eine hohle Faust geballt werden. Das Verlies war zu eng und zu arm an Verstecken, da bis auf den Heizkörper nichts Denkbares blieb. Als einzig halbwegs sicherer Ort kam ihm schließlich nur der Boden unter der Urinschüssel in den Sinn, der aber aufgrund der Durchfeuchtung wegfiel. Thom sah sich alle Anwärter auf seinen Schatz genau ansah, sie alle würden sich nicht einmal am Urin stören. Vor allem wusste er nicht, wo er die Zigaretten während der vier bis fünf nächtlichen Verhörstunden ablegen könnte, außer bei dem Wlassowmann, sonst gab es keinen, dem er vertraute, doch da wäre, überlegte er weiter, noch der Stalinschüler, so absurd das auch war, die Person seines Vertrauens.

Der Gedanke, ein Danaergeschenk entgegengenommen zu haben, verfestigte sich, sodass er erwog, die Zigaretten einfach aus der Welt zu schaffen. Er sah sich schon die vier Schritte an der Urinschüsselwand entlanggehen und die Zigaretten zwischen den Handflächen so zerreiben, dass der Staub wie ein milder Regen auf alle im Verlies gleichmäßig niedersank und wenigstens Neid und Gier gegenstandslos auflöste. Denn selbst wenn Thom ein ausgekochter Egoist wäre, schien es unvorstellbar, dass er, sitzend unter den anderen, fünfmal am Tag oder an fünf Tagen mit Genuss die anderen anpaffte. Das Schwierige lag in der Wiederholung, wenn er, Thom, des Panzerweibs Medizinverordnung nachginge, dann wiederholte sich seine Bedrängnis an weiteren fünf Tagen! Das hieß, zöge er das Nessushemd nicht aus, setzte er sich in den kommenden Tagen einer wachsenden Gier und damit gesteigerten Feindseligkeit aus. Thom begann das Fehlen von Feuerzeugen oder Streichhölzern dankbar zu begrüßen und schritt erleichtert zur Zellentür und trommelte mit der freien Hand so lange gegen den Stahl, bis – vollkommen unerwartet – der heillose Tatar am

Spion erschien: Thom hielt seinen Kopf in die vermutete Sichtachse des Spions und bedeutete ihm mithilfe einer Zigarette, dass er um Feuer bitte. Dazu jammerte er laut: Malade, ich malade, Feuer! Spasibo, Feuer. Der Tatar zuckte mit den Schultern: Nix Feuer, und ging weg, um nach einigen Minuten, in denen er sich seines Vorteils gewiss wurde, zurückzukommen, die Zellentür einen Spaltbreit zu öffnen, durch den die Zigaretten zu schieben möglich war, die Thom auch tatsächlich durchschob. Der Tatar ergriff sie mit seiner Ein-Finger-Hand, dort zerbrachen sie ihm, sodass die Häftlinge laut aufstöhnten, und beide, den Asiaten und Thom, in unflätigen Tönen beschimpften und befohlen: Lass die anderen fallen! Es gibt kein reales Geschäft mit dem Asiaten!, Thom jedoch musste den Tataren anhören, der »ras kaputt, dwa, tri, tschetirije …« einforderte, Thom ihn aber bei »tri« entschieden bremste: »Dwa ich, Tatar tschetirije! Kamerad mit Feuer« und gleich den unvorteilhaften Handel bekräftigte, indem er noch zwei der Zigaretten behielt, woraufhin »Asiens Grinsen« die Zellentür zutrat und den schweren Sperrriegel in die Stahlkrampe warf.

Im Verlies brach die Hölle los und Thom, der unsäglich erschöpft an der Tür lehnte, sank in die Knie, schwieg und sammelte sich: Die Herren Biedermänner sind Tiere, die nichts vergeben und verwalten können – hätte ich euch für jeden lumpigen Glimmstängel einen Kanten Brot abgenommen oder für alle fünf die zerlumpte Kaninchenfellweste der Spänemaus, das hätte mich, wenn jetzt bald der Frost kommt, vor Lungen- und Rippenfellentzündung bewahrt. Was, dachte Thom, bin ich nur für ein Idiot! Der alte Zeus sagte im Blick auf Troja: Es gibt zu viele Menschen auf der Welt! Als Weltenlenker wäre es dann wohl seine Pflicht gewesen, nach dem Chaosprinzip jedem dritten Glückspaar die Hoden oder Eierstöcke im vorgeburtlichen Alter verdorren zu lassen! Ja, sicher! Nun ist es zu spät!, dachte Thom, wer sich so wie in unseren Kriegen am Leben vergeht, sollte von den Niedersten hingerichtet werden, auf dass sich die Flüsse und Meere rot vom Blut färben. Jesus hats geduldet und eine grässliche, blutige Kirchenmacht wuchern lassen: Sechs Millionen Beschnittene ließ er ins Gas treiben, wo er hätte, Vater unser, die große Reinigung ins

Werk setzen müssen. Es gibt unter den Göttern keinen, der von seinem hohen Rang gerufen hätte: HALTET EIN!

Leute, sagte Richard in die immer noch aufgebrachte Stimmung, ich erzähl euch Schrott, ich sag: Leute, wie ein loyaler Kompanieführer und bin doch der Letzte unter euch. Hört meine Geschichte weiter. Ihr ahnt nicht, wie sehr wir hungerten. Es standen nämlich keine Babuschkas mit Pelmeni und Piroggen am Gleis! Wir horteten und aßen nur Mais, bis uns übel wurde und vom Zubeißen die Zähne aus dem Gebiss brachen. Schweinen gleich wurden wir nachlässiger in den hygienischen Gewohnheiten. Die Kameraden stanken so schlimm aus dem Mund, dass man sich im Gespräch einige Schritte zurückzog. Aber das war vielleicht meine Empfindlichkeit. Unser Leben war nicht das von Soldaten, eher wehes Holländerdasein unter dem Damoklesschwert. Ihr Verliesbewohner könnt es mir glauben, dass ich mich nicht erhob über die anderen, aber Kommandos waren um des Überlebens willen vonnöten, indes wir lieber in Amerika als Banditen verfolgt worden wären.

Die Waggons hatten uns aus dem schlimmsten Schlamassel befreit, an ihre Heimfahrt aber glaubte keiner. Wir hätten allesamt nach Sibirien oder besser gleich hoch zum Polarkreis fahren sollen, dort war man an streunende Existenzen gewöhnt, gebraucht wurden sie alle, denn es starben zu viele, an Lebenden fehlt es, um gelegentlich für Irrtümer erschossen zu werden.

Wie oft dachte ich an Osa, meine schöne Mongolin, mit dem vielleicht dicker werdenden Bauch, denn sie hatte, der Gedanke beherrschte mich, im morgendlichen Erschauern einen Heroen empfangen! Ich hätte bei ihr bleiben sollen! Ich verließ sie, die dort einsam in ihrer Hütte auf hohe Weihen wartete! Dort wären wir glücklich geworden. Warum habe ich nicht so groß und weit, wie die Wüsten es sind, gedacht?

Wir fuhren nach Westen. Frage mich keiner, wohin. Denn so, wie wir unseren Zug versteckten, was heißt, auf vielen Nebengleisen dahindampften, möglichst ohne gesehen zu werden, so verbargen sich vor uns alle kyrillisch abgefassten Hinweise auf Städte, Stationen, selbst die auf Himmelsrichtungen. Meist fuhren wir weit hinter der großen Front, aber hols der Teufel, manches Mal durchbrachen wir sie auch, doch das nicht einmal mit Freude, denn wir konnten ja nicht aussteigen und fragen: Sind denn die Deutschen noch da oder wann kommen sie wieder? Nicht einmal die verwüstete Landschaft, die niedergebrannten Dörfer, die von Panzerraupen gemarterten Felder, die motorkrepierten Geschütze und ausgebrannten Panzer gaben uns Auskunft. Alles war grässlich zerstört. Die Russen wussten nicht, ob sie Sieger waren, und die Deutschen schon gar nicht, weil, das könnt ihr mir glauben, der Krieg nicht mit breiter Brust vom Norden bis zur Krim vorrückte, sondern sich wie ein Hase-und-Igel-Spiel abspielte, mit Armeen in Stücken und Keilen, die vorrückten, um eine andere Armee einzukreisen und zu zerquetschen oder auszuhungern. Die starb dann an fehlenden Nahrungsmitteln und Wassermangel auf dem winzigen Raum, der ihnen zum Verrecken blieb. Das war ein Krieg für Generalsstäbler, erfolgreich für Kohorten- und Bandenführer, ein Krieg für blitzschnell zugreifende Kommandeure, die, wenn sie verloren, nichts, aber auch gar nichts heil ließen. Verbrannte Erde, das war ihr Kriegsschrei. Und was uns hart anging, die Deutschen hängten den Loks riesige stählerne Sporne an, Holzbohlen aufreißende Stahlzähne und Haken, die sich unter die Gleisbohlen bohrten, um sie aufzureißen, kilometerweit.

Zwischen Stalingrad, Orel und Smolensk gab es keinen Bahnabschnitt, in dem wir hätten noch fahren können, auf Ortsumfahrungen vielleicht. Zu fürchten waren beide. Bei den Deutschen hätte uns die Militärpolizei, die gnadenlos Deserteure jagte, blind und ohne Verhör wie Bestien erschossen, und bei den Sowjets waren es die Enkel der Tschekisten, die Kommissare, die keinen davonkommen ließen. Was uns vor dem Wahnsinn rettete, waren der Filz, die ganz kleinen Betrügereien, und die Weite der Wälder oder die riesigen Schläge der Sowchosen, die herrlich lichten, immer etwas kränklich wirkenden Birkenwäldchen, durch deren schüttere Kronen selbst die fernsten Sterne des Nachthimmels blinkten oder die von Horizont zu Horizont reichenden Felder oder die Rast in den alten Holzhäusern. In ihnen wähnte man sich im Frieden der restlichen Welt gehalten. Die Dorfanger, die wir querten, die Windräder bei den Brunnen, das war das Russland der Literatur, des Theaters, das spätestens in diesen Tagen untergegangen war.

Wir fuhren mit letztem Dampf zwischen Smolensk und dem unseligen Katyn durch Birkenland, langsam und langsamer, bis mit einem harten Ruck selbst dem Ausrollen des Waggons ein Ende bereitet wurde. Eine Russenkompanie, in Fetzen gehüllt, mit Binden an den Füßen, im letzten Zustand der Auflösung begriffen, stürmte aus dem Wäldchen, weder Vortrupp noch Nachhut, sonders jeder Ordnung, angeheizt von einem Kommissar mit gezogener großkalibriger Pistole mit drei, vier Verwahrlosten im Gefolge, deren erster mit eingelegter MP in der Armbeuge in den Lokführerstand ballerte, woraufhin der Kommissar, der offensichtlich die fahrbereite Lok für den Partisanenhaufen retten wollte, den Wüterich mit einem ins Gesicht gezielten Schuss erledigte, sodass wir Kopfreste, auch Hirn in der Tschapka auf den Birkenwaldboden klatschen sahen. Der Anblick erfüllte uns mit Entsetzen und nur der Gedanke, dass er ihn von uns abgelenkt hatte, half uns, auf den Beinen zu bleiben. Wir wussten ja, wie Tschekisten missliebige Zustände regelten. Nachkommende schleppten ihre Karabiner an Stricken, Militärmesser staken in den Stiefelschäften. Sie trugen ihre zerfetzten Decken zur Wurst gerollt über der Schulter, statt Stahlhelmen nur Käppis auf den Glatzköpfen, liefen den Zug entlang, während andere Karl und mich vom Lokstand herunterholten, gierig nach den noch heilen Uniformen grabschten, bis der Kommissar, ebenso abgerissen wie seine Truppe, sich Respekt verschaffte und uns mit seiner Pistole in der Hand vorm Zerfleischen rettete und einem Muschik, der mich ansprang wie ein Puma, kurzerhand in den Oberschenkel schoss. Danach trat lähmende Ruhe ein, in der er mich auf Russisch ausfragte. Er brachte die Legende von den guten Polen schnell zum Einsturz. Im kurzen Geplänkel mit Unteroffizieren, oder welchen Dienstgrad sie haben mochten, berieten sie unser Schicksal, wobei sie uns drei von der Lok von den Leuten im Zug trennten. Diese wagten es immerhin, die Waggontüren eine

Handbreit zu öffnen. Ihre properen Uniformen und Stiefel weckten die Begehrlichkeiten der Russen, sodass ein Armist seinen schweren, aus Revolutionszeiten stammenden Revolver zog und uns von der Lok und zehn aus dem ersten Waggon zu einem kleinen Marschblock zusammentrieb, den er tiefer in das dichter werdende Birkenwäldchen hetzte. Der Waldboden war von Schützenlöchern durchwühlt, wir sahen Hügel, die aufgeworfene Gräber sein mussten, wir wussten, dass das die Spuren eines Kampfes waren, wir wussten nicht, wer da lag, ob Russen, Polen oder Deutsche, und da kein Hügel mit einem Kreuz geweiht war, keine Stahlhelme an jungen Birkenstämmen an viel zu früh erloschenes Leben erinnerten, musste der Kampf entsetzlich gewesen sein. Vielleicht wurden einige in Hass oder einfach aus Übermut, so am Rande des herrschenden Krieges, beseitigt.

Ein General wird da sicher nicht unten liegen, dachte ich mir, der hätte, ganz gleich in welcher Armee er kämpfte, bestimmt einen Fahrer und einen Burschen dabei. Meinst du, höhnte Jesus, auch im Kittchen?

Der Trupp Russen umschloss uns wie ein Ring und kaum einer besaß ein Gewehr, wenige hatten eine MP, die meisten nur kleinkalibrige Pistolen. Die sahen wie die deutschen Offiziers-Walther, die 7,65er, aus. Waren die ein Führergeschenk?, wagte Karl zu fragen. Der Leutnant sprang Karl ins Genick, sodass er lang hinschlug. Schweigen!, schrie er ihn an und: Dawei! Schneller! Das Birkenwäldchen wurde lichter und ich sagte: Son lichtes Wäldchen hat für mich immer etwas Heiteres, durch die blassen Blätter fällt das Himmelslicht und es senkt sich mir Freude ins Herz, obwohl mir die Angst das Wasser in die Augen treibt.

Bevor wir einen kilometerlangen Maisschlag erreichten, forderten die Russen ihren Leutnant auf, besser in Deckung zu gehen. Karl quetschte mir mit seitlich verzogenem Mund seine Vermutung: Partisanen! ins Ohr. Mich nannte man in guten Zeiten Kommandeur, auf den man hörte, weil er eben solenner als die anderen daherkam, großmäuliger, nicht aus Angabe, es war mehr der Hang, alles leichter, besser ironisch zu nehmen und wie, wenn nicht durch eine geschickt gesetzte Pointe, konnte man da etwas bewegen, denn heulen hilft doch nichts, zumal wenn es ernst wird.

Mit Karl ging ich also ganz vorn, das hatte den Vorteil, dass du nicht die hassverzerrten Gesichter deiner Verfolger siehst. Es gibt Situationen, wo dich das schwächt. Zwischen den letzten, sehr dünnen Birken liefen wir auf einen kerlsbreiten Erdbunker zu, der mit Eisenbahnbohlen, über Eck, abgedeckt war. Der Leutnant hielt noch immer die große, furchterregende Pistole in der Faust, winkte und stieß damit nachdrücklich unseren Haufen an die bröcklige Erdbunkerkante, ganz ohne eine bestimmte Ordnung zu befolgen, um später hinabzuspringen, indes sich Karl, der gute, nie recht sichtbare Lokführer, links neben mir hielt. Hinter uns sammelte sich der Rest des Trupps. Karl: Sollen wir im Loch da hausen? Das wird wohl so sein, sagte ich zu ihm, aber bevor der meinen Blick auffing, hatte sich hinter ihm ein kleiner, zerlumpter Soldat aufgestellt und Karl seine verdammt kleine elegante Walther auf den Hinterkopf gesetzt und mit seinem dreckigen, zerfressenen Daumen, den der lange, zerfranste Ärmel seiner Russenbluse halb verdeckt hielt, den Hahn gespannt und abgedrückt. Karl fiel wie ein morscher Baum in die Grube. Ich fand dies entsetzlich unwürdig, zu willkürlich, als dass es wahr sein konnte. Mit Platzpatronen schießen die, dachte ich, aber ich kann euch nicht sagen, ob ich diese Gedanken als ebenfalls Toter weiterdachte. Den Schuss in meinem Genick hörte ich nicht, er war ein Schlag, der mich durchzuckte und auf Karls Rücken warf.

Wenn jemand nach seinem Tod noch einmal unter drei Schichten Leichen liegend erwacht, dann ist er entsetzt, verstört und wütend gegen die Meister seines Geschicks. Wenn sich das schmerzliche Bewusstsein, untot unter toten Kameraden zu liegen, als hellgrüne Nebelspur nach Stunden durch sein Gehirn zieht, verebbt und wiederkommt mit dem Gedanken: du lebst, dann ist das eine elektrochemische Sensation, eine Zumutung, in die Ganglien geschrieben, denn um nichts in der Welt will er zurück in die Welt, denn der Frieden da unten fühlt sich letztlich wie Glück an, endlich Ruhe, Stille, die Sicherheit, nie mehr etwas tun, gehorchen zu müssen. Das blieb mir als Erkenntnis: Den Tod zu empfangen macht glücklich. Vielleicht hast du die Finger deines toten Kameraden in deinen Augen oder im Mund, vielleicht quetscht er mit den Handballen dir die Nase fast aus dem Gesicht, was gar nicht schmerzt, dein glimmendes, flackerndes Bewusstsein will diese Unbill nur weghaben, weil es dich in deiner Totenruhe stört, die Sehnsucht, die dich beherrscht, gilt nur der Beseitigung aller Störungen deines Schlafs, für ihn hast du eine Menge erdulden müssen und jetzt ist es damit gottseidank vorbei. So seltsam das klingt, es ist für deinen Frieden förderlich, dass der, der dich drückt und martert, ein Mensch ist, den du magst. Du sagst dir, Mensch Karl, nimm deine Hand aus meinem Gesicht, weil du ihn immer geliebt hast. Bei Fremden ist es anders. Als ich den Karl wegdrücken wollte, um den über mir Liegenden abzuschütteln, gehorchte mir mein Arm nicht, er war ganz ohne Leben. Es war wie unter Wasser oder Blut oder beidem. Als ich mit der anderen, unter der Brust liegenden Hand meinen Hals streifte, fand ich neben dem Kehlkopf ein Loch, fast trocken und hart, später von einem weichen Grind verschlossen. Die dreckige Hand hat gezittert und sich geirrt, wie sonst ist da ein Loch und ein Grind?

Ich dachte, dass dies alles vielleicht ein Nachklang meines Gehirns war, es hat uns ja keiner gesagt, wie das geht mit dem Totsein, weder etwas vom Sarg noch von der Asche, wie sich das anfühlt. Das mit dem Himmel hatte ich sowieso nicht geglaubt, und die Hölle schreckte mich nicht, aber mal im Ernst, es geht dir wirklich gut an dem Ort, wo es dich hinschmeißt. Gut, es gibt für den letzten Augenblick ästhetische Vorstellungen, aber die sind im Grunde unwichtig. Ich lag, nach dem, was ich hinnehmen musste, friedlich und zufrieden mit meinem Ende, zufrieden mit mir, mit meiner schmerzfreien Trauer, die ich als eine schmale Spur empfand, als eine letzte Linie, von der ich keinerlei Veränderung erwartete. Der mit dem dreckigen Daumen hat den Schalter umgelegt und das Licht ging aus, aber der verwahrloste Kerl hat nicht bemerkt, dass da was klemmte. Ich war immer ein jähzorniger Mann, sodass sich keiner wundern musste, dass mich schließlich die Wut übermannte, als sich lange, nachdem ich wie tot dalag, dort unten in Ohnmacht oder Schlaf um Hilfe schrie, mich zugleich gegen den Leichenberg über mir stemmte. Musste denn, so mein Zorn, jeder auf mir herumliegen?, gebt doch mein Bein frei, es stinkt doch schon! Glaubt ihr, es hat auch nur einer sich gerührt? Sie wurden immer schwerer, was tats ihnen denn schon, ja, dämmerte es mir, nur dem Karl geht es wie dir, aber der war ja immer ein stiller, netter Kerl. An der Seite meines Kopfes, der nur noch eine Imagination sein konnte. Ich wusste es nicht besser, und so stieß ich, da keiner hörte, mein Bein frei, und dann musste ich einen Stein oder einen Helm, der voller Luft ein großartiges Reservoir an Leben anbot, wegstemmen. Die lange Ruhezeit hatte meine Wunden geschlossen und da ich jetzt merkte, dass ich, wenn ich die Kerle liegen ließ, wie sie lagen, mich zur Erdbunkeröffnung wenden konnte, die frei geblieben war, mich nur hineinschieben, hineinpressen musste, um in freier Luft die Last loszuwerden. Es half mir keiner, die schliefen herrlich, ohne Hunger und Lust, ohne Durst, ohne dieses Aufstehen- und Gehenmüssen, einfach Finis, Sense, nur schade, dass mich ein hauchfeiner Lichtstrahl geweckt hatte und ich musste wieder mitmachen, es war doch eigentlich alles klar und erledigt, so zivil ich da unten lag, ferienhaft und nicht in Massen unter Panzerraupen! Da wäre mein Text ein ganz anderer. Ewiger Fluch.

Als ich mich ein Stück aus der noch lockeren Erde gezogen hatte und die linke Uniformjacke vom dicken, teils getrocknetem Blut steif war, ein Rinnsal, ein Fluss, und alles darunter gebacken unter der Wundkruste, da erinnerte ich mich, meine Sauer-Pistole in der Lok liegen gelassen zu haben, genau, dachte ich mir, wir bringen die Lok wieder in Gang und diesmal gehts zu den Kasachen, aber erst einmal muss ich an der Bunkerwand entlang zum Ausgang, zum Licht kommen. Ja, das musste ich. Es war ganz falsch, aber eben der Trieb aller Kreaturen! Ich habe keine Sehnsucht, als fertiger Mensch, euch zu sehen.

Nach dem Brotkanten, der die Häftlinge im Verlies auch heute wieder zu den unflätigsten Anfeindungen führte in ihrer Sklavenposition, an denen besonders Geizige sich immer erneut abstraften, vor Wut schäumende Häftlinge aufbäumten, und den Thom schweigend gekaut hatte, sagte Richard: So, nun ists gut, den Rest erzähl ich euch später und dann ist endgültig Ruhe hier, abgemacht? Aus Erschöpfung verkürzte er den Gang der Dinge, doch Thom und die anderen wollten wissen, wie er aus dem Schlamassel dann doch irgendwie lebend rausgekommen ist, nur der Wlassowmajor drängte Richard nicht zum Weitererzählen. Nun gut, ich erzähle es euch, aber bitte, sagte Richard, tretet mir nicht auf mein taubes Bein, das schmerzt nämlich im Kopf. Ich war also, als ich mich ausgraben wollte, ungeheuer schwach. Dass ich mich zum Weiterleben entschlossen hatte, auf Probe, wie ihr euch denken könnt, war der reine Trotz, ein Aufstand gegen den Zustand dieser Welt. Sobald ich den Kopf aus der Grube hob, schützten mich nur noch die Götter; dass die hier ihr Revier hatten, wusste ich nicht und so konnte ich ihnen nicht einmal meinen erstgeborenen Sohn versprechen.

Auf allen Vieren zog ich mich mit verkrampften Fingern ins größer und heller werdende Licht. Es ging sehr langsam und erschöpfte mich maßlos, so sehr, dass ich den Entschluss, um mein Leben zu kämpfen, schon zu hassen begann, mich zu hassen begann. Aber jetzt, so kurz vor der wundersamen Erweckung wollte ich nicht aufgeben, das war doch die geistige Kraft meines mongolischen Prinzen, dem Urkind! Wie denn sonst? Liegen bleiben, hungern, frieren und erneut auf den Tod warten? Nein! Und als ich die letzte Ruhepause einlegen musste, sank schon der Tag. Die Uniform klebte vollgesogen mit Nässe auf der Haut und unaufhaltsam kroch die Kälte in die Knochen von den Beinen aufwärts, dabei fassten sich Haut und Muskeln noch warm an. Ich lebte im Zwiespalt, im noch unentschiedenen Sein. Ich sage euch, der Körper kann seine zusammengehörige Bestimmung verlieren und sich aufspalten. Mein Sein und mein Empfinden arbeiteten gegeneinander, seit dem Genickschuss unzweifelhaft, für den Tod nebenbei würde man gern ein Bein drangeben, weil der vereiste Knochen einen solch grauenhaften Schmerz verursacht. Mich trieb die Kälte aus dem Massengrab.

Aber wer gedenkt denn dieser Toten?, fragte ich mich. Die Leute, voran die Politiker, erheben sich zum Gedenken, dann etwa, wenn eine halbe Million ansteht, ja sicher, als Sparprogramm – da gibt es noch kein Denkmal! Oder wenn sie die Massen in einen Missbrauch gezogen haben, dann wollen sie Gedenkmäler so groß wie Bahnhöfe haben.

Ich kenne europäische Städte, die sich nicht einmal bei dreißigtausend Kriegstoten für ein Denkmal einsetzten, denn es sind immer die Toten eines oder der anderen; und wenn es Weihnachten wird, stellt man Lichtlein auf, alles zu seiner Zeit. Goya, der die verteufelt sinnliche Nackte Maya malte, die ihm die Liebe eingebracht hat, der das alles, selbst das höchstadelige, zierliche, blumenhaft gesteckte Schamhaar zu malen verstand, sagte ehrlich wie ein Bauer: Die Toten unter die Erde, die Lebenden zu Tische. Ich sage euch, da ist mehr Lebenskraft drin als in allen Gebeten und seligen Versprechungen!

Was für ein Wunder hat mich gerettet, fragte ich mich später, ich, der einzige unter zwanzig Millionen und jetzt muss ich wohl damit rechnen, dass meine Sache buchhalterisch verwahrt wird. Denn die Sonne duldet kein Weißes und die Kirche keine Wunder!

Auf die Ellenbogen gestützt, schob ich mich weiter, die mäßige Schräge nutzend, aus dem Loch. Verwundert schaute ich mich um, ich sah die liebreichen Birken, deren Wipfelblätter aufgeregt zitterten, gleich winzigen Rotoren.

Nach ungemessen langer Pause kroch ich zu den Gleisen, spähte in die Runde, die, so weit mein Auge trug, nichts erzählte von unserem dramatischen Geschick. Der Zug war von Geisterhand entführt. In Höhe der Lokomotive schienen dünne, leicht zu fällende Birken der Maschine die Feuerkraft zur Fahrt geschenkt zu haben; nur Leere sonst. Kein Brandgeruch, der ein Lager anzeigte, alles unberührte Natur, selbst der Blutbunker am Maisfeldrand nur ein lumpiger Maulwurfshügel, nicht mehr, eine Wendestelle für breite Pflüge. Ich drehte mich auf den Rücken, kratzte, die Finger zum Rechen gekrümmt, das erste Laub vom Birkengelb mir zu und unter den Kopf. An mir waren lange Spuren von trockenen Blutsträngen die Uniformjacke hinab bis zum Schoß geronnen, bildeten Falten, die zu Stricken verkrustet sich hart anfassten, eine große Gerinnung, die nach Stunden aushärtete zu Holz oder Stein, nachdem das Venenblut einzutrocknen begann. Herr Gott, fragte ich ihn, warum lenktest du das Projektil so dicht an der Halsschlagader vorbei? Was lenkte das Geschoss, dass es mich nicht umbrachte? War das ein Wunder, banales Glück, hatte ich einfach Schwein gehabt, wie es die Landser nannten? Dass Wunden sich von selbst schließen, wenn der Venendruck nachlässt, wusste ich. Ich erschrak, als mir die Worte Sepsis und Wundstarrkrampf durchs Hirn schossen.

Ich blieb dicht bei den Gleisen, die ich, daliegend im Wäldchen, verschwinden sah in der Ferne; dachte wieder an die kleine, zierliche Mongolenfrau am anderen Ende der Bahnlinie und mir fiel jetzt erst auf, dass ich nie an das entgegengesetzte Ende meiner Herkunft als Ort des Glücks und der seelischen Befreiung dachte, Geheimnis, Holländerfluch.

Ich lauschte angestrengt, ob im Birkenhain ein Ast knickte oder brach, ob in der Nähe ein Schuss fiel, Partisanen oder Verbrecher, Diebe, Mörder, Räuber sich anschlichen, und ich war unglücklich über meine vergessene Sauer, die ich in der Lok versteckt gehalten hatte. Ich hatte sie behalten als Garant meines letzten Willens. Es stimmte schon, dass, wer bewaffnet ist, erschossen wird. Jetzt jedoch, als ich hilflos bei meinen Gleisen lag, würde ich anders handeln: Wer sich unfriedlich nähert, wird niedergeknallt: Ausgenommen sind Frauen und Kinder. So hilflos, so wehrlos, wie ich dalag, konnte mich ein Zehnjähriger mit einem Stein erschlagen wie einen jungen Hund. Ich entdeckte, dass mich ein angeborener Kodex steuerte, der nicht plausibel Schuld und Unschuld unterschied, sondern nach einer zusätzlichen Komponente maß, ähnlich der längst vergessenen SATISFAKTION, und sich am besten als das geschützte, hochverletzliche Hymen meines Egos beschreibt. In Kriegszeiten von einem Verletzten gesagt: Den leg ich um!, ich hingegen sage: Auf den jage ich meine Hunde! Ach, war ich jetzt fiebrig!

Ich versuchte, von den größeren Blättern der Wiese den Tau abzulecken, denn ich verbrannte vor Durst! Im Augenblick der

Klarheit begann ich, die Restmöglichkeiten meiner Glieder vorsichtig zu erproben, das linke Bein widerstand jeder Bewegung, es fühlte sich widersetzlich und verstockt an und entsendete allen Schmerz, es bewegte sich kaum noch in der Beuge und kribbelte undefinierbar. Hals und Kopf waren verbunden in ihrer Lähmung, fühlten sich ausgehöhlt an wie eine Kartusche, in der ein dumpfes Brummen hauste und ein gehässig ziehender Schmerz, der zuweilen, bei seitlicher Drehung, voltstarke Schläge in die Hirnschalen schoss. Wenigstens rechtsseitig schien alles gefügig.

Als ich kurz ruhte, hörte ich das mir ohrnahe Gleis summen, ein Ton, lieblich, ein Oboengesang, nicht volltönend, wie es bei einem Zug zu erwarten wäre, mehr an- und abschwellend, aussetzend auch, sodass ich mich von Neugier getrieben qualvoll auf den von Bauschotter durchsetzten Waldboden hinüberwälzte und den Blick in die Flucht des Gleises im kümmerlichen Mais zu erheben suchte, ein grüngelbes, unendliches Plateau. Die Anstrengung, den Kopf zu heben, hatte bei weitem meine Kräfte überschritten, sodass ich, zurückfallend, in einen todesähnlichen Schlaf sank. Ich träumte, dass wir im zügigen Tempo über endlos weite Sandhügelwüsten fuhren, wo von Tal zu Tal sich Dromedare um austrocknende Quellen sammelten und Karl, mit einem Stahlhelm bedeckt, sich soweit es ging hinauslehnte und den Fahrtwind genoss, da ihm das Hirn von der Sonne verschmort war. Karl, sagte ich zu ihm, häng dich nicht in den Fahrtwind, abends wird dein Kopf unsäglich schmerzen, es sei denn, du reißt ihn dir an einem Warnschild – die alle ganz dicht an der Lok standen – einfach ab! Willst du mir das antun? Im Traum schüttelte er den Kopf und schrie gegen den Fahrtwind: Ich pass schon auf, Richard! Plötzlich stieß mich eine Schuhspitze in die schlaffe Taille, was ich noch immer dem Traum zuschrieb, von fern hörte ich, undeutlich gesprochen, den Satz: Jaawoll, Oberfeldwebel, der scheint noch zu leben!, woraufhin eine Stimme befahl: Dann dreh ihn zur Seite verdammt, mach doch was, die Partisanen warten schon auf uns! Der Soldat, den mein blutiger Kopf in Schauern des Entsetzens zittern ließ, sah ich mit halboffenen Augen, umfasste meine Knie und zog mich auf die Gleise.

Der spitze Schotter stach mich heftig in den Rücken. Bevor ich die Augen gänzlich öffnete, dachte ich krampfhaft darüber nach, wie ich mich, auch wenn alles aussichtslos schien, notfalls wehren könnte. Ich tastete nach einem großen, spitzen Stein und legte meine Hand auf ihn. Schattenhaft sah ich ein Gefährt auf der Spur stehen, daneben zwei Soldaten, den Spieß neben mir mit dem unwilligen Burschen. Das Bild wurde klarer und ich sah nun deutlich eine Draisine, auf der ein MG montiert war, den Schützen und zwei andere. Steh auf, hörst du, steh auf, wenn du kannst!, schrie der Feldwebel mich an. Ich verstand den Druck, unter dem die Deutschen, denn es waren Deutsche, hier standen, drehte mich auf das heile Knie und fasste ins Koppel meines Retters, zog mich mit seiner Hilfe hoch, tapste ungeheuer schwerfällig auf das Gefährt zu, auf das mich, eine Munitionskiste und einen Sandsack beiseite schiebend, die drei hochzogen. Ich versuchte, meinen Kopf auf den Sandsack zu legen, was sich als zu schmerzhaft herausstellte.

Der Spieß sah zu mir herab und sagte: Du siehst zum Kotzen aus, wie längst tot. Und ich brachte mühsam hervor: Du hast recht, aber nun haut endlich ab, im Wald rasen die Teufel.

Das Kommando fuhr durch den gelben, trockenen Maistunnel, diese welke Hölle. Das war mein letzter verschwommener Blick auf diesen Krieg.

Die Besatzung der Draisine bestand aus den zusammengewürfelten Überlebenden aufgeriebener militärischer Einheiten, die oft von nutzlosen Befehlshabern zu gefährlichen Aktionen hinter die Russenfront geschickt wurden.

Ich bekam noch mit, wie mich die Draisinenleute sorgsam lagerten, was einiger Sorgfalt bedurfte. Ich schwebte in einem Zwischenbereich mit nur bruchstückhaften Wahrnehmungen. Einer, dem ich bis heute dankbar bin, zog meinen Kopf auf seine Knie und versuchte, mir aus seiner Feldflasche Wasser von der unverletzten Gesichtsseite her in winzigen Schlucken in den spaltbreit geöffneten Mund zu tropfen. Das Gefühl, umsorgt zu sein, ließ mich in mein tatsächliches Geschick, meinen langen, langen Bewusstseinsverlust gleiten.

Als nach Tagen mein volles Bewusstsein zurückkehrte, fand ich mich in einem Frontlazarett in einem großen, lichterfüllten Raum. Mein Erwachen wurde, der Zufall wollte es so, vom Stabsarzt im Vorübergehen entdeckt. Ich nahm, soweit ich das im Bett konnte, Haltung an, aber der Arzt beruhigte mich, prüfte meine Pupillen, die Reaktionen an Händen und Füßen, sagte, sich aufrichtend: Du bist der Erste, den ich sehe, der aus dem Jenseits zurückgekommen ist!

Berlin, das ist sicher, wartet auf dich. Aber zuerst bessern wir noch dein Blut auf und müssen sicher sein, dass kein Wundstarrkrampf nachkommt. Er reichte mir herzlich die Hand: Willkommen unter den Lebenden!

Der Rest ist rasch erzählt, Tage später ein weißes, weiches Bett im Lazarettzug gen Deutschland, die Gleisstöße unter dem Zug klangen wie barocke Musik, versinnbildlichten mir die sichere Heimkehr, das Versprechen von Wohlsein und Sicherheit, nach denen ich mich nach allem sehnte, erfüllte sich nur in der Natur. Oft hatte ich den Himmel im Blick, die Sonne und den sternenreichen Nachthimmel im Abteilfenster, die verschafften mir Glück, immer dann, wenn die Verdunklungsrollos aufgerollt werden durften. Oft saß ein verletzter Kriegsberichterstatter an meinem Bett, der nun meine einzigartige Geschichte, wie er sagte, im Märchenton für die großen Zeitungen zur Heldentat hochstrickte, wobei er einige Ungereimtheiten, so meine zärtliche Reise durch Kasachstan, geschickt und lasziv einflocht, was mich jedes Wort verfluchen ließ. Die Berliner Illustrierte titelte: Einer Stalins Genickschussgraben entkommen. So oder so ähnlich. Ich wurde zum Vorzeigehelden gemacht und war doch eine tief verängstigte Kreatur, aber ich trieb auf dieser Welle, wobei ich wenigstens meine toten Kameraden mit auf den Weg nahm.

Mein Herz war unsagbar traurig, wenn ich an Karl und die anderen dachte, kaum dass es mir gelang, die Grabesträume aus meinen wirren Gedanken zu verscheuchen. Ich sprach vom Glück, davongekommen zu sein, und konnte noch immer kaum glauben, dass ich zurückkehren durfte aus dem Totenreich. Öffentlich sagte ich: ich komme von Tartaros, was keine Lüge war, denn nur eine mythisch gelenkte Hand mit einer vieltausendjährigen Vergangenheit hatte wohl die Macht, mich nach Europa zurückzuführen. Nachts, ja selbst im Alltag krochen Menschenskelette auf mich zu, die mich verhöhnten mit ihren bleckenden Gebissen. Diese Wesen besetzten meine Träume.

Triviale Geräusche erschreckten mich zutiefst, jedes Knacken erinnerte mich an den Ton von Karls unmenschlicher Hinrichtung und auch an den Tod all der anderen.

Das rigoros durchgesetzte Verbot jeder Arbeit, jeder Bewegung, machte nicht nur Thom von Stunde zu Stunde mehr zu schaffen. Es erklärte ihm den gezeigten Stumpfsinn, der das Zellenklima in äußerster Spannung hielt. Die Verweigerung des kleinsten Besitzes, einer Nähnadel vielleicht, um das zerrissene, schmutzstarrende Hemd zu nähen, den Strumpf, den Knopf, die Decke, die Naht, dieses verhängnisvolle Verbot organischen Lebens und der Wunsch, etwas anderes zu sehen als die Kerkerwand, brannten in Thom. Wie gern hätte er etwas gelesen, wogegen zwar der Dunkelkerker stand, aber dazu kam es ja nicht, weil über sie alle das NICHTS verhängt war, und das nicht zur Läuterung und Meditation, nicht einmal zur Abrechnung mit sich selbst in einem Verlies, das an nichts erinnerte als an den Entzug allen Lebens. Wir sollen glauben, dachte Thom: ich bin ein Nichts, ein verkommenes Stück Dreck, Auswurf, dem die notwendigsten Körperfunktionen versagt sind, beherrscht von einem übermächtigen Un-Gott, dessen Reich in einem bekannten Erdteil liegt, dessen Lust der blutige und unblutige Schmerz ist. Er sehnte sich raus aus dieser Hölle. Sogar Sibirien war Thom denkbar bei minus sechzig Grad, Schnee und Eis, körpertief, unsäglicher Sturm und erfrorenes Fleisch. Das alles wurde zum Sehnsuchtsort. Der Genickschuss, sofern er von stalinschen Spezialisten durchgeführt wird, dachte Thom, ist doch ein GLÜCK. Manche glauben an Himmel oder Hölle, wer weiß das schon, Thom gehörte zu den wenigen, die hier fähig waren, alles zu vergessen und still den zerstörerischen Stumpfsinn zu erleiden. War nicht der morgendliche Auswurf schon der Anfang seines langsamen Todes, der ihn in den heimatlichen Gulag ohne jede Verantwortung für sein Leben gehen ließ? Strebte sein Leben nicht in jeder Stunde dem Massengrab zu? Waren all die Toten den Wächtern eine unmissverständliche Warnung, wenn sie an ihrem Tun zweifelten und heimlich von einem nicht staatskonformen Lebensziel träumten? Hatte Thom, fragte er sich, in seiner Vorstellung vom sinnvollen Leben ohne große eigene Anstrengung die Lebensform im mittleren Europa gleichsam geschichtlich geprägt? Wohingegen andere Regionen willenlos dahintreiben, wenigstens solange sie nicht von diesem mächtigen Kultur- und Zivilisationszentrum infiziert waren? Er hatte einmal gelesen, dass in den Gebirgen des fernen Ostens für manche der höchste Lebenssinn darin bestand, Jahrzehnte auf einem Schlafbrett hoch im Wipfel eines Eukalyptusbaumes zu verbringen, jedenfalls solange von Pilgern Speise und Trank in einem Körbchen gebracht werden, die der Mann im Eukalyptus an einem Flechtenbande zu sich hochziehen kann. Leben, dachte Thom, Leben, o ja, das kann Glück bis zum Rausch schön sein! Aber es kann auch an einem alltäglichen Wort, einer nicht regelrechten Bewegung oder einem belanglosen Umstand scheitern. Das Wahrscheinlichste im Leben ist die Erfüllung von haltlosen Phantasien, einfach weil das UNVORSTELLBARE vorerst nährt, im Nacheinander betrachtet jedoch Trug ist, obgleich im Flugsamen einer im Polarkreis niemals blühenden Blume oder in trockenster Wüste Wunderwelten von köstlich Gewachsenem auftauchen können, die mit unserem Wissen nicht zu erklären sind.

Thom schauderte, wie war die materielle und nicht materielle Welt denn noch ins Verhältnis zu bringen? In den wenigen Tagen wurde ihm klar, dass die Klage über fehlendes Essen und Trinken, über die unseligen Nachbarn, ihre dünstenden Füße, die Leiber, die nach dem Kot im Gang und dem Urin in der Amtsschüssel rochen, die, an den vollen Blasen gemessen, fünfzig Liter fassen müsste, der Wiederholung nicht wert war. Alles, selbst die Matratzenreste, stank ja. Das war Qual, der Staub, die Atemnot, das zehnmalige nächtliche Erwachen, wenn die Wachposten die unglücklichen Verhörten ins Verlies stießen, alle die, die sich auf ihren Tod zubewegten, der sie, ganz gleich wo und wie erwartete, unausweichlich, ob hinter dem Haupthaus von den Nazis als zerschossenes Fleisch liegen gelassen oder erfroren an den Rändern des russischen Polarmeeres, ungenießbar selbst für die Wölfe. Ganz gleich, wo dich der Tod trifft, dachte Thom, Erlösung würde er sein von den unglückseligen Phasen dieses Lebens, ja es herrschte ein Einverständnis, eine Verschwörung zwischen dem Mörder und dem Opfer, das die Sättigung an Leid erfuhr. Der Tod wird zum Freund seines Todes. Die einzige Brücke, die sich als gangbar zurück ins Leben erwiese, wäre der Trieb des mächtigen Geschlechts, der Wille des unbändigen Fleisches, es ist die Kraft des als göttlich empfundenen Zeugungswillens, der in die Zukunft führt, von den frühen Schöpfungstagen an bis heute. Dieser Grundnatur ist es völlig gleich, ob sie Idioten oder Genies zeugt, dies überlässt sie dem hochmütigen Schöpfer. Nur so, dachte Thom in seinem schicksalsverhängten Müßiggang, ist die Todessehnsucht erklärbar. Noch war Thom ja kein Greis, jetzt für diese Stunde abgelenkt von seiner Erinnerung an Emils und der Spänemaus angestimmtes Geheul.

Richard, erzähl endlich weiter, verlangten inzwischen einhellig die Gefangenen, ist es nicht so, dass du alles erlogen hast, dass nichts stimmt und dir ein Barbier die beeindruckenden Narben ins Fleisch geschnitten hat!

Schluss!, fuhr sie daraufhin der schweigsame Orientalist an, Ihr redet mit den Zungen von Nattern!

Richard nickte, dankbar für die unerwartete Hilfe, folgte aber der Bitte der anderen Zuhörer, die brennend am Fortgang seiner Geschichte interessiert waren. Nichts anderes als die erlebte Todesnähe brachte ihn dazu, die unwahrscheinlichsten Wendungen des Kommenden aufzunehmen. Nun glaubt nicht, dass ich euch zum Zeitvertreib den Rest meiner Geschichte auftische, weniger um der verbrauchten Zeit willen, kurz, ich glaube nicht an meine packende Erzählkunst oder an die magische Kraft, euch zu fesseln. Meinem eigenen Erzählen misstraue ich wie kein anderer. Der Grund ist ein ungläubiges Staunen über die Zumutungen meines allzu armseligen Daseins! Tatsächlich, ich habe nie eine Gesellschaft oder auch nur eine einzige Frau durch meine Wortmächtigkeit überzeugen können, anhand meiner Geschichte will ich euch nur zeigen, dass das Absurde jederzeit das Mögliche ist.

Dieser Einsicht bedürfen wir alle, jetzt, in dieser Stunde an diesem Ort oder an einem x-beliebigen Tag! Es wäre, lacht mich nur aus, eine Art soziales Projekt, sich zu vergewissern, was hier ist und was jeder fühlt, hofft oder befürchtet, festgehalten auf der Glasscheibe einer Daguerreotypie, mit Notaten und einem großformatigen Fotonegativ, zehn Jahre Leben oder finsterstes Sterben davor. Nichts wäre interessanter! Ich glaube einem Mann wie Gustav Flaubert, der Dichter größter umfassender Präzision, was den Kosmos Mensch betrifft, wobei eine schülerhafte Richtigkeit für ihn verachtenswert war. Musikalität, Herz und Geist sind die Gewichte seiner Sätze, die er, zitternd vor Erregung, prüfend auf Rhythmus und Klang hin nachts über die breite, triste Seine schrie, sie als Natur herausfordernd, bei Croisset, immer misstrauisch gegenüber jedem selbst geschriebenen Satz, der Tiefe einatmet und vorausahnen kann die absurdesten Inhalte, den Sprung aus der Sohle des Massengrabes ins wohlige Bett – wieso nicht? – oder auf den Ofen der Kommissarsfrau! Wohlan! Jetzt wird gelernt!

Der Lazarettzug raste oder bummelte, musste auf Nebengleise ausweichen, so wie es die Strategie verlangte. Gut versorgt von einigen meist jungen und hübschen Schwestern, vom Arzt täglich überwacht, mit Schmerztabletten reichlich beschenkt, damit sich das Paradies auch ohne aufgestellte Borsten zeigen darf. Es ging mir trotz allem nicht gut, sagte Richard, der Kopf dröhnte, qualvoll dem Tinnitus ausgesetzt, jeder Gleisstoß war ein Harpunenstich. Der Arm blieb steif und taub wie Holz, ganz körperfremd. Der Arzt sagte, nur Mut und durchhalten, behandelt wird erst in Berlin, wenn du mit allen Untersuchungen durch bist. Und das leuchtete mir ein, um Himmels willen, nur keine Übereilung, es geht mir ja ganz gut, dachte ich. Die meiste Zeit schützte uns das rote Kreuz auf dem Wagendach, doch manchmal auch nicht. Über die Schlange der Waggons jagten, was höllisch klang, die Jabos und beschossen uns mit ihren Bordkanonen. Russen? Engländer? Amerikaner? Es ist schließlich alles egal, dachte ich, die Hauptsache ist, dass der Zug heil aus den Angriffen herauskommt. Schlimmer wars, als sie uns mit Bomben angriffen, da kann ratzbatz schnell der halbe Zug weg sein und das heißt dann: Heimat ade! Trafen sie Gleise, dann bedeutete das stundenlanges Warten, Zurückstoßen, bis es auf guten alten Schottergleisbetten wieder voranging. In der Nacht sah man nur einen langen, sich windenden Schlauch, in dem wenige Notleuchten glommen, um die Luftjäger zu täuschen. Es konnten, von Ferne gesehen, böse Hundeaugen sein oder klimmende Zigarettenkippen. Am Tage beschäftigten die Landschaft, Brücken, Straßenübergänge, der Wald und die Fahrgeräusche meine Phantasie. Es gab Strecken, in denen der Zug im prallen Sonnenlicht über lange Strecken durch die niedrigwachsenden Feldfrüchte dahinraste und nur der Himmel mit schönen Kumuluswolken darüber prangte, andernorts fröhlich aufsteigende Formationen, Lämmerherden ähnlich, an Gebirgshängen, vor Unwettern spannten sich dunkle, stahlblaue Bänder über uns im Geviert des Fensters. Es gab dramatische, sozusagen wagnerische Wolkenaufzüge, durchstochen von den erzenen Posaunen, Speeren des Sonnengottes, düstere Gewitter, deren nahe Blitzeinschläge die Schlange der Waggons von den Gleisbetten hob. Das waren Augenblicke, in denen ich mein starres Liegen als Qual empfand. Andererseits lobte ich mein Bett, wenn der Zug die dicht stehenden Laub- und Mischwälder durchfuhr, stundenlang oft, in denen ein flaschengrünes, altdeutsches Licht durch die Wipfel der dicht an der Spur stehenden Bäume durchflirrte. Wir fest Liegenden schlossen Wetten ab über die richtige Einschätzung der passierten Strecken, Vorstädte, Bahnhöfe mit ständig wechselnden Kreuzungen oder, was einesteils besonders leicht zu verifizieren war, das Überrollen von Zugbrücken, städtischen Steinbrücken, in welche die Gleise eingelassen waren und die ein dumpfes, trockenes Poltern wiedergaben. Wir versuchten am Rhythmus und Klang der Schienenstöße die Länder und Landschaften, die wir durchquerten, zu erraten, was uns jedoch selten gelang. Es gab Streithähne unter den Verwundeten, die sich darauf versteiften, anhand des Gesanges der Schienen genaue Aussagen über den schienentragenden Boden machen zu können, Stadt, Stadtnähe, Bauernland, Feuchtgebiete und so weiter. Ich hielt das zwar für möglich, aber für nicht besonders erstrebenswert, und dachte, dass dies die Domäne von Paukisten, Bratschern und Cellospielerinnen sei, da das Lauschen auf kleinste Geräuschdetails eine wünschenswerte Verfeinerung ihres Gehörs zur Folge haben könnte. Vergessen wir, dass diese Fahrten gute Speise für Komponisten bereitstellte. Mein Gehör war durch den Genickschuss fast erloschen, sodass mich nur Geräusche höchster Frequenzen überhaupt noch erreichten.

Thoms Zellengenossen hörten Richards selten einmal linear vorangehender Erzählung zu, einige wagten, ihn zu ermahnen, rascher und mit Kampferzählungen fortzufahren, wobei gerade diese Dummköpfe sich durch ständiges Hautkratzen, Gelenkeknacken, Fingertrommeln oder mit Anfällen von Reizhusten als Störungselemente hervortaten. Richard trug dem nur bedingt Rechnung. Ironisch konstatierte er: Ich kann gern Schluss machen, denn ich vermute, dass ihr bereits Verabredungen eingegangen seid?

Irgendwann hatten wir die phrygischen Steppen hinter uns gelassen, auf den ortsangebenden Bahnsteigschildern las ich erst polnische, dann schlesische Namen und Hinweisschilder. Gesprächsfetzen nahm ich zwar wahr, indes verstehen konnte ich sie nicht, was sich auch nach dem Passieren der Oderbrücke nicht änderte. Ob das je besser würde? Seit dem schrecklichen Ereignis lebte ich hinter einer schalldämpfenden Wand! Berlin war indessen bald erreicht.

Wenige Stunden später, nachdem der Sanitätskraftwagen von Trümmern übersäte Straßen zu umfahren hatte, um den Zugang zur hauptstädtischen Charité zu finden, lag ich in einem wunderbar frisch bezogenen Bett, allein und mit dem Blick in den Himmel, der aber auch hier zu meinem Ärger nachts von einem schwarzen Rollo verdeckt wurde.

Ein junger Arzt setzte sich an das Fußende meines Bettes, mit Schreibblock und Stift, und begann mich sehr genau zu befragen, nachdem er sich vergewissert hatte, dass mich die Ausfragerei über mein, wie er sagte: entsetzliches Unglück nicht zu sehr erschöpfte. Nebenbei erläuterte er mir den Stau an Zudringlichen mit der Sachlage, dass ich unter allen Patienten ein einzigartiger Fall sei, den die bedeutendsten Kollegen, viele Kapazitäten, schon früh am Morgen gründlich zu untersuchen und zu begutachten wünschten.

Mein Überleben sei so selten und glücklich für das Land, dass mit äußerstem Ernst alle Seiten der Angelegenheit beleuchtet gehörten, und auch die Neugier der Neurologen und hohen Militärs befriedigt werden müsse.

Für einige Tage fühlte ich mich zwar wichtig, aber im Grunde war mein Erlebnis doch mit zwei Worten zusammengefasst: Daneben geschossen!

Ich beantwortete dem Famulus brav alle Fragen, wobei mir klar wurde, dass es einer wundersamen Fügung glich, keiner Sepsis erlegen zu sein. Ich glaubte tatsächlich, die Gunst, den Schutz einer außerirdischen Macht genossen zu haben, eingedenk Trojas großer Schlachten, in denen Athene den fürchterlichen Wurfspieß Agamemnons an der Brust Achills vorbeileitete! Wir sprachen zwar oft vom Absurden und bedachten nie die Ursachen der Abwendung des sicheren Todes! Sind wir denn nicht in unserer Gottvergessenheit Griechenlands legitime Erben? Wir überlassen unser Land stigmatisierten Idioten, meiden die wichtigste Reinigungskraft, den Tyrannenmord!

Thom, du musst das doch begreifen!, wandte sich Richard jetzt Thom direkt zu.

Ja, wenn man an das Fortwirken historischer Begebenheiten über solche Zeitdimensionen hinweg glaubt, muss der Götterhimmel zu Hilfe geholt werden! Du glaubst, wir begreifen das nicht in unserer hassgeprägten Welt, wir vertreiben die Menschheitserfahrungen aus unserer Gegenwart?

Du musst zugeben, dass die gigantischen Ereignisse unserer Zeit hassenswert sind und keine guten, bescheidenen Menschen formten. Mich nicht! Narwale oder Schlammspringer? Thoms Gedanken schweiften ab zu ganz konkreten, schmerzlichen Gegebenheiten, er dachte daran, dass auch die vergangenen drei Nächte den vorherigen aufs Haar glichen. Wecken soll 1.30 Uhr sein, der Gang zum Verhörzimmer, dieselbe Besetzung agiert nach dem Wiederholungsprinzip, Thom wird von der Nachtkälte gepeinigt. Gegen 4 bis 5 Uhr morgens, auch eine vage Bestimmung, dann die Rückführung zu den Insassen, die stanken aus ihren ungewaschenen Mäulern, dünsteten wie Klärgruben. Blähungen, Schweiß, gesotten in Hemden und niemals gewaschenen Gesäßen, angstdampfende Leiber. Einmal stand Thom durchgefroren vom Verhör vor der eng aneinander liegenden Schlafstrecke, keine Lücke, kein Spalt, und so klemmte er sich zwischen den Holzwurm und den Mechaniker, die beide noch nicht faulten. Es gab einen kurzen Widerstandskampf, aber Thom legte sich auf sie und sank langsam zwischen den beiden zu Boden. Seine einzige Sehnsucht war jetzt, zwei Stunden schlafen zu können, Schlaf, der die eiserne Spange im Gehirn sprengt. Als letzter gekommen, in die Ritze geklemmt, jedoch vorerst gewärmt vom Rücken her und von vorn, sodass seinen Körper das elende Schlottern verließ. Nach Minuten, eingerichtet in der fast bequemen Position, strich ihm der von Bronchienschleim rasselnde Atem des Mechanikers übers Gesicht. Fest im Willen zu schlafen, arbeitete dennoch sein Hirn. Der Mechaniker atmete die verbrauchte Luft, ganz flach, nur mit den oberen Atemwegen, die wiederum gierig die minimalsten Reste von Sauerstoff ausfilterten, die bakterienangereichert zu Thom aufstiegen, er entließ das, was man Atem nennt, in den Nächsten, der da hochkant nur zentimeterweit weg liegen musste wegen der Enge, ins Gesicht, und wenn dann im anderen die offene TBC wütet und Tuberkeln in deine ungeschützte Lunge eindringen, dachte Thom, dann weißt du, wie gefährdet du bist. Thoms Verdrängungsversuch hieß in dem Moment: Ist mir egal!

Jetzt, während Richard weiter von der großen Chefarztkonsultation in der Klinik berichtet, von der vermuteten Beugung – wodurch auch immer – des Schusskanals, denn sonst wärs ja mit dem Richard aus und vorbei, er läge in Frieden zwischen Gleis und Birkenwald, ist Thom nicht sicher, ob es in diesen Zeiten ein Glück ist, zu überleben.

Ein Oberarzt, der Richard als Objekt einer zweiten Habilitationsschrift dingfest machte, habe gesagt, erzählte Richard: Wir Ärzte reden von einem riesigen Glück, von Zehntel Millimetern der Geschossbahn, die linksseitig am oberen Atlas vorbei verlief, die Kugel trat flach in die Schädelbasis ein und danach kam es zu einer nicht regelrechten Beugung der Flugbahn, vorbei am aufsteigenden Kieferast touchierte das Geschoss die Hauptschlagader. Kugelaustritt erfolgte bei Sehnenverletzung am linksseitigen Kehlkopf.

Der oberste Chef sagte: Mann, was für ein Schwein muss man haben in diesem Krieg! Einer von 100 000! Und als er abging: Tsss, so was gibts doch gar nicht.

Ich habe ihn angelacht und geantwortet: Doch, doch, mich hat vorher sogar eine junge mongolische Kaiserstochter geküsst!

Ein Stationsarzt hakte nach: Herr Richard, Sie behaupten, die schossen alle mit Walther-Pistolen? Gehören Sie zu den glücklichen Besitzern dieser Waffe?

Nein, ich nicht, aber die uns überfallen haben, meine Hand drauf, Sie wissen bestimmt, dass ein paar Tausend davon Stalin in der Zeit des Nichtangriffspakts von Hitler gekauft hat, um eine »Trachtentruppe« für Katyn auszustaffieren. Vielleicht hat sich ein Saboteur einen Spaß mit dem Lauf gemacht und dadurch meine Seele gerettet!

Und während Thom zuhörte und das alles, gebeugt sitzend, in seinem Kopf ablaufen ließ wie einen Film, versetzte ihn die gütige Natur für eine halbe Stunde in einen Traum, den er wie einen Farbfilm genoss. Er schwamm auf einer Bewusstseinsebene, die nicht des wirklichen Schlafes Tiefe erreichte, die ihn selten vollkommen besetzte. Thoms seelischer Zustand war wohl mit der Stauwasserebene, der Flachwasserschichtung ins Analoge zu setzen. Solange der Traum nicht die existenzielle Grenze übersprang, lief er vor Thoms innerem Auge wie eine Wochenschau ab. Thom träumte in Fetzen davon, Richard zu sein, so frei und selbstbestimmt, und furchtlos hingegeben an alles Fremde. Er fühlte, da er doch seine ganze Kindheit und frühe Jugend lang sich in der Phantasie, die für ihn die Wirklichkeit war, in Amerika und Kanada aufgehalten hatte, fast an Körpers statt, dass die orientalische und asiatische Welt kaum in ihn eindrang. Das jedoch muss ein Mann ohne besondere Neigungen noch Eigenschaften in dieser Antiwelt tun, von der wir hauptsächlich unseren Bestand erfahren oder ärger, uns Schrecklicheres vorzustellen bereitfinden müssen.

Wie sagte Richard? Passieren kann alles. Auf dieser Schicht dahinschwimmend, drängten sich ihm die kleinen Bedrängnisse seiner Tage auf, das Unglück mit den Zigaretten, der Krankenkost, indem er dem Holzwurm die ihm noch zustehenden zwanzig Zigaretten zum Tausch gegen seine räudige, zerschieferte Katzenfellweste anbot, und der in seiner Verzagtheit das Angebot auch annahm. Gewiss, es waren nur noch Reste eines Ganzen, und als er sie anzog, warnte ihn einer der Häftlinge: Du kannst nur hoffen, dass kein Stalingradkämpfer die Weste wiedererkennt! Ich erinnere mich, dass die Scharfschützen und Vorposten der Infanterie im härtesten Winter mit den Dingern versorgt wurden, Thom, der Spänemaus kannst du nicht trauen, er hat sie nicht für die Herzgegend bekommen, er gehörte zu den Müffchenempfängern!

Thom: Und wo ist das Herz? Junge, das ist links, sieht hier nach einem Einschussloch aus. Dann weißt du, was du dir eingehandelt hast. Leichenfledderei! Aber Thom mimte Arglosigkeit und Mut, er trug die Katze zu den Verhören, denn die Nächte wurden immer kälter. Der Kanzlist und die Dame versanken in immer dickeren Pelzen und Mützen, Thom war im Traum noch bewusst, was Richard gesagt hatte, dass dies Zeug für die Armee aus Stoff und Wattezeug war, vorzüglich für nasse Tage. Deshalb sahen sie keine Veranlassung, die weit geöffneten Fenster zu schließen, sondern ergötzten sich am immer weniger beherrschbaren Zittern des Jungen. Tegea, spitz: Ein Wort: schuldig – und du hättest alles hinter dir!

Thom hatte nur sein Straßenhemd, was zunehmend zerfiel, auf dem Unterhemd, die Katze, spürte er, wärmte nicht. Sein Wunder bestand im Überleben in den entsetzlichen Verliesen, bei Verhören, mit Hunger und Dystrophie. Doch sage mir keiner, träumte er weiter, ich hätte da alles gestehen, zur Not auch lügen sollen!

Thom war mit seinen sechzehn Jahren der bolschewistisch-tschekistischen Folter ausgesetzt, vergab diese Verbrechen einzelner nie und versank dennoch nicht in Rachegelüste und Hass, er verachtete. Durch seine Träume zogen jetzt, mit Gewissheit von Richards Schicksal sinnlich belebte, zu strengen Marschblöcken formierte, seltsam bleiche Soldaten, unfarben wie Grottenolme und im krachenden Gleichschritt, Männer im Zwillich, ohne Koppel und Schulterriemen, lauter Woyzecks, zu Hundertschaften – zack, zack, zack – zusammengepresst, die Arme hingen ohne jede Bewegung am Leib, in den Händen am steifem Arm die Finger am Abzug der »Walther«, Lauf und Arm eine Linie, wohin marschieren die? Im Erwachen sieht Thom eine Schneise im frühlingserwachten Birkenwald, unendlich, statt des Gleises klaffte ein von schweren Baggern aufgerissenes metertiefes Massengrab. Zu beiden Seiten häufte sich der Aushub, Schamlippen einer zur Schändung bereiteten Erde.

Soweit Thoms Gedankengewebe es zuließ, verfolgte er, wenn auch lückenhaft, weiter die Charité-Geschichte Richards, der ungeachtet seines manifesten körperlichen Schadens das Aufsehen, welches ihm zuteil wurde, genoss. Natürlich hatte er manche nicht behebbare Einschränkung, das steife Bein, den nahezu gelähmten linken Arm, zu verkraften, auch waren die Narben am Hals, die sein Gesicht schief zogen, eine Schändung, so als hinge in seinem linken Mundwinkel ein Gewicht. Das alles akzeptierte er als ein Glück gegenüber dem unwiderruflichen Tod. Nicht gerechnet hatte Richard mit dem Wunsch vieler Frauen nach Hingabe, in der Klinik, auch von Männern. Dazu kam das zunehmende Interesse der Öffentlichkeit, was er allerdings nicht als heilsam empfand, von der Organisation Todt wie von der politisch gesteuerten Propaganda des Heeres. Es erstaunte Thom, dass sich Richards Planspiele erfüllten, die Gestapo ganz vorn hinter der Stirn immer präsent war. Die Ortsgruppe Charité der NSDAP achtete streng darauf, dass Richard sein Einzelzimmer behielt und mit schlichter Hand heimatlich ausschmücken konnte. Die Anerkennung der Heeresleitung kam zu ihm als eine Gruppe höherer Offiziere, in angeblich zufälliger Begleitung von Journalisten und Pressefotografen. Einem Oberst, der die Spitze dieser Delegation bildete und sich in Habachtstellung vor ihm aufbaute, wurde von einem Soldaten ein kleines Ordenskissen gereicht, das er Richard feierlich übergab, erklärend, dass der deutsche Pioniergeist in Gestalt von Richard W. tief ins russische Machtgebiet zu Erkundungszwecken eingedrungen sei und es in seiner militärischen Struktur erschloss, was für die Große Lage des Führers von höchstem Planungsinteresse sei, und er deshalb den opferbereiten Pionier in Anerkennung seines Mutes mit dem Eisernen Kreuz 1. Klasse auszeichne. Sieg heil! Es lebe der Führer!

Der Versuch des Obersts, Richard das Eiserne Kreuz über dem unteren Rippenbogen anzuheften, scheiterte allerdings, da Richard erheblich schwankte und die Zeremonie in einem heiteren Raunen endete. Aber das war ja nicht alles!, fuhr Richard fort, es gab Rundfunkreporter, die sich die Details der letzten Stunden des Heldentrupps von Richard berichten ließen und dem toten Kameraden Karl ehrend ein großes Hörbild widmeten. Sprache, bedeutungsschwer, im Ton öffentlichen Heldengedenkens, das auf den schwerblütigen Takten von Chopins 2. Klaviersonate in b-Moll, orchestral adaptiert, dahinschwamm.

Es kamen die Pimpfe und HJler. Jungen mit Blumen, die Richard im Moment der Übergabe erfreuten, BDM-Grüppchen, jährlich werden Mädchen mannbar!, besuchten ihn mit Strickereien, Häkelpüppchen, Fäustlingen und Ohrwärmern, die Richards Neugier erregten und sein haptisches Verlangen, das er ausleben wollte, denn er glaubte nicht an seine ausgelöschte Männlichkeit. Bei den Delegationen von Frauenverbänden überfiel ihn Missmut. Einerseits gab es Erscheinungen, die ihm gefielen, andererseits aber verabscheute Richard den phantasielosen Heldenmütterton, das Pathos ihrer Führeranbetung, die Geschichten von gefallenen deutschen U-Boot-Helden, als Garanten nationalen Glücks.

Richard hatte mit eigenen Augen in Feindeserde ruhende Soldaten gesehen und dies als eine Verhöhnung der armen Hunde empfunden. Es gab Augenblicke, in denen Thom, zuhörend, innerlich aufgewühlt war von so vielen Würgemalen am einfachen Sein, wie das von Richard geschilderte Verlassenmüssen eines Hofes, den niemand wieder ordentlich bestellen und wo keiner die Tiere pflegen wird, die jungen Väter, die kurz vor der Geburt ihres ersten Kindes an die Front gekarrt wurden, weggerissen von der Seite guter Partner, die ihr Leben hinfort in Entbehrung leben mussten, um schicksalsergeben ihren Jungen die Tür nach oben aufzustoßen, und jetzt, unfähig geworden, die vier Treppen, um ihr Brot und ein paar Pfund Kartoffeln hinauftragen zu können. Richard sagte, all die Frauen, deren Männer im Kampf und verschollen blieben, sie waren ja jung, voller Energie und erregender Wünsche, da wurde aus mancher Versuchung tragische Verblendung. Zuweilen glaubten sie, den Tod ihrer Männer heraufbeschworen zu haben. Und wenn einige an ihrem körperlichen Verlangen fast zugrunde gingen und eine halbe politische Dekade lang ihre Jugend an der Kirchentür abgaben, bald die ersten grauen Haare entdeckten, statt sich mit Inbrunst der vollen, schäumenden Lust hinzugeben, war es richtig, war es falsch? Sollten sie Fluch und Wahn auf Jahre hinaus begleiten, ein Nessushemd tragen und mit gesenktem Kopf endlos lange Tage hindurch ihren Pflichten nachgehen, das Damoklesschwert alter Tanten über sich fühlen, die Frage, ob sie dem vor der Schicksalswende geliebten Mann, so er überhaupt heimkehrt, alles erzählen soll? Ja, wie sonst? Nein, es war ein fürchterlich langer Krieg. Um die Liebe, auch um die rasche Vereinigung liegt ein Segen, ein Geheimnis, es ist ein Sehnen, Hoffen, das Erschrecken, die Scheu vor der Hingabe, die Überwindung und danach die unerträgliche Einsamkeit. Die Schranken, die dem Menschen zu seinem Schutz eingegeben sind, die überwunden werden ohne seelische Reue, streiften das Urgeheimnis des Lebens. Es ist selten mit Glück gepaart.

Thom dachte jede Variante in den Bahnen der für ihn bereitstehenden Erfahrungswelt durch, die seiner Jugend erreichbar war. Alle wie Explosionen einschlagenden Verbindungen, dachte Thom, würden gleichsam ein Geschenk bleiben, denkwürdig, unausweichlich.

Jetzt erwachte mit Macht seine körperliche Erinnerung an Margot, ihren langen, wilden Kuss, der ihn rauschhaft hinweggetragen hatte in einem Ausmaß der Hingabe, die grenzenlos war, vielleicht, dachte Thom bitter, die letzte Glücksstunde, die er erfuhr. In den gleichen Tagen aber hatte er Lena geliebt, anders, einfacher, aber doch nicht sauberer, vielleicht auf einem moralischen Terrain, das in einem gemeinsamen Leben enden würde. Hätte er Lena, um der Wahrheit willen, von diesem papiernen Phantom erzählen müssen, um des ehrlichen Herzens willen? Ehrlichkeit muss doch zumutbar sein! Wahrheit doch immer, jedoch um keinen Preis dann, wenn dahinter eine sichere Verwerfung droht: Richard hatte inzwischen über seine schnelle Wundgenesung berichtet, davon, dass er zu Vorträgen in Schulen und andere öffentliche Einrichtungen geschickt wurde, um von seinen Erlebnissen in Russland zu berichten, was seinem Selbstbewusstsein offenbar schmeichelte und wirksame Propaganda hergab. Er erzählte von seinem Genesungsurlaub in Lahmanns Sanatorium auf Dresdens Weißem Hirsch, schwärmte von seiner maßgeschneiderten Uniform, in der er tagsüber im Café und nachts in den Bars den Frauen, müßiggängerischen wie verzweifelten, Trost und Abwechslung in ihr fades Leben brachte und sei es nur auf dem Tanzboden! Ja, Richard hauste geradezu unter den schicklichsten und unschicklichsten Angeboten. Ich genoss jetzt, so Richard, was mir vor dem Genickschuss nie recht Laune verschaffte. Jetzt, mit dem Todesbewusstsein war es nur herrlich, auf meinem Grab herumzusteppen! Leute, man muss offenbar erst am Grabe vorbeischürfen, um zu wissen, was die Tage an köstlichen Überraschungen bereithalten.

Gutes kann es nicht sein, dachte Thom, und schaute sich um. Die Urinschüssel stinkt pestilent, ätzend, vergleichbar nur mit dem Aufenthalt in einer Nerzfarm. Welche Ingredenzien wirken so garstig auf Nasen und Lungen? Zersetzen uns Häftlingen die Bronchien? Der wässrige Fraß besorgt das für den Magen mit den unausgewaschenen Kaldaunen, was sind unsere Freuden? Der tägliche Schluck Plörre in der Handwaschschüssel mit vieltägigem Fettrand und das Brot, dieses Eckchen, welches in seinem ungleichen Gewicht die Seelen der Häftlinge bis zur Mordlust schwärzt, ähnlich dem auf Zerwürfnis und Hass zielenden Achtenschlagen mit der Kelle, was alle Gehirne aufweicht. Zum Gefängnis gehört das Verbrechen, dachte Thom, und wer da mit seiner Unschuld prahlt, ist erledigt, denn Gefangener der Russen zu sein ist kein Aufenthalt in einem christlichen Männerstift.

TRIBUNAL: Dezember 1946, nach achtundfünfzig Nachmitternachtsverhören bei Frost zwischen minus 12 und minus 27 Grad, was für diesen frühen Winter als normal zu bezeichnen ist, aber ebenso als böse Voraussage auf zunehmend kältere Tage und Wochen gedeutet werden konnte, wagten einige Häftlinge es, etwa gegen 10 Uhr, zu einer Zeit, in der sich die Insassen der Sonderzelle 5 in relativer Sicherheit wähnten, im Blickschatten der Zellentür das Tamaschitobrottuch auszulegen, um Schach zu spielen.

Dieses Vorhaben wurde jedoch von den meisten nach der ruinierten Nacht wegen Kopfschwindel und dem Wunsch nach wirklicher Ruhe vereitelt. Dafür brach in die vormittägliche Stille, auch die der Wärter, offenbar an der Haupttür des Zellengangs unerwarteter Lärm ein: Rütteln an der eisenbandvergitterten Zugangstür, fordernde russische Befehle mischten sich mit kalmückischem Gezeter, das rasch unter stürmenden Stiefelschritten erlosch. Vor der Zellentür verhandelten die fremden Ankömmlinge. Es fiel der Name Kerber und die Zahlen dwa, tri, tschetirije, pjatch: fünf, da, heißt Kerber!

Entlassung?, orakelte Jesus finster, Entlassung oder Transport, bestimmt Karzer. Kann doch sein. Oder Verlegung ins Haupthaus, na, heil Hitler, Weihnachten meldet sich an! Andere: Halt dein Maul! Denn du weißt nicht, was wir noch in der Schule glaubten: Ums Recht kämpfen. Also, Junge, komm bald zurück!

Der Riegel knallte in die Sperren, die Zellentür öffnete sich vorsichtig, das waren kriegerische Vorboten. Bewaffnet alle! Dem Haufen von zwanzig Zelleninsassen standen zehn Wächter mit angelegter MPi, zwei Läufer und ein ordenbehangener Offizier gegenüber.

Schnell, schnell, Kerber!, eiferte der Wärter, auf dem die Verantwortung lag, solange die Zellentür offenstand. Und Thom zog die Lappen an seinem Leib zurecht, beugte sich zum Wlassowmajor und sagte: Glück dir und der Frau, aber der Major wandte schweigend den Kopf ab. Thom griff sich nur rasch die von den zerschlissenen Leinenstreifen zusammengehaltenen Fetzen seiner Katzenfelljacke und stolzierte über Richards steifes Bein aus der Zelle.

Die Posten nahmen ihn in die Mitte und stürmten die Treppen hinauf, es waren andere als er von den nächtlichen Verhören her kannte, er kam nur langsam voran, musste mit stockendem Atem stehen bleiben, was offenbar im Sinne des jungen Offiziers war, der im streitbaren Ton die Polen wegen der Hetzerei anfuhr. Als sie von den Treppen nach links zur Schwurhandseite des alten Gerichts abbogen, ging es durch lange breite Gänge, staatsanwältige, und diese weniger heruntergekommene Umgebung beruhigte ihn, er sah sich in einem pompösen Umgang, offiziershaft, diplomatisch, hoffärtig.

Um die eichenen Türen prangten grobe, fettigglänzende keramische Einfassungen, in grüner Glasur gebadet, die verwirrende Augenreflexe auslösten. In Abständen bohrten sich jetzt trockene Trinkbrunnen mit Wasserzapfen, die giftig grün oxidiert waren, geradezu alarmierend in die Wandtiefe. Thom dachte beim Anblick der Mauerdicke alter Wehrtürme: Welch Mächtigkeitswahn, wie die Schwurhand oben und der Vers von Gottes fester Burg.

In der letzten Nische des Flures öffnete der schlanke, elegant wirkende Offizier, der sich als sein Verteidiger mit bewusster Sprachverhaltung entpuppte, die Tür zum Gerichtssaal. Durch die besonders schwere, zweiflügelige Eichentür sah Thom, bevor er den Innenraum betrat, die stacheldrahtgeschützten Fenster der langen, spießigen, niemals unterbrochenen Wohnungszeile gegenüber, wie in all den Verhörnächten zuvor.

Der Tribunalraum war geteilt durch eine Spundholzbarriere in Schauhöhe, hinter der breite Ränge anstiegen, auf denen in unregelmäßiger Abfolge Stühle jeder Form und jeden Alters herumstanden. Links, unmittelbar hinter der Barriere, lief ein sehr schmaler Gang, der einem Fluchtweg glich, hinter dem sich das

Gerichtsparkett vermuten ließ. Dieser große und breite Gerichtsraum ermöglichte die äußerst planlose, wirre Bestuhlung dieses Parketts, das durch zwei rückwärts gelegene Ein- oder Ausgänge abgesichert war.

Der Ort übertrug auf Thom in seiner Unordnung ein Gefühl des Unbehagens. Einzig der mäßig große, an den Seiten zertretene Schreibtisch, dicht in die Mitte der Barriere gerückt, ergab eine Bestimmung des Gehäuses, verstärkt durch einen prätentiös geschnitzten, hochlehnigen Stuhl, der wiederum die Bestimmung des Saals als Ordnungsmacht präsentierte.

Die Eingangstür, durch die der Offizier und der Häftling traten, lag am Fuße der mit schiefrigen Brettern aufgebauten Ränge, und als Thom dem Offizier einen fragenden Blick zuwarf, bedeutete der mit dem Anheben seines Gesichts, dass ihre Plätze irgendwo in der Mitte gegenüber dem Tribunal zu suchen seien. Thom erkletterte die seitliche Zugangstreppe etwa bis zur Mitte des zweiten Ranges und zog einen Stuhl genau in die Achse des »herrschaftlichen Throns«. Der Offizier in der tadellosen Uniform, seinen Schulterstücksternen nachgerade Leutnant, hatte den kräftig anmutenden Gang eines Jägers und ein schmales Gesicht, der Ausdruck einer Familie von geistigem Rang, zeichnete sich durch angenehm verhaltene Bewegungen aus. Er ist wohl ein Städter, Petersburger, vermutete Thom. Er setzte sich seitwärts auf den unteren Rang genau im Zerreißpunkt von Nähe und Abriss jeder Verbindung. Als Dolmetscher war er nicht eingesetzt, weil er die deutsche Sprache von Kind auf kannte und an Feinheiten gewöhnt war, die er beim Lesen großer deutscher romantischer Literatur erworben haben musste. Mit Thom sprach er nur aus Anstand und Pflicht.

In der kommenden Viertelstunde betraten drei verwegen aussehende Kerle, in abgetragenen Kleidungsstücken, gemischt aus Uniform und zivilem Zeug, den Raum, betrunken, bestimmt aber durch Verwahrlosung stinkend. Was sie gleichmachte, waren die Reste ihrer befleckten Offiziersjacken, Heruntergekommene, unzumutbar bei jedem landesrepräsentativen Akt. Männer mit zerknautschten Gesichtern, sichtbar ausgezeichnet durch uralte, golden glänzende Schulterstücke, unförmige Achselstücke mit zwei bis drei Sternen bestückt, auf die sie großen Wert legten, weil der Offiziersrang genau die Möglichkeiten der ungerechten Freiheiten des Roten Adels gegenüber dem Muschik festlegte. Bei Lermontow erlernt der Deutsche das Denken und Fühlen dieser Oberschicht, bei dem der »Hohe« ohne seelische Bedenken den Plebejer oder Knecht beim Übertreten seiner Grenzen erschießt.

Als Vorletzte stampfte eine dicke, aus den Mundwinkeln sabbernde Frau von der Seite herein und strauchelte im Bereich der Barriere, dem ersten Rang und dem Fluchtweg, bis sie schließlich auf einen Bürostuhl neben dem Stuhl der Macht, den des obersten Richters, gedrückt wurde. Ein Kompaniesklave schleppte durch die Hintertür hohe Stöße beschriebenen Papiers, und als endlich der Turm eine geschätzte Höhe von 60 Zentimetern erreichte, saß Thom den wohl sieben oder acht Mal gesehenen Vernehmungskonvoluten gegenüber. An den Verhörnächten gemessen, hätten es achtzig sein müssen, bis zu jedem Morgengrauen reichende Nacht, Angst, Kälte und unverhohlenen Todesdrohung.

Mit dem Eintritt eines sehr kleinen, aber selbstbewusst auftretenden Offiziers wich auf unerklärliche Weise Thoms Bedrückung durch die im Gerichtssaal herrschende Verwüstung. Er trug eine neue, straff und faltenfrei sitzende Uniform, deren Schulterstücke groß und kantig mit einem Stern auf goldenem Grund seine Majorswürde priesen, sodass das Kleinwüchsige hinter dem ausgestellten Rang verschwand. Der Mann mag um die fünfzig Jahre gewesen sein, sichtbar Jude, was in diesem Dienstgrad kaum der Protektion, sondern allein der Intelligenz und der Leidensfähigkeit zu danken war. Seinen Auftritt fand Thom auf sympathische Weise bescheiden. Als er sich auf seinen Richterstuhl gewunden hatte, überragte er seine Beisitzer bei weitem. Mit Staunen verfolgte Thom diese Wandlung, der Major hatte das Glück, Sitzriese zu sein, was seinem Amt sicher zugutekam.

Die ganze beisitzende Gruppe lag, voran die hochalkoholisierte Dolmetscherin, mit dem Kopf auf einem der bisher unbemerkt gebliebenen Sperrholztische. Sie vermittelten durchaus nicht die

Würde von Flügelmännern eines Militärgerichts, sondern glichen einem Haufen von Trinkern, die gekommen waren, um sich an diesem gesicherten Ort auszuschlafen, obwohl das der geheimen Regie solcher Tribunale in der Rollenverteilung widersprach. Der Vorsitzende begann seine desolate Rechtstruppe vorzustellen: Nu, da, Genosse Leutnant für Operatives, da, da, Strafkammer des Inneren und da Verdeckte Ermittlung, Genossin Hauptmann Makarowa, Zusammenführung aller Republiken, und der Vorsitzende Major Schleimus Nußbaum. Diese bürgerliche Attitüde versprach Nußbaum Legitimität, die er fühlend brauchte, irgendwie schmerzte Thom diese Erniedrigung, Laientheater war das!

Überhaupt, das wurde Thom jetzt klar, stand er nicht vor einem abwägenden Gericht, das verschieden auszulegenden Verbrechensabfolgen nachging, zum Beispiel die seiner Verhaftung, und zu diskutieren bereit war. Was Thom so gehört hatte, waren diese Tribunale im Wesentlichen auf zwei Urteile abgestellt. Erstens: Erschießen, was hier bestimmt selten verhängt wurde, weil es der Geschäftsidee, als Sklave Sibirien zu besiedeln, im Wege stand, zweitens: zwanzig bis fünfundzwanzig Jahre Zwangsarbeit in großen Gulags als Standardmaß, das bei den Russen als gerecht gilt, weil es als rechtes Leben gilt, aber im Gegensatz dazu in Deutschland Entsetzen hervorrief. Der Russe hingegen sagt zuerst erleichtert: damoi, wobei der Ort eben Glück oder Pech bedeuten konnte, giftiges Moor oder in dreitausend Metern Tiefe Bleilageraubbau, die zwanzig oder fünfundzwanzig Jahre Zwangsarbeit seien nicht anders zu sehen, als die natürlichste Reaktion auf Fehlleistungen. Thom denkt an seinen Panzerfahrerfreund Juri, der mit siebzehn Jahren abkommandiert wurde zur Befreiung Berlins, das mit »charascho« bewertete, und dann die üblen eineinhalb Jahre Deutschland, depressiv, mit zu wenig Wodka, immer in der Kaserne, exerzierend, und ohne Frauen verbrachte, und der einem arroganten Etappenleutnant einmal die Faust gegen das Kinn schlug und dann im Gang durch das Dom Offizier auf den roten Generalsteppich seinen durchgekauten Machorkastrunk spuckte, und schon war er mit zwanzig in Sibirien dabei.

Juri hatte gesagt: Ah, Sibirien, die Heimat aller Russen, und sich dabei mit dem Zeigefinger neben den Kehlkopf unters Kinn geschnippst, was: Wodka in Mengen trinken, hieß. Er meinte: nach drei Jahren Stalin-Geburtstag bekommst du Amnestie auf zehn, Revolutionstag ist Amnestie, bekommst du Freiheit für ganz Sibirien, dann Frauen und Frauen und also, was willst du da traurig sein! Dazu tanzte er wie ein trunkenes Kind.

Thom schreckte aus seinen Gedanken: Ihr Verteidiger, Herr Kerber, in der Strafsache ist Leutnant Soundsowitsch, was Thom überhaupt nichts sagte, jedoch erfuhr er so, dass dieser solenne Mensch eine Rolle bei der anstehenden Wahrheitssuche spielen sollte. Er könnte die Glaubwürdigkeit seiner Aussagen bekräftigen, auf offensichtliche Ungereimtheiten bei seiner Verhaftung mit Festigkeit hinweisen! Also nickte Thom dem Major freundlich zu, woraufhin der sich rasch abwandte und so seine Unbeeinflussbarkeit kundtat.

Serjoschas Plan der sowjetischen Gerichte war eine Schablone, zwar eindeutig in der Kontur, das wusste Thom, aber ohne jede Binnenzeichnung, auf die es ankam, vor allem musste der Delinquent wegen der schlampigen Handhabung unerwarteter Umstände mit gravierenden Wendungen rechnen. Theoretisch könnte der Major, vorausgesetzt, dass er den entsetzlichen Zustand der Mitglieder des Tribunals missbilligte, um die Dolmetscherin und die betrunkenen Beisitzer zu demütigen, das Tribunal für nicht abstimmungsfähig erklären, was er aber wegen Defätismusverdachts nicht tat. Er könnte auch eine das Schema weit unterlaufende Strafhöhe festsetzen, um ihnen außerhalb des Dienstweges seinen Willen aufzuzwingen. Ebenso aber konnte er einem ständigen Rachegefühl nachgeben und Thom mit einer horrenden Zahl von Sibirischen Jahren abstrafen, womit Thom im Geheimen sogar rechnete. Das würde bestätigen, dass die menschliche Willkür das Strafmaß aller Verurteilungen beeinflussen konnte.

Nachdem der Major, für den Thom Sympathie empfand, vergebens die Länderzusammenführerin als Dolmetscherin zur Eröffnung der Verhandlung aufforderte, den Beisitzern Zettel mit seiner Einschätzung des Falles Kerber gegeben hatte, die zu lesen diese sich aber offensichtlich weigerten, eröffnete er selbst die Verhandlung mit auf die Brust gesenktem Haupt, las: Name, Alter und Wohnsitz, Beruf sowie die Art des Vergehens, das Thom der ihnen heiligen Sowjetunion zugefügt haben sollte, indem er in der Stadt aufgrund seiner Bewaffnung mit einer geladenen 08, Heeresmodell, und zwei geladenen Ersatzmagazinen am 15. September 1946, vormittags, beim Besteigen der Straßenbahn, die in die Richtung der von der sowjetischen Armee genutzten Kasernen fuhr, von einer Armeepatrouille als Verdachtsperson der Werwolfsorganisation widerstandslos festgenommen wurde.

Herr Major, unterbrach Thom dessen Rede, bitte hören Sie: In achtzig Nachtverhören habe ich dieser lügnerischen Legende entschieden widersprochen, aber ich bin offensichtlich auf Druck deutscher Organe nicht gehört worden! Nehmen Sie bitte, Herr Vorsitzender, zur Kenntnis, dass ich weder irgendwelche Waffen besaß, noch besitze und dass ich zu dieser von Ihnen benannten Stunde an der linken Hand schwer verletzt beim ersten Orthopäden der Stadt behandelt wurde! gottseidank aber mein Daumenglied nicht amputiert werden musste. Also konnte ich schwerlich von Ihrer Militärpatrouille verhaftet werden, was die Patientenakte beweist.

Am Nachmittag des 15. September bat mich ein verkrüppelter, alter Polizist zu einer Aussprache aufs örtliche Polizeirevier. Ich folgte ihm freien Willens, da ich keinerlei Unrecht, gegen niemanden, begangen hatte. Im Revier hielt man mich, den Interessen eines Schiebers höheren Amtes folgend, allerdings in Haft, weil der oberste Landratsamtmann meine Aussagen am 15. Oktober '46, einen Monat später!, vor einem Parteigericht der KPD über dessen Eigentumsvergehen großen Stils, als Hauptzeuge verhindern wollte und ich ergo weggeschafft, am besten in der Elbe ertränkt werden sollte, worüber diese Bande insofern beunruhigt gewesen wäre, weil sie im Schatten einer Mordanklage hätte leben müssen und lieber die Sowjetunion als Täter, das ist schrecklich genug!, wählte! Zu beweisen bliebe, wieso ich jemals eine 08 besessen haben sollte. Die mir als Beweis untergeschobene Waffe war fabrikneu, noch in Ölpapier verpackt. Vier Wochen bis zum Ablauf des Waffenabgabetermins des Kontrollrates hätte ich also noch Zeit gehabt, diese 08 zu manipulieren. Ich hätte vielleicht sogar an diesem Tag meiner Bürgerpflicht noch nachkommen können und wäre jetzt vom Recht der Siegermächte geschützt! Der Kontrollratsbeschluss ist mein Unschuldsbeweis.

Thom, der sich bis zur Atemnot erregt hatte, musste sich setzen und Halt mit den Füßen suchen. Auf den Major schien der Widerspruch keinerlei Eindruck zu machen, er zeigte sich entschlossen, diesen unerfahrenen Knaben eigenhändig in einen Gulag zu tragen. Zu ihm gewandt entnahm er einem dünnen Büroschuber einen fettigen Zettel, der die alte Anschuldigung, dieses Mal als Urschrift der deutschen Polizei, von Thoms zuständigem Polizeirevier in schlechtem Amtsdeutsch wiederholte, und fügte den Nachsatz an: Und diese Polizisten sind kommunistische Brüder! Und er habe Vertrauen zu ihnen. Thom hätte zwar in den Verhören die konsequente Wiederholung seiner Anfangsaussage durchgehalten, was für ihn jedoch allein keinen Wahrheitsbeweis darstelle.

Das Gericht ziehe sich jetzt zur Beratung über das Urteil zurück. Der Major und seine Beisitzer gelangten auf verschiedenen Wegen zur hinteren Ausgangstür und für Thom begann ein unsäglich langes Warten. Schließlich, als er entdeckte, dass in der Zimmerecke, halb durch die Aufbauten verdeckt, ein brauner, hoher Kachelofen stand, ging er über die sich durchbiegenden Bretter zu dem Ofen, in der Hoffnung, dass er geheizt wäre, denn Thom fror. Der Ofen war kalt, er betrachtete ihn aber als Gelegenheit, hin und wieder zwei Schritt bis zur Barriere und zurück zu gehen, um sich zu »wärmen« und zu stärken, da seine Beine ihm fast den Dienst versagten. Am Anfang der Pause gesellte sich der Leutnant, sein Verteidiger, zu ihm. Groß und gepflegt wie er war, stützte er sich mit ausgestrecktem Arm wie beiläufig an den Ofen und schwieg. Dieses Schweigen, in dem sein Verteidiger mit seiner schmalen Schuhspitze in den Kohleaschehaufen, der unter dem Feuerloch angehäuft lag, flache Gräben zog, empfand Thom als schwer erträgliches Banausentum. Thom, der anfangs hoffnungsvoll zu seinem angenehmen Gesicht emporschaute, entschloss sich, ihn anzusprechen: Denken Sie doch an meine kranke Mutter, die von diesen deutschen Verbrechern um ihre Wohnung gebracht wird und in die Baracken zu den Asozialen ziehen muss! Der Leutnant, hilflos: Sagen Sie nichts, ich weiß, dass Ihnen Unrecht geschieht. Und ich nehme an, sagte Thom, dass Sie keine Möglichkeit besitzen, es zu ändern, denn dann würden Sie in einer Stunde degradiert sein. Der Leutnant: Sie werden ahnen, was das Theater für einen Petersburger Akademiker heißt. Verzeihen Sie mir, ich kann nichts tun, was Ihnen hilft. Sie haben ein stichhaltiges Argument schon gesagt: Den letzten Termin der Waffenabgabe nach Siegerrecht. Aber das darf auch den Oberst nicht interessieren, einfach deswegen, weil sie von deutschen Verbrechern hier abgeliefert wurden. Thom verstand, was seit der Berufung zum Verteidiger in ihm vorging: Protestierte er, lägen er und der Oberst längst im sibirischen Eis.

Das miserable, von der Tscheka gelenkte Gericht versammelte sich in der vorherigen Ordnung: Der Sitzriese erhob sich gleich wieder und verlas laut die Einlieferungsbegründung der deutschen Polizei. Das Urteil des Militärtribunals lautete: Verhaftung des Beschuldigten auf offener Straße wegen sichtbarer Vorbereitung eines Angriffs auf die von der Roten Armee belegten Kasernen zu zehn Jahren Zwangsarbeit in Sibirien.

Der Major setzte sich und sprach die allen Häftlingen bekannte Floskel: Haben Sie noch einen Wunsch? Dabei schob er schon seine Aktennotizen in ein Lederfutteral und Thom stand auf, er hatte den Mut eines Marquis von Posa: Herr Major, ich verlange meine sofortige Entlassung, die Ihnen mitgebrachten schriftlichen Strafmaßnahmen der NSDAP gegen mich beweisen, dass ich Antifaschist bin. Der Landratsamtmann und seine ihm hörigen Polizisten dienten in den besetzten Ländern und raubten sie aus. Frankreich und den Mittelmeerraum, Kreta. Er wollte die seit 1929 von uns bewohnte Wohnung in seinen Besitz bringen, ließ Tauschpartner verhaften, um die Wohnung für Diebesgut und Vergnügungen weiter benutzen zu können. Im letzten Monat wurde der Amtmann vom Parteitribunal aus der KP Deutschlands entfernt und aller Posten enthoben. Sie wären nach dem Kontrollratsgesetz verpflichtet, den übergeordneten deutschen Behörden diese Tatsache zu melden. Sie sind doch Schutzmacht auf deren Weg!

Das Tribunal, das gewöhnt war, von den Verurteilten um einen Kanten Brot oder einige Zigaretten angebettelt zu werden, war von Thoms Forderung entsetzt. Nach kurzer Verwirrung fand der Vorsitzende, der jüdische Major, in seine Rolle zurück, erhob sich und sagte, mehr zu seinen Leuten denn als Antwort: Das Gericht zieht sich erneut zur Beratung zurück. Thom hoffte zwar, man erinnere sich an die Schwurhand auf dem Gerichtsgebäude Münchener Platz.

Nach einer Papyrossilänge betrat das Tribunal, voran der Major und hinter ihm wankend und verkotzt die Beisitzer, wieder den Raum. Hinter der Barriere standen sie hilflos herum. Der Vorsitzende verzichtete sogar auf den Vorteil seiner imponierenden Sitzriesengestalt und verlas, an Thom gewandt, das Ergebnis ihrer Beratung: Der vorgeführte Gefangene, Name, Geburtsdatum, Wohnanschrift, wurde vom Militärgericht – Ordnungszahlen etc. – aufgrund von illegalem Waffenbesitz, vorliegend, deutsche 08, Waffennummer xyz, am 14. Dezember zu zehn Jahren Zwangsarbeit in Sibirien verurteilt. Im Zuge der Verteidigung des Häftlings tauchten Unstimmigkeiten in den Verhaftungsdaten auf. Das Gericht trägt dieser unerheblichen Sachlage Rechnung und vermindert das Strafmaß, gerichtsoffiziöses Datum wie oben, auf 7½, in Worten: siebenundeinhalb Jahre Zwangsarbeit in Sibirien.

gez. Vorsitzender Major …witsch
Beisitzer, Verteidiger, Dolmetscher
14. Dezember 1946, Dresden

Thom knickten in diesem Augenblick die Kniegelenke ein und er kippte, zu jeder anderen Bewegung unfähig, auf seinen Stuhl. Zugleich spürte er, was ihm allerdings schon öfter beim Hören schlechter Nachrichten zugestoßen war, wie das Blut aus seinem Gesicht wich. Das war, als käme eine eisige Waschung über ihn. In Sekunden jedoch belebte sich sein Gesicht wieder, wie er überhaupt der Typ war, der Schläge schnell überwand. Er war furchtlos im Augenblick der Gefahr, was ihm den Ruf eines harten Burschen einbrachte. In der Zeit nach dem Tod seines Vaters war er, obwohl noch ein Kind, gefasster und rascher als seine Geschwister mit der Fügung in andere Begebenheiten fähig.

Es dauerte nur Minuten, bis ein Läufer in Begleitung zweier uniformierter Rotarmisten Thom abholte. Da dieser Trupp hinter ihm her ging, schlug er, soweit Thom sich erinnerte, den Gang, der zu den Sonderzellen führte, ein. Wenige Meter vor dem hohen Zellenhauptbau fingen sie ihn allerdings ein und stießen ihn, da er jetzt ein verurteilter Verbrecher war, nicht in seine Zelle der unklaren Fälle zurück. Von den Rotarmisten flankiert, betraten sie am oberen Ende die Stahltreppe des Haupthauses. Am unteren Ende warteten auf Thom viele sich langweilende Soldaten, die einen eiskalten Hocker bewachten wie einen Thron. Einer fragte ihn: Willst du denn wirklich mit leuchtender Glatze unter die Träumer zurück? Bedenke, es sind die Zellen der Hoffnung! Thom, erbost: Ich hatte dort keine Hoffnung! Worauf denn? Und alle Uniformierten, die den Stahltreppenansatz umstanden, sangen höhnisch im Chor: Da, da, ja, ja.

Der Läufer, einer von den Korrekten, der gut deutsch sprach und klug genug war, um zu wissen, dass er selbst morgen, hier im eisigen Sog des Winters erfrieren könnte, weil das alles nur eine Frage der Zeit ist, sagte: Hier, sieh den Wassilij, er ist der beste Mann, den es im Hause gibt, er wird sich jetzt über deine Locken hermachen und wenn du dich richtig mit dem Kopf zwischen die gespreizten Schenkel beugst, werden sie als ein großer Haufen zwischen deine Füße fallen, mit Läusen oder ohne! Wenn ich mich recht erinnere, bist du mir gleich aufgefallen, als du kamst, mit diesem Weiberschopf, der dir bis über die Schultern gewachsen war. Thom: Wieso denn? Und wieso sprechen Sie als Pole so gut Deutsch? Vielleicht sind Sie Deutscher von der Waffen-SS und verstecken sich hier? Kleiner, parierte der Pole, du bist ein heller und wachsamer Kopf, ich kenne solche Burschen, die mit langen Haaren gegen Hitler protestierten, sie sagten ja nichts, gingen nur ganz zufällig gerade nicht zum Friseur. Du wirst zuerst frieren und dann still und lange leiden!

Thom zog an seinem Haar, es war tatsächlich so lang wie der Brustkorb reicht, und er erschrak. Den Polen wollte er nicht ungeprüft lassen. Also, sag, die Nazis mochten euch doch nicht, vielleicht haben sie dich zum Spion gemacht, Sprachkurse und so fort? Sags nur, wenn du kein Verräter bist! Ich geb dir mein Haar für ein ehrliches Wort. Du verhörst mich?, fragte der Läufer, du weißt nicht, dass Europa und Russland uns misshandelten? Wir brechen, aber beugen uns nicht für den Hitler und für die Besatzer auch nicht, wir hatten nur die Erschießungen in Katyn und den Hungertod für Frauen, Kinder und ehrwürdige Greise. Beiden, den Russen wie den Deutschen, waren wir immer, trotz Chopin, den sie spielen – zum Heulen! wie Schlosshunde – ein Dorn im Fleisch.

Kaum älter als du, wohnte ich kurz hinter Warschau in einem kleinen Dorf, das dachte, eine Kleinstadt zu sein. Es wurde alles zerstört, wegen der Zigeuner und Juden, und auch wir waren Täter. Es gab keine Arbeit, kein Brot, aber Ende '42 kamen deutsche Werber ins Land, die mit jungen Leuten, Männern und Frauen, Arbeitsverträge abschlossen. Ich kam in eine kleine Gärtnerei bei Dresden, leichte Arbeit wartete auf mich, mal dies, mal jenes, ein kleines Zimmer im Gewächshausanbau war mir Heimat. Dazu etwas Geld, Auslauf fünf Kilometer in die Gegend ringsherum. Essen mit der Familie und den Ortsarbeitern, alte kranke Leute. Da hab ich unterschrieben. Der Gärtner war freundlich, die Familie nicht, die Frau aus dem Dorf musste ins Haus, wenn ich zu den Gewächshäusern ging oder die Wäsche wusch. Anfangs war ich einsam. Ich lernte Deutsch lesen, suchte die Grammatik und sprach dann mit dem Chef, der mich richtig erzog. Mitte '43 kam eine junge, schöne Polin fürs Haus. Wisława. Wir brauchten kein Zeichen zu tragen und gingen abends oft zur Elbe, dorthin, wo die Franzosen zu den gleichen Bedingungen im Gasthofsaal lagen. Na ja, alles gut und viel besser als in Polen. Die gute Polin bekam '44 einen Jungen von mir, Josef ist aber, als wir heimwollten, verschollen, ein furchtbarer Schmerz!

So gut konnte es eben auch gehen!

Thom beugte sich zur Erde, so tief, dass kein Haar mehr im Nacken lag. Er blickte in einen undurchdringlichen Vorhang, dachte: das Vlies, hörte, wie die Russen mit den Scheren umgingen, von denen sich scheinbar jede als zu stumpf für einen Glatzenschnitt erwies, hörte, mit sich zunehmend versteifendem Genick, wie der Friseursoldat einen Holzkasten öffnete und allerlei Handhaarschermaschinen, wie sie noch in seiner Kindheit benutzt wurden, bei denen die Scherköpfe auf einen Handmotor gesetzt wurden, die schmeichlerisch den Hals ausputzten, herausnahm. Eine konnte der Soldat versuchsweise brauchen, die zwar trocken lief, was hieß, nach dem Schneidbiss nicht mehr richtig zurücksprang, charascho, rief er den Thom umringenden Armisten zu, denn er wollte seiner Mähne mit Glanz Herr werden. Schließlich war diese Pracht auch ihm eine gewaltige Herausforderung, so was spricht sich in einer Einheit der Dauerglatzen herum und vielleicht würden einige Offiziere ihre halbwüchsigen Kinder von ihm scheren lassen. Deswegen die Mühe, schön sollte alles sein. Nur keine Glatzen mehr, war des Friseurs Herzenswunsch.

Bevor er endlich begann, tastete er Thoms Nacken genau nach dessen Mitte ab, um sich dann ratschend ins Haar zu fressen. Thom fühlte, wie eine schmale Mittelbahn sich langsam in die Haarfülle zu senken begann, was unter Verknoten und Reißen ziemlich schmerzhaft war. Der mechanische Haarschneider verklemmte sich leicht, zumal wenn er feststeckte und nach hinten herausgerissen werden musste. Mit der ersten Bahn, die endlich die Stirn erreichte und zusammengehalten wie ein Zopf zu Boden fiel, öffnete sich für Thom ein Lichtspalt, der ihm noch einmal die betäubende Tiefe des Zellenhauses unausweichlich ins Gehirn brannte. Mutiger geworden, raspelte der Russe nun Bahn für Bahn, abwechselnd links und rechts, die ganze herrliche Pracht von Thoms Schädel, der die Augen fest verschlossen hielt, weil er nicht Zeuge seiner Schändung sein und zusehen wollte, bis sich die Prozedur vollendete.

Thom spürte, wie die Last seiner Haare an Gewicht verlor, was er sogar kurz, gerade wenn zwei Bahnen gemeinsam auf seine Füße fielen und ein vom Kopf her vollkommen ungewohnter Kälteschauer ihn durchfuhr, als Erleichterung empfand. Mit der letzten Fahne, die sich löste, wurde er von den umstehenden Russen mit Beifall als einer der Ihren begrüßt, sie ließen den Friseur hochleben und einige waren von Thoms Russifizierung derartig begeistert, dass sie ein vielstrophiges Lied anstimmten und einige Hopser des Kasatschoks dazu tanzten. Thom hatte seine Augen während der Scheraktion geschlossen, in der Hoffnung, diese entwürdigende Version seines Ichs nicht sehen zu müssen, waren seine langen Haare doch Symbol und Kampfzeichen der Jahre des Widerstandes gegen den täglichen Terror und die Verfemung gewesen. Auch des Stolzes natürlich, Strähne um Strähne, gleich für Erniedrigung und die Jahre des Elbewunders, der ersten Liebe, der Sehnsucht, und nach der Qual sinnlicher Verzauberung, auch durch schwarze, braune, blonde Locken. Die jeweiligen Mädchen versuchen sie geschickt und kokett, durch gelenkte Atemluft beiseite zu pusten, was natürlich nicht immer gelang und ihnen eine Zornesfalte in die Stirn grub. Diese Erinnerungen besetzten sein Denken auch wie sie, im Gespräch versunken, verlegen auf dem Außenrand ihrer Schuhe kippelten und sich ihre Beine ansatzweise zum O-Bogen ausbildeten, wie Hanna 1945 neben ihm lag und ihr Haar wie ein aufgeschlagener Fächer ihren Kopf umkränzte. Natürlich kam der Augenblick, in dem Thom die Augen öffnete und den Berg seiner Haare zwischen seinen Füßen sah, samt einiger verstrüppelter Nester, ein prächtiges, schimmerndes Vlies. Die dreimonatige Haft in diesem Drecksloch hatte den Glanz nicht löschen können!

Thom war jetzt auf die Ruderbank der Galeere der grausamen Diktatur gestoßen, ein Häftling, gleich einem Einbrecher oder Vergewaltiger, auf alle Fälle ein Aussätziger.

Er bemerkte nicht den Fluss seiner Tränen, dass er weinte wie ein Kind. Er blickte erst wieder auf, als die Tränen zu trocknen begannen. Gewalt, Schändung, Qual, nichts hatte ihn zum Weinen gebracht, doch jetzt, so, wie der Mann gewordene Jüngling sein Haar, das vom Elbtalwind seine Kindheit lang geföhnt worden war, im Unrat versinken sah, haltlos und ungeschützt, konnte er die Trauer nicht auslöschen.

Als zwei Wächter Thom, der seelisch vollkommen ausgehöhlt, am ganzen Leibe bebte, wieder auf den Beinen stand, tief in das von Bomben zerstörte Zellenhaus führten, drehte er sich nicht noch einmal um, sondern ging aufrecht mit in die Tiefe des Zellenraumes. Er fühlte sich wie ein Mensch, der lange und erschöpft über offenes Feld gegangen war, über vertrautes Feld voller Kuhlen und Schutt, das von Löchern, Steinen und kurzen Grabenstücken vernarbt vor ihm lag und an das er sich gewöhnt hatte. Jetzt führten sie Thom über schmale, ansteigende Eisenplattenumgänge, von denen in dichter Folge die Einmannzellen abgingen: tief ins Mauerwerk gegraben, sodass sie in ihrer Verschattung an aufrecht stehende Sarkophage erinnerten.

Die Wachmannschaft verhielt sich streng militärisch, das Familiäre des Sonderzellenganges erschien Thom unangemessen. Die Hallengrundfläche zog sich auf ganzer Länge als Terrazzoboden fast unversehrt dahin – dem großen Brand war er entgangen –, erhob man jedoch den Blick, ragten die Seitenwände verrußt und unendlich alt ins Dezemberlicht, im düstersten Grau, völlig durchlöchert, besser gerastert von auf fünf Etagen übereinandergeschichteter, gewiss hunderter Felseinbrüche der Einmannzellentüren, über deren Stürzen, und das war das Unheimliche, ebenso viele mauerdurchstoßene Zellenlampenaugen sich öffneten, die auf Thom als tausendfach stierende Reptilien-Augen herabsahen: Einst, gangwärts und in der Zelle verglast, glühte unerreichbar für den Insassen das Zellenlicht, jetzt waren sie ein vielhundertfaches Sieb, durch das der immerwährende Sturm in Verbindung mit den glaslosen Zellenfenstern Windkanäle bildete, die gejagt und gepresst auf ganzer Länge durch das leicht wiegende Skelett der einstigen Glasrahmung des Glastonnengewölbes fuhr, jetzt von der Sohle des Gefängnisses betrachtet den Blick in die Rippenbögen eines gewaltigen Sauriers vortäuschte. Dieser Zellenbau war ein Materie gewordener Fluch.

Thom schauerte unter der unaufhörlich strömenden Zugluft, er fuhr sich in eingeschliffener Gewohnheit immer wieder über den geschorenen Kopf, zog jedoch schnell die Hand zurück, da seine wärmende Haarfülle verschwunden war. Seine Psyche sträubte sich, die Rolle eines hilflos gewordenen Rasierten anzunehmen, und als er sich der Nutzlosigkeit seiner Hände bewusst wurde, zerbrach in ihm das Bewusstsein, der Mensch von früher zu sein. Er konnte nichts ablegen, nichts aufnehmen, er war ausgestoßen von den Dingen. Sechzehn Jahre hatte er von und mit der Kraft seiner Hände gelebt, entschieden, ob er etwas an sich nahm oder weglegte, er war in der Raschheit seiner Entschlüsse der Tätige, ein wacher Existierender gewesen, auch wenn es nur darum ging, sich eine Strähne aus der Stirn zu schieben, Leben, dachte Thom, heißt Aufnehmen und Ablegen, Festhalten oder Freigeben. Er fühlte sich als Verdammter, ohne tätlich verletzt worden zu sein.

Besäße er einen Waschbeutel, wenigstens ein Tuch, in das er sich schnäuzen könnte, fiele dieser Bann gewiss von ihm ab. Es würde genügen, einen taschentuchähnlichen Lappen zu besitzen, der sich nicht ekelhaft verschleimt aus der Hemdtasche ziehen ließ, er würde sich den Fetzen über den kahlen Kopf ziehen, aber leider war es nicht möglich mit einer Bronchitis, die durch ständiges Husten Auswurf produzierte.

Endlich verfügte der Deschurnij Thoms Unterbringung bis zum nächsten Transport nach dem Gulag Irgendwo in einer der Stahltreppe nahe gelegenen Einzelzelle. Die Tür halb geöffnet, stießen ihn zwei Armisten in einen dunklen Schacht von erstickender Enge, der aus von übereinandergenagelten Brettern und Balken gefügten Schlafkojen bestand.

Thom verschlug es abermals den Atem, als ihm die Zellenluft entgegenschlug, ein Gemisch aus dampfenden Fäkalien, Schweiß und Erbrochenem, das durch eine weitere Note, eine verdorbene Süße, ergänzt wurde und ihm augenblicklich Magenkrämpfe bescherte. Sogleich suchte er, seines Brechreizes Herr zu werden. Er sah in der undurchdringlichen Dämmernis schattenhaft Kojen, die in den oberen Fächern von zusammengekrümmten Menschenhaufen überquollen, aber keinen, der seine Ankunft bemerkte, ihn begrüßte oder abwies, sodass er seinen Wunsch nach einem Lager oben äußerte, weil er unten Erstickungsängste ausstehen müsste, woraufhin dann doch eine zynische Antwort aus dem Kojendunkel zu ihm drang: Du hättest eben eher da sein müssen! Jetzt bleibt dir nur der Tod eines oberen Höhlenbewohners! Und als Thom die Gestalten zu mustern versuchte, sah er – daher der süßliche Geruch! – dicke Beine aus dem Deckengewölle herausragen, mit suppenden Fleischwunden neben nässenden Herden.

Nach mehrtägigem Streit hatten sich die Posten auf die rechte Zellenwand neben der vermuteten Duschanlage geeinigt und für den schweren Schlüssel das passende Schloss in einer der Türen gefunden. Thom sah in einen mit Moos und Schimmel überwachsenen Dusch- und Baderaum mit Einzelkäfterchen, ehemals mit Lattenrosten belegt, aus denen kleine, weiße Pilze aufschossen, die in ihrer Kränklichkeit rasch wieder von der um sich fressenden Fäulnis getilgt wurden. Mit dem letzten Blick, bevor der Posten die Tür zuschlug, erhaschte Thom die Umrisse einer großen, hochbeinigen Wanne, die, bestimmt einstmals in blendendem Weiß, jetzt mit einem graugrünen Schimmelpelz bewachsen war. Ras, zählte der erste Posten und zeigte auf eine etwas breitere Zellentür, die zudem mit einer Seitenwand eine schmale Treppe abwärts in einen mauerumgrenzten Hof führte.

Die Zelle, in die Thom geschoben wurde, war leer. Die Rahmen der zwei der Norm entsprechenden Fernster prangten dadurch erschreckend in ihren Maßen, da sie sich dem Eiswind weit öffneten. Thom durchmaß die Zelle von Ecke zu Ecke allein auf der Suche nach der windstilleren Ecke. Die Zelle lag unmittelbar unter dem mit Maschinengewehren bestückten Wachturm, der auf der nahen Hofmauer saß wie eine Herrschaftskrone.

Thom schob die Matratzenfetzen in die von ihm gewählte Ecke und gleich, als er den Schutz des Betonbodens spürte, ergriff ihn für einen Moment das Gefühl der Geborgenheit. Es war ein wärmerer, windstiller Wintertag, und Thom packte die aberwitzige Hoffnung, es käme, ganz gegen das Gesetz der Jahreszeiten, schon bald das Frühjahr zurück. Nachdem er eine Weile auf den zusammengetragenen Fetzen gesessen hatte, beruhigten sich auch seine Sinne. Irgendwie, folgerte er, werde ich schon durchhalten, zumal sich, als er unter die Rahmen der ehemaligen Glasscheibenfassungen der Zellenfenster trat, eine Frischluftdusche über ihn ergoss, die er tief und süchtig einsog.

Thom glaubte, dass das Alleinsein in der abgeschirmten Ecke, in die er sich verkroch, und das Atmen der frischen Luft ihm Vorteile für sein Befinden bringen müsste, zumal jetzt die nächtlichen Verhöre vorüber waren. Derartig zarte Hoffnungsgespinste erleichterten ihn.

Doch schon bald stieg die Kälte des Betonbodens in Thoms Gesäß und Becken, zog langsam höher und entfaltete frostige Schläge über den Rücken. Er erhob sich und durchstreifte die Zelle, die bis zur halben Höhe mit zäher, dunkelgrüner Lackfarbe matt gewalzt war. Einige Stellen über denkbaren Einschusslöchern waren schlampig mit Gips verschmiert und mit galligem Gelb überstrichen. Es gab Schabstellen, die wohl von Menschen in seelischer Not hinterlassen worden waren, die Thom an Gefolterte denken ließen, auch an hilflose Rettungszeichen gefangener Nazigegner während der Luftangriffe. Es fiel ihm auf, dass die Wände als Träger letzter Botschaften fungierten, dass Aufenthalte nach Tagesangaben in langen eingeritzten Strichkalendern ablesbar erhalten waren, auch Notrufe, letzte Grüße und Rauten im Stachelkranz.

Eine Nachricht betraf einen Sohn, dem auferlegt wurde, immer ein Vorbild zu sein. Thom fiel auf, dass die Wände kaum mit den von Klowänden öffentlicher Lokalitäten allzu bekannten Genitalritzungen und Ansprachen befleckt waren, was die Vermutung bestätigte, dass hier Gefangene durchgeschleust wurden, deren physische Zerrüttung längst ihre Libido erlöschen ließ. Thom fand einzelne Namen aus seiner Kinderzeit, eilig und sperrig, doch leserlich in den körnigen Putz gekratzt. Herbert, Heinz, Horst und Karl, die Modenamen der Zeit, kein Baldur, Adolf, Markus, Hektor oder Lohengrin.

Thom entdeckte, dass der Spion breit und mäßig hoch über dem Fußboden die Tür durchbrach, denkbar war, dass ihn ein Schieber oder eine Klappe von außen verdeckte, die beliebig hochzuheben war. Letzteres schien zuzutreffen, denn als Thom die Augen mit der Hand abdeckte, lief an der Unterkante ein schmaler Lichtstreifen entlang, sodass er sich einbildete, zwei gegenüberliegende Zelleneingänge wie Grüfte auszumachen. Außerdem befand sich in Kniehöhe eine ausklappbare Durchreiche, durch die man einst die Suppennäpfe schob, was die Kalfaktoren und die Wächter allemal mehr schützte als das spaltbreite Öffnen der Zellentür, bei dem drei vom Ausbruchswillen besessene Häftlinge den unbewaffneten Wärter leicht beiseiteschaffen konnten.

An die Zellentür gelehnt, den Blick auf die stehen gebliebenen Außenmauern geheftet, sah Thom den oberen Teil eines besonders roh belassenen, aus Kiefernstämmen zusammengezimmerten Wachturms. Sein Dach saß unverstrebt auf den vier Eckpfeilern, tauglich nur als Regenschutz und preisgegeben den Winden, dicht über den Köpfen der Wachposten, bestimmt aus den kleinwüchsigen Turkvölkern, die, in Zeltplanen verpackt, aus denen ihre Maschinenpistolen mit den großen, runden Trommeln ragten, argwöhnisch die Zellenfront abtasteten. Obwohl Thoms Mörderloch in der Nähe des total zerbombten Zellenflügels, nah dem abschließenden Brettergiebel lag, hörte er, dass neben heftigerem Wind auch mit weiter sinkenden Temperaturen, nachts bis auf minus fünfundzwanzig Grad, zu rechnen sei, was die Innentemperatur radikal sinken ließ. Erklärbar war das durch das Desinteresse der Hausmacht an den unterschiedlichen Heizungsanlagen. Wahrscheinlich hatten Zelleninsassen der obersten Etage Wege gefunden, Wetternachrichten aus Detektoren zu empfangen. Unerklärlich in ihrer destabilen Statik blieb für Thom die abschließende Bretterwand, die in unaussprechlicher Wirrnis von Hütten aus Kleingartenanlagen gewonnen worden war, Zaunslatten, Türen, Fußböden jeder Provenienz, zerlegte Holzbetten, Leitern und Dielen, die, zusammengenagelt, die Stirnwand des verkürzten Zellenflügels trugen, die bis hoch zu den überwölbenden Saurier-Rippen reichten, wobei neben der unklaren Herkunft der Teile und dem Fehlen jeder handwerklichen Logik die von Thom gesuchte Statik auf wunderbare Weise umgangen worden war. Immerhin war es durchaus denkbar, dass diese verheerende Wand den architektonischen Abschluss dieses Zellenflügels bildete, weil der anschließende Zentralbau den Bomben zum Opfer fiel. Mit dem Ende dieser wunderlichen Vermutungen fehlte Thom jede weitere Beschäftigung. Er wankte mit taubem Kopf, der sich nicht auf die geringste Erregung mehr einließ, in seine Ecke aus Matratzenmüll, schrecklich frierend, die leere, fühllose Hülse eines Menschen, der vor wenigen Tagen seine Sinne noch in Aktionen umsetzen konnte, jetzt unfähig war, zu urteilen, und der nach zirka achtzig schlaflosen Nächten nur noch bitterste Angst schmeckte und befürchtete, wahnsinnig zu werden.

Es gab Minuten in diesem riesigen, mit Gefangenen und ihren Wächtern überfüllten Haus, in denen die schwer lastende Stille großer Dome einzelne unbewusste Reaktionen des Überlebens anhielt, den Atem zu verlangsamen und dann ganz zu unterdrücken. Während Thom sich in die Ecke presste, um sich in der Einsamkeit seiner selbst zu vergewissern, körperlich!, drang ein erst fernes, dann näher kommendes Geräusch, ein leises Rauschen, mitunter auch ein perlendes Glucksen wie von platzenden Regen- oder Seifenblasen an sein Ohr und je mehr er gedanklich versuchte, sich diese Erscheinung zu erklären, umso rascher kam es näher und endete in einer maßlosen Detonation der Zellenheizung, direkt unter dem Eiswind des leeren Fensters. Überwältigt sprang er auf und tastete, wie Wärme in die Rippen der alten Heizkörper zog, die sich minutenlang dehnten und knirschten, spannten, bis sich das einschießende heiße Wasser wieder vollkommen zurückzog in die Dichte fernerer Röhren. Enttäuscht verzog sich Thom in seine Ecke. Er konnte sich an den Minuskältetagen nicht einmal durch ständige Bewegungen, Liegestütze, Boxerausfälle und federndes Hüpfen soweit erwärmen, dass die Froststarre verging. Der immerwährende Zugwind war zwar lästig, aber mit Reiben und Klopfen erträglich, zumal er bislang keine Erkältungskrankheiten hervorrief. Es folgten fürchterliche Nächte, in denen sich Thom bei gewiss minus zwanzig Grad hinlegen musste. Die Tagessuppe, die hier durch die Klappe gereicht wurde, war kalt und schwamm in einem benutzten Aluminiumnapf, sie wurde, das empfand Thom, ohne die magische 8 serviert.

Thom rannte tagsüber die wenigen Meter der Transportzelle hin und her bis zum Umfallen. Der Frost, der ihn auf besondere Weise auszehrte, war auch mit dem kleinen schmuddeligen Brottuch, auf seine Glatze gelegt, keine Hilfe, es war doch nur ein Fetzen und rutschte bei jeder Bewegung vom Kopf. Er sah immer wieder mit verhaltener Hoffnung auf die Matratzenreste, die, in den ursprünglichen Zusammenhang gelegt, mit den noch festeren Teilen einen rauchtischgroßen Archipel bildeten.

In diesem Winter, 1946/47, herrschte in Deutschlands Osten polare Kälte. Je mehr es auf Neujahr zulief, umso konstanter sanken die Temperaturen, in den letzten Tagen des Jahres auf minus 26 Grad.

In den ersten Nächten bis zum Transport, der jederzeit über ihn hereinbrechen konnte, legte sich Thom sein Nachtlager aus den Resten der Matratzen zu einem insularen Lager zusammen, zog einen zerschlissenen Deckenrest über den zusammengekrümmten Leib und hoffte so, wenigstens die Zugluft zu unterlaufen, was ihm aber nicht gelang. Gegen Morgen versteifte sich sein Körper derart, dass er beim Aufstehen, beim Brechen der Gelenke heftige Schmerzen durchstehen musste und die Entknäuelung der Extremitäten unendlich lange Zeit brauchte.

Die Zelle, inzwischen ein schreckliches Eisfach, zwang Thom, entgegen jeder Logik, sich fast unbekleidet auf den durchgefrorenen Betonfußboden zu legen und die festeren Archipelteile der Matratze auf seinem ungeschützten Leib zu verteilen, um der bluterstarrenden Kälte der hohen Minusgrade und dem gefühlten Sog von minus 3 bis 4 Grad zu entgehen. Das alles minderte die Thom quälende Folter nicht, sodass er sich nach der dritten Nacht fragte, wie ein Mensch, und Thom zählte sich noch zu ihnen, nicht schon längst verreckt ist. Die Krankheiten, die in ihm wüteten, fühlte er noch nicht, weil sie in der Gefriernähe seiner Organe und Zellen verschlossen ruhten.

Er glaubte, dass der Vorteil, auf dem blanken Beton zu liegen, nur für Labore messbar wäre, wohingegen das entstehende Gefühl der Stauwärme nur eine Behauptung sein konnte, da ja der Beton, minimalst vom an sich durchgefrorenen Körper erwärmt, fast nichts von ihr aufzunehmen schien.

Am dritten Tag, kurz bevor die Dunkelheit einbrach, legten die Wächter Thom einen zweiten Mann auf die Zelle, was ihn, der die Einsamkeit liebte und der solange in einer überfüllten Zelle hausen musste, verdross. Ein Herr im Anzug trat voller Selbstbewusstsein in die Zellenmitte, vergewisserte sich mit einem Rundblick über ihren Zustand und nach einigen, ungewöhnlich kreiselnden Umdrehungen schrie er sein Urteil: Hier ist nichts, also verdammt nichts außer erschreckender Leere, nichts!, so laut heraus, dass die Posten auf dem Turm aufmerkten und dabei ihr Schießgerät auf ihr Fenster richteten. Im Haupthaus hingegen, in des Deschurnijs Reich, verhallte sein Schreien echolos.

Er zeigte auf Thoms Matratzenreste und entschied: Die werden wir teilen! Und er belegte die, von Thom aus betrachtet, diagonal gegenüberliegende Ecke unter dem Fenster, was er später bitter bereute. Wie ein Besessener ging er sofort auf Thoms Matratzenrestarchipel zu und begann, die Fetzen in zwei Haufen zu trennen, wobei er sich einige festere, zusammenhängende Stücke aneignete mit der Begründung, dass seine »ossa« älter und bedürftiger seien, was Thom in seiner Verblüffung nicht verstand.

Kurios war, weil es ganz außerhalb jeder Norm lag, dass Thoms neuer Zellengenosse einen guten, aber zerschlissenen, jedoch noch immer knitterfreien Maßanzug mit Weste trug. Hose und Jackett waren, soweit Thom das einordnen konnte, original irischer Landlord-Stil und offenbar aus schottischer Highlandswool, was dem sehr kleinen Mann mit dem diabolischen, hakennasigen, man könnte sagen ziegenhaften Profil Stand vermittelte. Er versäumte auch keine Zeit, um sich vorzustellen: Doktor Franz Hakert, ja, und als könnte Thom etwas nicht gehört haben, wiederholte er: Doktor Hakert! Zuckerfabrikant und Kunstfotograf! Woraufhin Thom sich förmlich verbeugte: Thomas Gerber, Konstrukteurseleve für Dükerbau, Wasserwerk Dresden. Er verspürte keinerlei Phrasierungsschuld, ein Eleve ist zwar eine unmoderne Benennung, aber keine Lüge für einen Lehrling im zweiten Lehrjahr, mit dem Versprechen, gleich nach dem Krieg in die vorgezeichnete Ingenieurslaufbahn einzubiegen. Ja, setzte Thom hinzu, so einen fast nackten Kerl, der wie ein Hund friert und dessen Magen nicht größer ist als ein vertrockneter Ledertabaksbeutel, haben Sie, in Ihrem Anzug, bestimmt nicht erwartet. Ich kann leider nicht mit Bestimmtheit sagen, ob meine Sinne noch in Ordnung sind. Ich sieche seit drei Monaten hier dahin, jetzt mit weit unter fünfzig Kilo, und es wär mir auch recht gewesen, wenn die Russen mich zum Tode verurteilt hätten. Offen gesagt, ich weiß nicht, wie lange es noch mit mir geht. Um Ihre Kluft allerdings könnte ich mich reißen, denn mein großer Schmerz ist, nicht als Engländer geboren zu sein.

Der Herr Doktor schaute bestätigend in Thoms Gesicht und formulierte eine Rede an Englands Königin, aber er arbeitete an jedem Satz so lange, dass es nicht zu etwas Ganzem kam. Er stellte den feinen und wahrscheinlich auch reichen Mann dar, der sich nie etwas vergibt. Das muss ich noch lernen, sagte sich Thom, bei mir liegt das Herz zu weit oben auf der Zunge.

Noch heute früh hatte ich, sagte der Doktor, dieselben zerrissenen Lumpen an wie Sie. Aber der Transportfeldwebel vom »Roten Ochsen« ließ mich dorthin bringen, wohin die Genossen der Rotarmee dich nur mitnehmen, wenn du alles anhast, was der Mensch braucht, weil man mich nach Kamtschatka, aber ebenso auf eine Nordmeerinsel bringen könnte, wo dich der Lagerhauptmann einfach aufgrund eines fehlenden Schnürsenkels dorthin zurückschickt, woher du gekommen bist – ein neues proletarisches, russisches Roulette. Es gibt diesen Befehl! Ich musste bloß aus der Armeeminna zurück in den Bunker, weil ich keinen Wintermantel anhatte, da haben sie mir die Straßenkehrerlumpen angepasst. Hundesöhne sind das! Ich habe protestiert und gesagt, dass ich so einen blatternverseuchten Mantel nicht trage. Und da haben sie dreckig gefeixt, ach, welch hässliches Wort, eine feixende, siegreiche Sowjetarmee. Meinen herrlichen englischen Mantel, den warmen englischen Ulster, hatte sich gewiss ein Offizier, der eine Tschapka aus Nerzfell trug, beiseite geschafft! Was der gekostet hat?, fragte mich der Mensch, ich sags Ihnen, die halbe Rübenernte einer Kompanie. Aber das kannst du, sagen wir du?, Thom sagte: Ja, gewiss!, und Ulster augenblicklich: Das kannst du nicht wissen, dass ich alles nach mittleren Rübenernten und dem reinen Zuckergewinn errechne! Das ist die sicherste Gewinnberechnung, die es gibt: Der Buchhalter zählt alle technischen Kosten zusammen, bis am Ende nur der Reingewinn steht! Das ist real und verlässlich, da denkt man nicht, zum Beispiel wenn man reist, kannst du dir das noch leisten?, weil der Buchhalter erst alles nach undurchschaubaren Systemen ermittelt, die am Ende nur Flausen sind. Glaub mir! Eindeutig und klar ist der jährliche Zuckerkampagnengewinn! Stehst du in London vor dem Rolls-Royce-Salon und da steht so ein hübsches Coupé in Haselnussbraun und oben und innen alles in Sand und Rosenholz, da sagst du dir, das wärs, du siehst nach dem Preis und dann kommt dir der Reingewinn in den Sinn und du sagst dir, ohne zu leiden, den kannst du dir noch nicht leisten, also muss er dableiben, obwohl du ihn schon liebst. So auch meinen Ulster, Königliche Hofschneiderei, wunderbar, einer für zwei Leben, für Garmisch, nicht mal ausgestellt das Stück und dann der Preis, genau ein Drittel vom Gewinn und dann erst kaufst du, er ist sogar noch etwas für den Sommer, nachts in Ägypten, dazu ein Nankinganzug nach Maß und die aus Babykroko geflochtenen Schuhe. Der Ulster ist weg! Und ich kam hier mit allen Pflichtstücken an, aber die Lumpen haben kein Herz, die kennen kein Pardon! Man hungert sich alles ab, aber man verlangt zwei Paar Socken, zwei!, hörst du, und tragen selbst Lappen an den Füßen oder geteertes Sackleinen! Genug! Mein Magen! Mein Herz!

Thom war dem Ulster richtig dankbar für diese Art Ablenkung, die zugleich aufheiternd und traurig war, und als der Zuckermann in seine Ecke ging, sah Thom, dass er genauso ging wie einer am Stock. Nicht, dass er humpelte, aber er hatte ihn während der ganzen Erzählung immer mit einem leichten Bambusstock in der Linken herumfuchteln sehen. Der gehörte offenbar zu ihm wie seine Nase und zu seinem herrischen, Befehle ausspeienden Wesen.

Durch die Klappe wurde ein Napf mit kaltem Kaffee geschoben, für den sich Ulster nicht interessierte, aber als die Brotstücke auf die schmutzige Fläche gelegt wurden, sprang er, einem Häftlingsreflex folgend, auf, sodass Thom und er, Schulter an Schulter, lange vor dem stereometrischen Rätsel der Vieleckkrume standen, Krume mit Schliff, Krume ohne Schliff, Krume mit Rinde oder Kruste, Krume lang und schmal oder kurz und dick, darauf gibt es einen Herrenwitz in Ulsters Club der sächsisch-wettinischen Zuckerbarone. Wie er sich entschied? Der Großrechner, der Akademiker, Geometer und gewiss auch Stereometer ließ sich von Thom nicht beeinflussen, Thom hatte nur rasenden Hunger und war keiner von diesen herrschaftlichen Bescheidwissern. Ulster entschloss sich zu einem polygonen Gebilde, das an den anderen gemessen, mit mathematischem Wissen geprüft, die doppelte Menge Brot sein konnte, aber eben auch nur zwei Drittel von Thoms Ecke. Thom war mit dem Burschen ganz zufrieden, obwohl der ihn, so tief unter seinem Stand, nicht wirklich für lebenswert hielt, er nannte ihn jetzt sogar Dienstbolzen!, ein Wort, das in Thom eine aufschäumende Wut auslöste, sodass er versucht war, Ulster zu ohrfeigen, ihm dann aber nur seine tiefe Verachtung zeigte. Woher, überlegte Thom, kommt bei mir nur dieses Einlenken? War er denn schon gebrochen? Nein, dachte Thom weiter, dieser Ulster ist ein fossiles literarisches Unikum. Wie viel befremdliche Heiterkeit hat er mir in zwei Stunden dargebracht. Wörter, die sich alle als Spitznamen eignen und Thom sich in der Notlage befand, den brillantesten zu finden, amüsant und von Geist. Da ist also Ulster, konstatierte Thom, vom Wortgehalt her von phantastischer Fülle, Wintersturm, Kälte und Schnee, der Ulster als Schutz vor dem Londoner Regenwind, komplettiert von Flachmann, Zigarrenetui, den Handschuhen aus Glacé und dem Club. In Stunden unaufbrechbarer Verstocktheit zogen sich diese Ungleichen wie ausgestoßene Rudeltiere, Tiger oder Bären, in ihre Ecken zurück und kramten in den Stofffetzen, als hätten sie wunder wie viel Dinge zu entdecken, dabei besaßen sie nichts, um dem Frost das Mindeste entgegenzusetzen. Sie konnten kräftesparende Turnübungen versuchen, am Ort durch Muskelanspannungen Scheinmärsche absolvieren. Thom empfand seine Machtlosigkeit erdrückend. Gibt es wohl irgendeinen Menschen in den höheren Hierarchien, dachte er, der meine Geschichte für so hörenswert hielte, dass er seine Glacéhandschuhe auszöge, um für Sekunden den Hauch meiner Leiden und die Leiden meinesgleichen zu spüren? Jeder hat eigene Sorgen, der eine um den verlorenen Groschen, der andere um eine versenkte Million.

Was ist das Richtmaß des Erträglichen? dachte Thom, kriecht einmal hundert Meter mit nackten Knien über scharfen, kantigen Marmorsplit, damit ihr Achtung vor allen Leidenden bekommt!

Auf einer Bronzeplatte hatte Thom einmal den Satz gelesen: Ein Mensch, wie stolz das klingt. Jetzt denkt er, das ist eine Tütensuppe, der Hund flieht vor Poesiealben in den Wald.

In der Transportzelle, hoch über der Tür, im nahezu gotischen Glühbirnenraum, glomm eine Fünfzehn-Watt-Birne.

Thom meinte: Heute ist der 24., also Heilige Nacht, vorher schon die eisigen Tage und jetzt …, na, denken wir nicht dran! Die Christstollen werden heuer schon nicht zu fett werden.

Ulster fiel ihm streitlustig ins Wort: Die Dresdner Weihnachtsstollen seien, oh, da kenne er Besseres, doch nur lokale Propaganda, aufgeziegeltes Weißbrot, dann esse er doch lieber seinen originalen Englischen Kuchen, aber den kenne Thom sicher nicht.

Weißt du, was einen guten Dresdner Stollen ausmacht, konterte Thom, den für die Reichen? Und da Thom einen richtigen Protz und Besserwisser vor sich hatte, belehrte er ihn mit Phantasie und Wissen: Ein guter Stollen, so sagte mir ein ehemaliger Hoflieferant, entsteht nur bei Spitzenbäckern und nicht für den Export, also auch nicht nach England, das wisse er ja. Aber der Herr Ulster würde wohl immer nur das Feinste vom Tommy kennen, vom »Rolls« bis zum »Budapester«. Es war kein Neid, der aus ihm sprach, denn Thom wusste genau, was ihm erreichbar war und das Darüber bewunderte er.

Weißt du, wandte er sich weiter an Ulster, mit dem Stollen ist es so eine Sache, da denkt alle Welt, es genügt, Dresdner Stollen zu bestellen und ihn dann entweder für gut zu befinden oder für Weißbrot, aber die guten Stollen werden neben den Rosinen, dem Zitronat, dem türkischen Honig, den Branntweinkirschen, mit Schokoladenschnitzeln und solchen von seltenen Früchten und mit eigens für den Stollen in irischem Cognac eingelegten Nusssplittern verfeinert, das wiederum in feinster Dosierung. Dies alles und noch mehr muss da rein und wenn das gelungen ist und aufs Beste zueinander steht, dann beginnt über Wochen die heilige Taufe. Ich kenne das von einem Stollengott! Sie werden über Trögen auf feinste Roste gelegt, nein, geradezu aufgebahrt, und dann bei geheim gehaltener Temperatur sorgsam mit heißer Butter begossen, dünn und wenig, damit sie langsam den ganzen Stollen durchdringt, Pore um Pore erobert, bis die Butter eines Tages durch den Rost in den Trog tropft, wie oft, wie lange? Das sagt dir keiner, wochenlang bestimmt, bis sich langsam die letzte Pore schließt. Nach Monaten, wenn er angeschnitten wird, an den Höfen versteht sich, dann ist er besser als das für Sultane bestimmte Marzipan. –

Thom war erschöpft und schon ohne Atem, setzte jedoch noch einen Satz hinzu: Wir nehmen dieses Rezept, das ist doch klar, mit ins Grab. Und Ulster: Wir sollten unseren Allerwertesten retten, um nach England zu kommen, weil die Engländer doch ritterlicher bestimmen können und in allem allen überlegen sind. Bei den Kannibalen nützt es uns nur nichts, die mit der Trommel-MP in der Tundra einen drei Monate über Schafsdung getragenen Fußlappen geröstet herunterschlingen. Ich vermute, dass ein blutiges englisches Steak am Ende etwas ganz Ähnliches für meinen Gaumen ist, sehr selten und gut, ein paar Spritzer Worcestersauce hülfe dem Fußlappen in der Gourmetskala auf die Beine!

Nach diesem Gespräch saßen Ulster und Thom dann lange versöhnt, jedoch frierend in ihren Ecken, hockten zeitweise auf den Fersen, stumm, in ihre Phantasien versunken.

Angespannt hatten sie beide dann auf eine unübliche Belebung in der ebenerdigen Etage gelauscht. Zunächst begann es damit, dass zwei oder drei Wächter rechts neben ihnen in den Nachbarzellen die Türen aufstießen und die Zellen auf eine gewisse Eignung hin untersuchten. Es klang nach dem Verschieben von Lattenrosten und für den, der über praktische Vorstellungen verfügte, nach dem Brechen von Latten und dünnen Bohlen, wobei einer mit Bassstimme den bösen Fluch von der Verwendung der eignen Mutter zur Unzucht ausstieß. Thom hatte von seinem Verteidiger, der nichts für ihn getan hatte, aber loyale Auskünfte gab, erfahren, dass bestimmte russische Volksflüche, die auch die Gottesmutter zu ihrem Personal rechneten, in der Roten Armee grundsätzlich unter Strafe gestellt sind. Er glaube aber, so der junge Offizier, nicht zum Schutze der Religion, sondern um dem Banausischen in den untersten Schichten wenigstens für die Armeezeit einen Riegel vorzuschieben. Ähnlich sei es mit dem Verbot, ständig und überall hinzuspucken, selbst ihren Nasenrotz nicht allerorts zwischen die Finger zu pressen und wahllos abzuspritzen. Nein, die Hoffnung, Papiertaschentücher der Armee zur Benutzung zu empfehlen, sei kein durchführbarer Gedanke der Partei und ihrer Kommissare gewesen.

Thom fragte Ulster, was jetzt draußen und nebenan geschehen sei und wie er das für sie einschätze. Ihm schiene, so Ulster, dass zwei Gruppen am Werke seien mit unterschiedlichen Zielen und Richtungsbewegungen. Zum einen kam der Sondierungstrupp auf ihrer Seite immer näher, was einem besonderen Ziel galt und wohl kaum ihre Verlegung vorbereitete, zum anderen bewege man sich oder besser, sorge sich um die vier gegenüberliegenden Zellen, lüftete sie, fegte aus und vorsichtig gesagt schienen Eimer, möglicherweise zum Urinieren, da abgestellt worden zu sein. Thom dachte, dann müssen die jedenfalls nicht wie wir all die Zeit um sechs Uhr früh durchs Haus gejagt werden und sich ansonsten mit schon chronischem, nie nachlassendem Schmerz des Harndrangs abquälen.

Thom übernahm ganz ohne Absprache die Überwachung der Nebenzelle, während Ulster sich dem Spion und der Membranzellentür widmete. Genaueres konnten sie nicht herausfinden, aber sie sagten sich, als das Theater beendet schien: Jedenfalls vergaßen wir für zwei Stunden die bissige Kälte!

Nebenan musste ein großer, kahler Raum mit Hall liegen, der jedes Geräusch zuspitzte, vielleicht wurden dort Duschen repariert, denn es wurde viel und lange an quietschenden Ventilen gedreht, auch auf Rohrleitungen gedroschen, offenbar um deren Verstopfungen zu lösen. Irgendetwas in der Art. Auch schienen Heizkörper aus Batterien dicker Röhren gangbar gemacht zu werden, so was sah Thom im Haus, denn der alte Kaiser war kein Unhold, der sich wünschte, dass sich seine Gefangenen, nicht einmal die Sozis!, die Glieder abfroren. Die hier damals einsaßen, genossen seinen Schutz, Männer zwischen 20 und 50, welche mit Mut, und wenn die rauskamen, waren sie reif fürs Deutsche Heer, zu Land, zu Wasser und in der Luft. Seine Unteroffiziere sollten keine wehleidigen Familientypen sein, die ewig nach Weib und Kind greinten, sondern unerschrockene Desperados: Es versteht sich, unter des Kaisers Befehl. Sie sollten gut in Schuss sein, wenn sie 1913/14 herauskämen, keine Lateiner, sondern Leute aus Muskeln und Sehnen. Denken darf der Adel, sagte Thom, und Ulster meinte: Zur Menschenführung hast du Talent, Kleiner! Bravo.

Als sie wieder eine Weile still in sich gezogen dagesessen und jeden wärmenden Zipfel an den Leib gepresst hatten, ergriff Ulster, den der eiskalte Wind zittern machte, seit er am Spion eine zu große Portion Zug abgefangen hatte, wieder das Wort: Das war nicht klug von einem erprobten Reisenden! Gott verdamme mich! Ich bin ein Esel! Dreißig Jahre habe ich mein ganzes Geld verreist, weißt du, mit einer großformatigen Plattenkamera, wie die alten Ausgräber, die in Gizeh begannen und sich über Luxor nach Nubien flößen ließen, ach, weißt du, so fangen alle Bildungsreisenden an, die dort in der Sonnenglut braten wie ein trockenes Steak, da war ich ein Held, in diesem Glast! Wer vergisst schon seine ersten Lieben? Ich sag, nur Hundsfötter. Nein, diese Qualen vergaß ich nie, war wachsam, immer wachsamer mit jedem Ziel und vergaß nie, wohin ich mich im Fieber sehnte, ins Eis! Verstehst du, im Eis, da waren Amundsen und Scott, diese tapferen Unglücksmänner mit dem Technikvertrauen. Über sie las ich alles. Wie sie wollte ich sein, aber niemals auf des Dolches Spitze tanzen, ein klein wenig furchtsamer sein, einer, der danach, was es auch war, noch leben wollte unter Damen, die einem das angewärmte Bett bereiteten, solch jungfräuliche Prinzessinnen überall in den feuchten deutschen Schlössern, fast alle noch Kinder! Nein, wie der Scott wollte ich nicht enden, er musste ein Held werden, weil er sich so sehr verrechnete, na, du kennst ja mehr den Hedin, auch der wollte ich nicht sein, nun weißt du auch, warum ich hier bin.

Nein, noch nicht, antwortete Thom.

Weil ich mir ein leichtes Mausergewehr anfertigen ließ für die Reise, zweiläufig, übereinander und ausschließlich für Kugeln, da lässt sich gut schießen und genau treffen, so wie der Franzose Flaubert mit dem schweren Riesenknaller, groß wie ein Kuhschenkel, aber aus Ebenholz, mit Schildpatt verziert. Der zog mit 19 nach Nubien zur fettesten Hure der Zeit, du magst sicher Karl May, den Langweiler, Lügner und Dieb, der die Flinten in Filzmäntelchen packt. Mich ekelt der Kerl, der Theaterphantast, als Plebejer musst du ihn lesen. Flaubert ist ein Künstler mit einer Donnerbüchse und nicht wie ich ein Gentlemen mit Gewehr, das schlank, schön, zielgenau und von riesiger Durchschlagskraft ist, mein geliebtes Feuerrohr! Sollte ich das jetzt unter den Augen der Hottentotten hier in die Elbe schmeißen wie ein rostiges Fahrrad? Mir kommen die Tränen: das Gewehr ist gemeldet, staatlich anerkanntes Kulturgut! Wie denn sollte ich glauben, dass die Russen mich nur wegen dieses persönlichen Besitzes für zwanzig Jahre in den Norden Sibiriens schicken? Dieses Volk weiß nichts um unsere Kultur und deren Eliten, die wie die Franzosen immer mit eigener Waffe in die Ferne reisten! Jeder Villa Romana- oder Rompreisträger – ich denke an Hector Berlioz und all die anderen –, die in schöpferischen Pausen durch die Sabiner Berge zogen und natürlich auch jagten, durchquerten nationale Flickenteppiche. Das ist ein zusätzlicher Schmerz. Zehntausend belichtete Glasplatten feiern die Wunder der Welt, geben über vieles Auskunft, über Sachalin zum Beispiel. Ulster hatte sich die Brust aufgerissen und ertrank in Tränen.

Aufpassen, Ulster, lenkte ihn Thom ab, draußen marschieren sie! Ulster sprang auf und klemmte seine Nase in den Spion, Thom hörte das Aneinanderstoßen von Gewehren oder MPs, die festen Schritte eines straff geführten Kommandos und den schleifenden Gang vieler Füße, gewiss der von Gefangenen. Vom Rost quietschend wurden drei Zellentüren förmlich aufgebrochen. Das scheinen, zischte Ulster, Durchsuchungskommissionen zu sein, die den Wächtern, natürlich auf Russisch, Befehle erteilen.

Schließlich, es dauerte nicht länger als wenige Minuten, marschierte der Trupp die Hoftreppen hinab.

In dieser Nacht versuchten Ulster und Thom, statt liegend auf dem nackten Beton, sitzend in ihre Mauerecke gepresst zu schlafen. Je weniger Wärme ihre Körper preisgaben an die Fläche, desto weniger Macht hatte das Gefängnis über sie. Sie kauerten auf dem größten Stück ihres Archipels und zogen die noch mäßig verbundenen Reste wenigstens bis zu den Knien empor.

In dieser weihnachtlichen Nacht sprengte, es musste gegen 3 Uhr früh sein, eine große lautstarke Glocke die Stille. Im Verlies war Thom von ihr nie erschreckt worden, weil die Mauern jedes Geräusch verschluckten. Von den anderen Häftlingen war das Geläut als störend empfunden worden, weil das Friedensfestliche hier nur als Hohn galt. Jetzt, wo sie praktisch im Freien saßen, verstärkte der von oben offene Zellenbau alle Geräusche. Steifgefroren gehorchten beide einem Impuls, der sie die Glieder voneinander trennen ließ, ein Achtungsversuch, der von ihnen gewaltige Kräfte verlangte. Ulsters Stoffe von Anzug und Hemd waren gefroren im unerbittlichen Frost, Muskeln und Sehnen fühlten sich indes wie morsches Holz an. Thom entsann sich der Wonnen der goldenen himmelsbeherrschenden Sonne über dem Fluss und den dicht bewaldeten Uferhängen, es war geheimnisvoll, als brodelte unter der Kappe das Weltwissen, das als Lichtfanfare durchs Laub stieß. Die Wiesen strohgelb, ein staubiger Teppich, unter dem bei den Jungen wie den Mädchen der Schweiß bitterlich roch, wenn sie sich in den Schatten der hohen Fliederbüsche zurückzogen, es war das direkte, greifbare Leben, das ihn all die Jahre formte.

In dieser Minute der Erinnerung seiner selbstverständlich gelebten Körperlichkeit schrie er, was hysterisch war, in die Nacht: Ich werde nicht sterben, nein, wer sollte denn Macht haben über mich? Kommt aus euren Löchern hervor, ihr Chimären, mit euren Schwertern und Gewehren und tötet mich endlich! Ihr könnt es nicht, weil ich euch so unglaublich verachte, für alle Ewigkeit abgrundtief verachte. Die Macht ist nur dort mächtig, wo an sie geglaubt wird wie an einen Gott.

Ulster schlurfte zu Thom und schlang seine Arme um ihn, damit er sich beruhigte: Sei still, eine Vierteltrommel genügt für uns zwei und dann schlafen die auch gut. Thom, wir werden nach Sibirien gefahren und werden Bären jagen und Zobel fangen für unsere Tschapkas, freu dich!

Mühsam erwachte der Tag, schob gewaltige schwarze Wolken ins Tal, die, zu festen Klumpen gepresst, tief auf die Erde sanken und langsam am Zellenfenster vorbeiglitten. Über dem offenen Fensterriss zerbröckelten einzelne Wolkenhaufen, ganz unten, von fern, leuchtete eine schmale Klinge Licht, Hoffnung, wenigstens für diesen Tag. Thom wusste, dass eisiger Frost kommen würde aus den Tiefen des unergründlichen Raums, in dem die Erde ein mittlerer Kiesel war, mehr nicht.

Das aufkommende Tageslicht lag als Hoffnung zwischen den Mauern. Haushoch lagernde Wolken hielten die Erdhaut intakt, breiteten durch ihre Last Wärme und Stille über sie wie eine Decke aus weichem Filz. Jenseits erklomm der bissige Wind die Wolkengebirge und fiel dann geschwächt ins Tal.

Thom sagte: Wer etwas beginnt, muss zuerst an den Ausgang der Sache denken. Das bewahrt ein Stück Leben, auch wenn am Anfang der Schmerz steht.

Ulster erwiderte: Du träumst, wir sind eingesperrt wie in einer Wäschetrommel. Thom mechanistisch: Es gab Tage, an denen der hohe Himmel die Stadt mit Blei versiegelte, Tage, an denen düstere Kräfte alles Trübe verstärkten, das auf den Zellenumgängen, den Stahltreppen von oben herab jeden mit Unrat bestäubte, Tage der Marschtritte der Armisten. Ein Tapsen, Schaben, Raunen wie hinter dem Stahlvorhang der Bühne vor dem Beginn einer prallen und lauten Oper.

Hör jetzt mal genau hin, atme nicht, sagte Ulster zu Thom, es klingt doch, als schleppte sich ein Transport frischer Gefangener den Gang herunter, vielleicht erwischst du einen, der eine warme Jacke für dich dabei hat, es gibt Fügungen, gute, woraufhin Thom ihn anstarrte wie den Heiligen Martin, denn das war der erste Satz seit Wochen, der jemandes Sorge um Thom äußerte. Ulster selbst war doch dieser Tage, dachte Thom, um welchen Preis auch immer, marschbereit, im schottischen Anzug, dessen Tweed ihm Schutz bot in der mörderischen Kälte. Thom musste in seinen zwei übereinander gezogenen, mürben Sommerhemden und seiner fadenscheinigen Stoffhose überleben, die in Stunden der Eiswind gnadenlos gewürgt und gewalkt hatte. Deine Hoffnung, Ulster, flüsterte Thom, wärmt mein Herz, ich danke dir. Du wirst dich daran erinnert haben, dass wir einst nackt zur Welt kamen, nackt – vielleicht – vor einem strafenden Gott stehen.

Das Trippeln und Schlürfen, welches so geheimnisvoll begann, brach in seiner ganzen Banalität in sich zusammen, als der Deschurnij ins Haupthaus sprang und rief: Stopp! Stopp!

Im Nu war er bis vor unsere Zelle gestürmt und wandte sich einer Gruppe von zwölf bis dreizehn verängstigten Häftlingen zu, die sich an unsere Zellentür pressten, deren ehemaligen Bäuche jetzt als leere, flache Hautlappen, tiefhängend und breit wie riesige Fischschürzen übereinanderhingen.

Auch Thom und Ulster wurden in ihren Lumpen aus ihren Transportzellen gezerrt und zu jener Spargelgruppe gedrängt. Thom kannte keinen von denen, aber alles wies darauf hin, dass hinter ihnen ein blutiger, strafender Gulag lag, Torgau oder Mühlhausen waren gefürchtet genug.

Der Deschurnij umkreiste den Haufen Skelette und trieb sie vor die verschlossenen Türen, die, als er sie öffnete, einen düsteren, hallenartig großen, grünschimmeligen, von undefinierbaren Schleimspuren durchzogenen Dusch- und Baderaum den Blicken freigab. Linkerhand ein Steinkoben in den Maßen eines antiken Sarkophags, einst für Aussätzige bestimmt, an dessen Seite ein gut einzölliges Standrohr aufragte, das sich oben in einem schwanenhalsgleichen Ventil über die Steinwandkante des Troges schwang und gegen die Leere antropfte, stark von Grünspan zerfressen war, jedoch über Jahrzehnte seinen goldenen Grundton bewahrt hatte. Der tiefere Teil des Duschareals, für Diebe, Spione und Massenmörder zu Kaiserzeiten gedacht, versank in völliger Finsternis, Thom sah ineinandergeschachtelte Einmannkäfterchen, fensterseitig moosbewachsene Betonwände, schlierig mit blassen Flechten, Gespinsten, aus deren knospenden Dolden blutrote Tränen tropfen, die als winzige Rubine auf fahlen Bodenschwämmen langsam erloschen: Wunder des Verfalls.

Das war, vom Gang aus gesehen, eine Gift- und Brutstättenschau. Thom wurde von den fremden, stinkenden Brüdern, ja Brüder!, dachte Thom, sich besinnend, von Anfang an, hierhin und dorthin gestoßen und vom Deschurnij gegen einen verwirrten Glatzkopf geprellt. Ausziehen, ihr Schweine!, schrie der Deschurnij genüsslich, ihr Affen auch, und du – an Ulster gewandt – deinen Anzug, poschalsto, du dich jetzt ganz nackt machen, dawei, er atmete tief ein und tief aus und sah seine Atemluft als Nebelfahne das Parterre entlangziehen, wie bei den anderen auch, die sich schnell und ohne Widerspruch ihre Jacken, Hosen und Hemden eilig von den gespenstisch dürren Leibern rissen und süchtig nach Wasser dem Bad zustrebten, an der Eingangstür von den Posten mit den Trommel-MPs gestoppt wurden, bis der Deschurnij das Schwanenhalsventil öffnete. Aber das Wasser tröpfelte nur. Thom und der in sich hineinfluchende Ulster warteten unter den Fremden, die im Schneewind ausharrten, indes ein Schwall muffiger Wärme aus der Tiefe der Moosgrotte sie streifte, bis der Deschurnij es aufgab, Wasser fließen zu lassen, und hochrot, auf den kaum halb gefüllten Steintrog zeigend, brüllte: Nu, da, baden, baden!, und endlich die Posten den Weg freigaben.

Da stürzten sich die Untoten, die Häftlinge mit ihren Schwären und Wunden in Richtung des Steintroges, sodass die schnellstens auf dem schleimigen Moos der Lattenroste knochenbrechend hinsegelten, im Liegen aufschrien vor Schmerz und die ihnen Folgenden über ihre Gebeine stolperten, während sie sehnsüchtig heulten und jammerten: Wasser! Wasser!

Thom schloss sich ihnen an, von Ekel geschüttelt im Anblick der alten, mit grotesken Gesten rudernden Krüppel auf ihren Wasserbeinen, mit aufgetriebenen Gelenken, breit und geschwollen, blau vom Frost. Waden und Schenkel von Furunkeln, großen eiternden Wundherden befallen, er sah eingefallene Gesäße und Steißbeinknochen mit brauner, verlederter Haut. In den Schamhaaren kleine und mittelgroße Trauben von Ausschlägen. Thom sah Hämorrhoiden und Knödel aus steinhartem Kot. Sie wankten auf Knochensäulen, zwischen denen verkümmerte, verkrüppelte Gemächte hingen. Im handspannenhohen Wasser wuschen sich einige ihre Gesichter, indes andere, im Zentimeterabstand des Kobenbodens ihre steinharten Kotketten und Grinde aufzuweichen suchten. Ein Dutzend Menschen, die sich nicht einigen konnten auf die simple Abfolge: zuerst die Gesichter, danach Hals und Brust, die Arme und die ehemals stattlichen Wampen, zuletzt Gesäße, Genitalien und Füße. Das wäre ja Deutschland!

Einer setzte Thom, als der sich prüfend in den Wald aus Beinen beugte, seinen unförmigen Hodenbruchsack auf den Nacken, sodass Thom zu fliehen suchte vor dem Gestank faulenden Fleisches. Als neben ihm eine Hand zum Waschen des Gesäßes in eine Kette blutpraller Hämorrhoiden griff, erbrach sich Thom. Sein Gesicht vom Gedränge verkeilt von Beinen. Einer wusch sein Gesicht, Augen und Ohren prustend unter dem spärlichen Nass, ein anderer rieb sich mit diesem Pestwasser glücklich lächelnd das Geschlecht. Thom suchte eine Lücke. Der Deschurnij rief: mutj, baden, Schweine, baden, wobei Thom sich jetzt bewusst machte, dass es achtungheischende deutsche Lehrer, Beamte, Anwälte, Ärzte, Ingenieure und Offiziere, ach, vielleicht auch Künstler waren, die sich hier in der Suhle wälzten. Thom versuchte, sich in ein Duschkäfterchen unter den von Grünspan zerfressenen Sprühkopf zu pressen, der ihm einige Tropfen reinen Wassers verhieß. Vergebens. Thom glitt voller Furcht unter den Armen des Deschurnijs hindurch in das geflieste Haupthaus unter den eisspendenden Himmel und setzte sich in einer Zellentürnische auf ein fremdes, schneeweißes, penibel zusammengefaltetes Hemd.

In den Monaten im Verlies hatte Thom nie mit Bewusstsein Hautungeziefer bemerkt, auch nicht die Dr. Panzerfrau, er glaubte, von allem Ungeziefer frei zu sein, zog jetzt sein von der Verhaftung an getragenes, weiches Baumwollunterhemd, Vaters einziges Erbstück!, über den Kopf und fand, das war ihm Freude, im Rücken beidseitig tiefe Kellerfalten. Als er sie auseinanderzog, ruhten als fester Besatz, braun und reglos und alle Zeit unbemerkt gebliebene dichte Bänder von Läusen. Wie tief war Thoms Schrecken, jetzt in der trügerischen Banalität des Gefangenendaseins endgültig angekommen zu sein. Unter des Deschurnijs wachsamen Blicken setzte er sich auf sein zum Knäuel zusammengepresstes Hemd, fand aber zwischen den Mauern und Fliesen keinen Spalt, in den er es stopfen konnte, nur weg damit, weit weg, aber was anziehen, wenn es weggeworfen ist? Nackt sein bei dieser Kälte, dem eisigen Wind?

Thom zog das fremde frische Hemd, auf dem er saß, hervor, sah, dass es unbenutzt, das Ersatzhemd eines anderen war, bestimmt, dachte er, ist es aus einem Offiziersgepäck, und schlüpfte bedenkenlos hinein, stand auf, sein Läusehemd zu einem winzigen Knoten zusammengedreht, voller Abscheu unter die Achsel geklemmt, ging langsam am Deschurnij vorbei, auf die andere Zellenseite hinüber und warf es voller Angst in den Schatten einer Türlaibung. Die Furcht vor Entdeckung lastete auf ihm, aber als der Nachtfrost kam, fand Thom das andere Hemd wärmer als sein eigenes. Er fragte sich immer wieder, wieso die Läuse ihn so ohne jedes Zeichen befallen konnten.

Das schmutzige Badefest endete so plötzlich wie es begann. Thom schlich in seine Zelle zurück. Die Kälte in den Zellen fühlte sich an wie Thoms völlige Auslöschung. Bewegungsunfähig erwachte er am nächsten Morgen bei minus 26 Grad. Aber der Tod erlöste ihn nicht. Thom zog sich das Hemd fester über die Brust. Der Zwiespalt in ihm begann zwischen guten Reden und bösen Taten zu rumoren.

Zu Weihnachten drang aufreizendes Glockenschellen von der Straße in die Längsseite des Zellenhauses. Die Straße rief, im Haus jedoch blieben die Münder geschlossen. Keiner stimmte ein Lied an oder wünschte gute Weihnacht. Hier war der Christengott nicht. Die Glocken verstummten. Ulster und Thom waren von der bleiernen Stille im Bau wie gelähmt. Zum Beginn der Abenddämmerung kam ein Block Rotarmisten durchs Parterre in ihre Richtung, die vor ihrer Zelle hackenknallend haltmachten. Ulster sprang zum Spion und sah, wie die erste der drei gegenüberliegenden Schreckenszellen geöffnet wurde.

Ulster berichtete Thom, dass einem großen, aufrecht gehenden Mann, eine leuchtend blaue Decke, die er wie ein Cape über den

Schultern trug, wütend heruntergerissen wurde, und dass man ihn dann aus der Todeszelle die Treppe hinab in den Hinrichtungshof gestoßen hatte. Nach wenigen Minuten fiel ein Pistolenschuss, flach und ohne das typische kurze Bellen. Dem dumpfen Sturz eines Körpers folgte Stille.

Das muss, dachte Thom fassungslos, die Hinrichtung des wunderbaren Mannes, des Wlassowmajors gewesen sein! Besinnungslos zerrte er Ulster unter das Zellenfenster und rief: Mach die Räuberleiter!, und als der den Sinn nicht verstand:, ach du bist ein Idiot! Thom sprang an ihm hoch und versuchte, einen Gitterstab zu ergreifen, als gleichzeitig die Wachturmwächter Feuerstöße ihrer MPs in das Zellenfenster jagten, sodass sie sich auf den Zellenboden werfen mussten, indes die gestreuten Geschosse den Wandputz zerfetzten und sich alles mit Staub füllte. Aber beide blieben heil an ihren Leibern. Es zerrissen noch zwei weitere Garben das Totenschloss. Heilige Nacht!

Zwei Tage gab Thom kein Lebenszeichen von sich, er war ein zum Block gefrorenes Etwas. Einmal am Tage ging er in die andere Ecke neben der Zellentür, um zu urinieren. Er stand lange vergeblich da, mit Blasendruck, und als sich endlich ein paar Tropfen lösten, war es Blut. Thom erschrak, denn er wollte nicht sterben.

Am nächsten Morgen brach schlagartig im Zellenbau die Hölle los. Thom und Ulster wurden aus der Zelle geholt und zu dem etwa vierzig Mann zählenden Haufen aus Knochen und Sehnen gejagt. Thom war der letzte. Er sah, dass die anderen kampfbereit ihre Kleiderpakete an sich pressten wie Kinder, denn es hieß, und das Wüten des Deschurnijs bestätigte das Gerücht, dass heute viele auf Transport gingen. Keiner wagte Vermutungen wohin, Gulags kannten sie nicht. Mithäftlinge behaupteten oft, dass Thom Opfer seiner übermäßigen Vorstellungskraft, seiner krankhaften Phantasie wurde. Junge, sagten zur Ruhe gekommene Männer, du musst über alles erst eine Nacht schlafen! Dass Thom von seinen immer wachen Träumen vorangetrieben wurde und dadurch selbst unter unmenschlichen Bedingungen über den Reichtum überraschender Welten verfügte, über Wälder, weite Landschaften, Flüsse und Berge, verstanden sie nicht. Wenn seine

Phantasie Bilder fand, die sich von der Wirklichkeit weit abhoben, musste er sie strahlen lassen. Wie vernichtend aber waren Thoms letzte Tage gewesen, in denen er nicht mehr auf seine Sinne, seinen Instinkt hören konnte.

Ulster musste einfach ahnen, als man ihn in seiner noblen Kleidung zu Thom legte, dass er mit einem baldigen Weitertransport zu rechnen hatte. Seine teuren, exklusiven Kleider waren eine Gefahr für ihn, sagte sich Thom. Wahrscheinlich würde bald einer in seiner Montur über einen Petersburger Prospekt flanieren. Die furchtbare Badeszene verformte sein Menschenbild, erschütterte es, wobei auch sein Selbstbild aus seiner Tadellosigkeit fiel. Uns hätte klar sein müssen, überlegte Thom weiter, dass nach jeder Verurteilung in absehbarer Zeit der Transport, ganz gleich, ob nach Sibirien oder anderswohin, anstand. Thom wusste, dass, wenn die Vernunft stirbt, die Ungeheuer fliegen!

Die Vormittagsstunden beließ der Deschurnij Ulster und Thom noch in der Zelle. Ein Wächter brachte den beiden ihre Kleiderpäckchen, wobei Thom damit rechnete, dass ihm einige notwendige Stücke fehlen würden, denn er besaß weder ein Jackett noch einen Mantel, nur Windjacken, wusste aber auch, dass die sie erwartenden Lager in dieser Beziehung nicht den mindesten Spaß verstanden und nicht zu Kompromissen bereit waren, denn wenn es im ersten Lager begänne, dass einzelne Kleidungsstücke in dunklen Kanälen verschwänden, würde sich jedes weitere um die fehlenden Bekleidungsstücke kümmern müssen. Gott seis geklagt, der Betroffene würde schließlich nackt im Waggon nach Irkutsk hocken. Ulster sah sich, nachdem ihm im Duschraum sein namengebendes Bekleidungsstück abhandengekommen war und er die vergangene Nacht schon entblößt in Unterhose und Hemd zubringen musste, jedweden persönlichen Schutzes beraubt.

Für Thom war der nur numerisch wichtige Komplettheitsanspruch des Lagerkommandanten für die Kleidung der Häftlinge der reine Machtanspruch militärischer Funktionäre. Noch vor der Plörre öffnete Thom sein Kleiderbündel, das er in einem bunten Kopfkissenbezug fand. Neugierig durchwühlte er den Sack und sah, welche Leibwäsche seine Mutter für ihn gewählt hatte, Socken, die nicht kratzen, von den Unterhosen die samtig aufgerauten und nur bei den Unterhemden, den leinenen für den Sommer, hatte sie sich geirrt, ebenso bei dem von ihm so behüteten blauen Oberhemd, das hier nur Begehrlichkeiten wecken konnte. Das von den Russen beigefügte Jackett war kamelhaarfarben, nobel im Schnitt, sportlich gesteppt, jedoch zu eng, obwohl sie das Rückenfutter herausgeschnitten hatten auf der Suche nach irgendwelchen Geheimplänen, Karten oder Aufzeichnungen. Als Beleidigung empfand er den Lumpen, der den Zweck eines Wintermantels auszufüllen hatte, ein grob aus harten Wollsträngen gewebter Oberstoff, joppenlang gestutzt, auch er ausgeweidet wie ein lausiges Stück Luder, kein wärmendes Futter, weder im Rücken noch in den Ärmeln, dafür aufgedrieselt an allen Schnittkanten, und als der Deschurnij neugierig auf weichsohligen Stiefeln an der Zelle vorbeizog wie ein Fuchs, wehrte er Thoms Protest, der sich schon im Winter in sibirischen Wäldern arbeiten sah, entschieden ab. Höhnisch sagte das Stück: Prima, otschen charascho. Er wusste, dass Thom die nächsten Jahre nur zerriebene und durchlöcherte Hemden und Unterhosen zu tragen bekäme und dass die Lumpen nach seinem Tod in den Kreislauf von Wäsche und Weitergabe an den nächsten Mann eingehen würden. Thom trauerte urplötzlich um den Mann, der selbstverständlich zum Tennisplatz gegangen war, und bemerkte, wie er den nun Toten beneidete und um ihn trauerte!

Ulster bat den Deschurnij um Hilfe, dringend solle er seine Kleidungsstücke, die kostbarer als seine Haut seien, wieder herbeischaffen. Er flehte ihn an, dass man so mit einem Welterforscher nicht umgehen könne, das alte Russland pflege und ehre doch seine Entdecker! Der Deschurnij war über die Maßen erheitert über die, wie er sagte, unerträgliche Arroganz des Zuckerrübenmannes, er habe offenbar nicht das Nächstliegende erkannt, dass seine Klasse ihn von den anderen Menschen trenne, dass er abgedriftet sei in sein Ausbeuterdasein, oder habe er dem Jungen da, fragte er, der ohne Geschrei sein Schicksal ertrug, sein Jackett oder seinen Mantel zum Aufwärmen geliehen? Ulster: Jetzt im Frost?

Natürlich nicht, oh Christ, aber der vor Kälte zitternde Knabe hätte ihn bestimmt darum niemals gebeten, erstens weil er ohne Neid scheint, sich, seiner Klasse treu ergeben, nicht zum Bettler mache. Der hat nun wirklich das Letzte, was er besitzt, zu verlieren – wobei sie ihm nach Kräften helfen –, nämlich sein elendes Leben!

Die Rote Armee schien in diesen Stunden ihr Kleiderproblem gelöst zu haben, doch den Gefangenen stand noch eine lebensentscheidende Prüfung bevor, von der sie alle nichts ahnten. Die Häftlinge aus den Transportzellen, gebrechliche Leute, wurden dem Trupp der Fremden zugeführt, ohne sich mit ihm zu vermengen. Sie warteten im Parterre. Polnische Läufer schleppten zwei Richterstühle vor den Stahltreppenanstieg des Zellenflügels und die Gefangenen wurden mit dem Gesicht etwas seitlich zu den Stühlen gedrängt: Es war ein königlicher Sitz, auf dem unversehens ein riesiger Fleischberg von einem Mann thronte. In seiner archaischen Hoheit bildete er ein aufstehendes Dreieck. In Wahrheit war dieser Wald-und-Steppen-Geist, wie es jetzt durch den Skeletthaufen raunte, an dem alle Transportanwärter nackt und blaugefroren vom Frost vorbeilaufen mussten, der Generalarzt aller sowjetischen Truppen in Deutschland und Stalins persönliches Auge. Das Haupthaar wuchs ihm in ungebändigter Fülle und ging absatzlos in den brennend roten, einer knielangen Schürze ähnelnden Bart über, der die gewiss gewaltige Ordensfülle auf seiner breiten Brust verbarg. Eine kleine weiße Hand stieß durch das Bartgebüsch und gab seine Befehle: links, rechts, auf und nieder, so, wie die weit auseinandergezogene Reihe der Häftlinge an ihm vorbeidefilieren musste. Es kam keiner an seinem zyklopischen Auge vorbei, denn er haftete ja für den großen Führer.

Diejenigen, die er für Sibirien würdig, das heißt noch tauglich befand, winkte er mit dem zarten Ringfinger nach rechts. Bis jetzt, zählte Thom, sind es sieben von zehn. Und als er schlotternd und scheu wie ein nasser Hund an ihm vorbeilief, brummte der Generalarzt zufrieden, aber als Thom bereits fünf Meter an ihm vorbei war, rief er plötzlich: Jahrgang? Und Thom rief laut: 30. Der Generalarzt zeigte sich angewidert und schrie unverhältnismäßig laut, breit und gequetscht: Njet! Und der zurückgerufene Thom wurde in den Resthaufen nach links gestoßen. Er hatte nicht das nötige Wohlgefallen beim General gefunden und als er jetzt bei den anderen stand, erinnerte sich Thom an die Geschichte von den zwei Übeln: Entweder die Häftlinge landeten im Viehwaggon, nach langen Wochen in Hitze oder Frost unter unsäglichen Entbehrungen schließlich in einem Barackenlager am sibirischen Eismeer, oder sie erlagen, schon bevor der Zug Brest-Litowsk erreichte, der epidemisch grassierenden Ruhr. Die Schwächeren aber wurden im stählernen Gefangenentransporter in sechs, sieben Fahrstunden ins noch unbekannte deutsche Lager gebracht, nachdem ein Armistenarm den skelettösen Männern ihre Kleiderbeutel entriss und sie mit Tritten in den spaltbreit geöffneten Lkw-Aufbau an die Seite ihrer Leidensgenossen zwang, der Fluchtgefahr wegen in den Schneidersitz, den Lumpensack zwischen die aufgestellten Knie und die Brust gepresst.

Nun saß Thom selbst in einem solchen Lkw. Eine Weile erkannte er im Stahlsarg dem Gehör nach seine Stadt, die Brücken, die Plätze, die Ausfallstraßen, bis alles ringsum erstarb, selten einmal ein Fichtenzapfen das Wagendach prellte. Kein Gedanke der Hoffnung mehr, Schrecken alles.

Vorerst ein Stöhnen, nach der dritten Fahrtstunde Schreie. Der Urin scheint einigen die Blase zerreißen zu wollen, bis schließlich einer, dann viele ihr Wasser einfach rinnen lassen, sodass mit der Zeit beträchtliche Pfützen entstehen, die auf dem Stahlboden rasch frieren und nur noch Gestank sind.

In Monaten, vielleicht erst in Jahren wird endgültig alles Schweigen sein, wenn die Tuberkeln die Ankömmlinge ins unauffindbare Grab gefressen haben.

ENDE

Wieland Förster in Wensickendorf

Wieland Förster

Wieland Förster, 1930 in Dresden geboren, muss zu den bedeutendsten europäischen Bildhauern gezählt werden. Seine Werke befinden sich im öffentlichen Raum, in Museen und Privatsammlungen und wurden in zahlreichen Ausstellungen im In- und Ausland gezeigt.

Einfluss auf sein bedingungslos der menschlichen Figur gewidmetes Schaffen haben Krieg und die dreieinhalbjährige Gefangenschaft in Bautzen. Landschaftserlebnisse, so eine Tunesienreise 1967, aber auch die Sächsische Schweiz, erweiterten seine Formfindung.

Insbesondere zwischen 1968 und 1973 war er mit Arbeitsbehinderungen konfrontiert, es gab Ausstellungs- und Publikationsverbote. Danach erfuhr er zunehmend auch offizielle Anerkennung in der DDR, wurde mit Preisen geehrt und 1978 der fünfte Vizepräsident für Meisterschülerfragen der Akademie der Künste der DDR (aus der er wegen mangelnder Auseinandersetzung mit ihrer Geschichte 1991 austrat). 1985 folgte seine Ernennung zum Professor.

1996 war er Gründungsmitglied der Sächsischen Akademie der Künste und erhielt 2010 die Ehrendoktorwürde der Universität Potsdam.

Förster ist seit den 1960er Jahren auch schriftstellerisch tätig, einige seiner Manuskripte konnten in der DDR nicht erscheinen. Seit 1991 ist er Mitglied des P. E. N.-Zentrums Deutschland.

Seerosenteich
WIELAND FÖRSTER
SANDSTEIN

Wieland Förster

Seerosenteich

Autobiografie einer Jugend in Dresden 1930–1946

128 Seiten
21 × 13 cm, Festeinband
ISBN 978-3-942422-89-5
18 Euro

»Das Schreiben dieser Jugendautobiografie betrieb ich mit Wärme. Mir schien meine Kindheit immer eine anhaltend glückliche gewesen zu sein, was wohl der landschaftlichen Schönheit des Dresdner Elbtales geschuldet ist, bis mir klar wurde, welche besonderen Ereignisse mein Werden bestimmten.«

Wieland Förster, der vor allem als Bildhauer bekannt ist, beschreibt mit poetischen Bildern diese »besonderen Ereignisse«, diese als Wendemarken empfundenen Vorgänge in einer besonderen Zeit.

MIT FREUNDLICHER UNTERSTÜTZUNG
DER BÜRGERSTIFTUNG DRESDEN

Impressum

Lektorat
Christine Jäger-Ulbricht, Sandstein Verlag
Helge Pfannenschmidt

Gestaltung
Michaela Klaus, Sandstein Verlag

Satz
Katharina Stark, Sandstein Verlag

Druck
FINIDR, s.r.o., Český Těšín

Foto S. 236: Stefan Gloede, Potsdam

Die Deutsche Nationalbibliothek verzeichnet diese Publikation in der Deutschen Nationalbibliografie; detaillierte bibliografische Daten sind im Internet über http://dnb.ddb.de abrufbar.

www.sandstein-verlag.de
ISBN 978-3-95498-319-3